古典文學研究輯刊

二五編

曾永義 主編

第 5 冊

蕭衍與齊梁文學演變研究

朱佑倫 著

國家圖書館出版品預行編目資料

蕭衍與齊梁文學演變研究／朱佑倫 著 -- 初版 -- 新北市：花
木蘭文化事業有限公司，2022〔民 111〕
序 6+ 目 2+202 面；19×26 公分
（古典文學研究輯刊 二五編；第 5 冊）
ISBN 978-986-518-787-3（精裝）
1.CST：梁武帝 2.CST：學術思想 3.CST：南北朝文學
4.CST：文學評論
820.8   110022409

ISBN-978-986-518-787-3

9 789865 187873

古典文學研究輯刊
二五編　第五冊　　　　　　　ISBN：978-986-518-787-3

蕭衍與齊梁文學演變研究

作　　者　朱佑倫
主　　編　曾永義
總 編 輯　杜潔祥
副總編輯　楊嘉樂
編輯主任　許郁翎
編　　輯　張雅淋、潘玟靜、劉子瑄　美術編輯　陳逸婷
出　　版　花木蘭文化事業有限公司
發 行 人　高小娟
聯絡地址　235 新北市中和區中安街七二號十三樓
　　　　　電話：02-2923-1455／傳真：02-2923-1452
網　　址　http://www.huamulan.tw 信箱 service@huamulans.com
印　　刷　普羅文化出版廣告事業
初　　版　2022 年 3 月
定　　價　二五編 19 冊（精裝）台幣 48,000 元　　　版權所有‧請勿翻印

蕭衍與齊梁文學演變研究

朱佑倫 著

作者簡介

朱佑倫，男，1987年生於江西南昌。2004年至2008年就讀於復旦大學中文系，獲文學學士學位。2008年至2015年就讀於復旦大學中國古代文學研究中心，獲中國古代文學專業博士學位。現為江西財經大學中文系講師，中文系主任。研究方向為漢魏六朝文學。在《江漢論壇》等刊物上發表論文多篇。

提　　要

　　本書旨在較充分梳理齊梁文學演變背景的基礎上，就蕭衍的文學觀念及其在詩文兩方面對齊梁文學演變的影響進行全面梳理。

　　蕭衍的文學觀有復古的一面，主要體現在實用性較強的政府公文和朝廷典禮上，對非實用性的文學作品不強調其政教功用，而頗看重辭采的美麗。他重視文學的遊戲性、娛樂性，將之視為一種呈才炫博的風雅遊戲。蕭衍文學觀的形成與其家世背景、生平經歷、個人思想有關。

　　蕭衍的詩歌與永明體有一定差異，主要繼承發展了晉宋古體鋪排辭藻，文采繁富的特徵，並吸取了漢魏古詩的相關手法。梁代前期詩壇長篇古體重新受到推重，永明新體地位下降，與蕭衍的影響有關。梁代後期占主導地位的宮體詩新變思潮雖與蕭衍的喜好異趣，但仍受到了蕭衍極力宣揚的佛教信仰的影響。

　　蕭衍音樂觀中提倡雅樂，重視政教功用的傾向主要表現在朝廷音樂禮制建設方面，且常有言行不符的情況，對新聲俗樂的喜好才是其音樂觀的主要方面。他對清商樂府的接受和改造在曲辭創作和音樂表演形式兩方面都體現出了精緻高雅的文人化審美趣味，對清商樂府雅化起到了重要作用。

　　在以文為筆盛行的背景下，蕭衍在公文寫作方面重用復古派成員，表現出了對古質雅正文風的喜好。在此影響下梁代前期公文在辭采與聲律兩方面都呈現出保守、復古的面貌。梁代後期興起的宮體文因其追求辭采、聲律以娛人耳目而突破了傳統公文的文體規範，從而招致蕭衍的強烈反對，在經過長期曲折的發展後，才成為公文創作的主流。

序

徐　豔

　　與文學史上其他段落相比，齊梁文學的史述呈現出相對複雜的樣態。唐初貞觀史臣對齊梁文學特徵的重塑，在其中起了很大作用。亡國的南方在戰爭失敗後，又遭受了以北方文化為中心的新興王朝以其如椽史筆而給予的可謂更加致命的打擊，從此背負著體氣卑弱、浮淫靡麗的道德化標籤，一直被排擠在主流文學史述的邊緣。新朝史述貶低舊朝，本是常見路數，但唐初史臣的有關判斷立足儒家立場，並切中齊梁文學的某些特徵，在後代影響很大，幾成公論。後人多在此基礎上發揮，轉相纏說，導致齊梁文學歷史判斷中出現了各種讓人猶疑難解的問題，給齊梁文學研究帶來了較大難度。

　　在齊梁文學文化演變中，我們若是要尋一個最具影響力的人物，大概非蕭衍莫屬。蕭衍由齊入梁，是梁代的開國皇帝，也是齊梁歷史上稱帝時間最久的，做了四十八年皇帝。他不僅政績卓著，在文化思想方面也有廣泛建樹，在齊梁文學發展演變歷程中，發揮了巨大作用。朱佑倫博士這篇學位論文從蕭衍入手，研究他與齊梁文學演變之間的關係，無疑是可以深入揭示齊梁文學演變的一個很好視角。

　　佑倫是復旦培養的學子，從本科到博士研究生一直在復旦就讀，從 2004 年本科入學，到 2015 年博士研究生畢業，他在復旦求學的時間加起來是十一年。他在本科的學習就很優秀，2008 年被中文系推薦免試入古籍整理研究所攻讀碩士學位，我是他的碩士研究生導師，是我 2006 年正式入職復旦後教的第三屆學生。我記得 2014 年我帶佑倫參加鄭州大學舉辦的中國文選學會第十一屆年會，會議間歇，中文系楊明老師和我說到佑倫，說佑倫本科時候上了

他的《文心雕龍》精讀，給他很好的印象。楊老師說這話的時候，時隔佑倫本科已近十年，可見佑倫確實表現突出，給楊老師留下了深刻印象。在碩士研究生階段，佑倫學習頗為出色，在參加古籍所南北朝詩歌文獻整理工作中，也認真負責，所以我向我的導師章培恒先生推薦了佑倫，以免去正式提交碩士學位論文的環節，而在兩年碩士研究生學習後直接攻讀博士學位，章先生欣然接受。佑倫的博士研究生學習從 2010 年 9 月開始，不幸的是，章先生2011 年 6 月因病離世。佑倫成為章先生帶的最後一個弟子。章先生離世後，古籍所安排我指導佑倫的博士學位論文。佑倫在碩士研究生階段就準備做蕭衍研究，也已經完成了約七萬字的碩士學位論文初稿，為博士學位論文奠定了較好的基礎。佑倫用五年時間完成了博士研究生階段的課程學習與論文寫作，順利通過了博士學位論文答辯。畢業後，佑倫選擇回江西老家工作，現就職於江西財經大學，任中文系主任。在繁忙的工作之餘，他又抽時間對論文作了修訂，以形成了現在的書稿。

常說文如其人。清晰、簡潔、敏銳，大致可以簡括該書的特徵，同時，這也是我與佑倫交往這麼些年，他為人給我的總體印象。該書並不對蕭衍與齊梁文學發展作面面俱到的陳述，而是抓住一些重要問題，就問題之關鍵，有時也是引起爭論的核心所在，發表自己的見解，常常言之有據，較有說服力。且所論及的問題緊扣「文學」，是一篇立足文學本位立場，而試圖解決齊梁文學發展之核心問題的論文。

就蕭衍與齊梁文學發展關係來看，其中最常見的一個問題無疑是，在齊梁文學發展中，蕭衍在守舊與新變的分流中屬於哪個陣營？新變還是守舊，成為後人判斷齊梁文人的主要標籤，甚而推導出不同派別，影響最大的莫過於梁代文論三派說，在這樣的劃分中，蕭衍多被歸於守舊派，是裴子野、劉之遴等人依附的對象，這樣的判斷也受到後人爭議。佑倫對這個問題的看法，就不是簡單劃分陣營，也不是單純羅列出蕭衍對新舊不同文體的廣泛接受，而是結合當時歷史語境，指出新舊文體有其不同使用場合，蕭衍只是在不同場合有不同的文體崇尚。在關乎政治權力的語境中，詩歌如禮制性樂府，文章如政府公文，這些都是蕭衍履行帝王職能的方面，這些作品對傳統的繼承，在很大程度上是王權之正統、謹重的象徵，是不能隨意創新的。所以，在這些方面，蕭衍雖然也有不同程度的創新，但總體上具有守舊特徵。而在作為

娛樂的文學創作中，蕭衍並非保守之人，與當代文士一樣，也具有崇尚新麗文辭的趣味。這樣的判斷立足於梁代宮廷區分場合而崇尚不同文學體式的史實，無疑較後代忽略這樣的具體語境而判斷新舊的做法，更具合理性。

關於蕭衍對齊梁文學影響的研究，後人做得比較多的，是對他組織的各種社會活動進行梳理，由此而見出他對當時社會發生的不同層面的影響。這無疑是一種很重要的研究方法，狹義地來講，也可以稱之為一種歷史學的研究方法；但對於文學研究而言，我們不僅要看到蕭衍組織的各種活動，我們還需要追究，通過這些活動，蕭衍究竟對當時的文學發展帶來了什麼樣的影響。該書就在後一方面作了較為深入的挖掘。

比如該書談到蕭衍較少受永明新體影響，而更好長篇古體，在他的影響下，典重華美的長篇古體在梁代前期詩壇重新受到了推崇，而輕巧凝練的永明新體地位有所下降。為了證明這一結論，作者舉出了多方面論據：一是廣泛羅列時人文論評述中體現的崇尚，以見風氣之轉移：如任昉在梁初與永明體代表詩人沈約爭勝，擅長長篇的劉孝綽的聲響，漸高過了行文輕巧的何遜，還有蕭統、蕭綱、鍾嶸等相關論述，都可見古體重新高過永明新體的勢頭；一是對於當時作品篇幅的量化分析，看到梁代前期詩人十句以內五言詩的比例，要明顯低於永明詩人；一是進一步分析這一風氣的變化，究竟是梁武帝的推崇帶來的，還是其他原因引起的，辨析有學者提出的齊代建武年間詩風就已轉變的判斷；一是說梁武帝雖然喜好長篇古體，也在公開場合乃至各種文學活動中表露這一態度，但他的文學態度還是比較包容開放的，永明新體在梁代仍然有進一步的發展。通過這樣的細密層次，該書對這個問題作了較為充分的闡釋。

該書對當時齊梁公文發展與蕭衍關係的揭示，也多有新意。這裡要說到我與佑倫合作撰寫的一篇兩萬字長文《梁陳宮體文研究》。該文發表在《薪火學刊》創刊號上，這是章培恒先生去世三週年時，復旦大學古籍整理研究所為紀念章培恒先生的學術貢獻而創辦的刊物，刊名「薪火」，有薪火相傳而不息之意。我在 2009 年發表過一篇論文《「宮體詩」的界定及其文體價值思辨——兼釋「宮體詩」與「宮體文」的關係》（《復旦學報（社會科學版）》2009年第 1 期），該文曾得到章先生指點，文章主要辯駁了將「宮體詩」視為女性題材作品的觀點，該文雖已近兩萬字，但受篇幅所限，其中宮體文研究實不

夠充分。章先生曾指出過這一缺憾，我當時也有同感。於是我心裏一直存著一個想法，要再寫一篇文章專論宮體文。由於佑倫在對蕭衍與當時散文關係的研究中，也涉及到相關問題，於是我就與佑倫合作，完成了這篇文章。而這一合作確實對佑倫在蕭衍與齊梁散文關係揭示方面，有較大幫助。而從章先生指點我寫作，到我與佑倫合作，其間相承，正不愧薪火相傳之意。

《梁陳宮體文研究》一文的主要觀點在於，徐摛開創的新體政府公文，是宮體文的主要代表，對梁代公文產生了很大影響。重申了我在《「宮體詩」》一文中的觀點，就是「宮體」並不僅僅指詩；「宮體」之起源，其實是由「文」而到「詩」。在《梁陳宮體文研究》的寫作中，我們對梁陳時期主要公文作了逐句聲病統計，以說明遵循聲律、辭采是當時宮體文的主要文體特徵。我們以周祖謨《魏晉南北朝韻部之演變》（臺灣東大圖書館，1996）為主要依據，以使我們的統計更符合當時的語音實際。作品的聲病統計是個需要花費大量時間的艱巨任務，主要由佑倫承擔，而由我覆核。我們的這個研究也拓展了佑倫該書對蕭衍與齊梁公文發展之間關係的研究。書中在論述這一問題時，除了從常見的蕭衍支持復古派公文寫作角度立論外，還加上了對蕭衍前後梁代公文在聲律方面發生變化的統計，指出梁代公文聲病明顯多於永明時期，即使是永明聲律的倡導者沈約，在梁代的公文寫作中，其聲病比例也高於永明時期公文寫作的一般情況，蕭衍之不好聲律在其中發生了較大影響。而蕭綱、蕭繹、徐陵、庾信等宮體文作者的公文，又較梁武帝影響下的梁代前期公文，聲病比例明顯下降。作品聲律的具體統計在說明這個變化的過程中提供了切實的依據，再加上文本的對比性細讀等努力，該書對梁武帝與齊梁公文發展間的關係，作了較具開拓意義的揭示。

以上只是舉其一二，以見該書之所長。近年來，在早期中古文學史研究中，創新的觀察視野及研究方法層出不窮，給這一領域注入了活力。新的研究視野尤其可以引發我們對於主流史述重構原初史實的關注；也常常讓我們發現自己對於歷史的理解永遠只能處於一個相對膚淺的表層，史實轉瞬即逝，經由文字流傳至今，只是一些殘餘與重構。在殘餘中失去了什麼，在重構中改變了什麼，回答這些問題，需要的不僅是一般的史實考辯方法，還需要借助理論提供的視角、方法，以幫助我們重新審視歷史材料，重新組織歷史材料的秩序，重新理解歷史材料之間的邏輯關係，揣摩可能被隱沒了的更合理

的歷史敘事。佑倫近年的學術興趣已從較單純的文學研究，轉至更廣泛的文化歷史研究。他正當青春年華，更多佳作，指日可待。今年，章先生已逝世十週年。六月，古籍整理研究所剛舉辦了十週年紀念活動。如今，章先生關門弟子的著作即將付梓，這也是對先生的一個很好的紀念。

徐豔

2021.7.31 於上海

目次

緒　論

一、蕭衍研究綜述

　　梁武帝蕭衍身兼帝王與文士的雙重身份，在南朝歷史文化發展歷程中具有獨特的地位。蕭衍在位期間推行「重文」政策，推動了梁代文化的全面繁榮，使其在當時就贏得了「梁得其文」〔註1〕、「專事衣冠禮樂，中原士大夫望之以為正朔所在」〔註2〕的稱譽，南朝貴族文化由此進入鼎盛時期。他的三個兒子在他的影響下都成長為文學史上的重要人物：蕭統召集學士編纂了對後世影響極大的《文選》，其文學集團佔據了梁代中期文壇的主導地位。蕭綱、蕭繹則引領了梁代後期的宮體文學思潮，將南朝詩文推上了新的高度。蘭陵蕭氏家族由此奠定其一流高門的地位。與前代蕭子良等純以政治地位影響文壇發展不同，蕭衍自身文化素養極高，文學創作也頗有成就。他在南齊時就參與了蕭子良的西邸之遊，名列「竟陵八友」，是當時一流的文人，也是永明文學的見證者與參與者。因此他的文學思想與創作對梁代文學的發展有著更加全面而直接的導向作用。

　　蕭衍的文學成就歷來都有較高的評價。《梁書·武帝本紀》稱其「天情睿敏，下筆成章，千賦百詩，直疏便就，皆文質彬彬，超邁今古。」魏徵稱其「聰明稽古，道亞生知，學為博物，允文允武，多藝多才。」〔註3〕《梁書·文學傳》也稱其「聰明文思，光宅區宇。旁求儒雅，詔采異人，文章之盛，煥

〔註 1〕《梁書》卷二十七《到洽傳》。
〔註 2〕《北齊書》卷二十四《杜弼傳》。
〔註 3〕《南史》卷八《梁本紀下》。

乎俱集。」但這些評價都比較籠統，並未進行具體的分析。在宋明以來的詩話中，蕭衍的文學成就得到了進一步的認可。如胡應麟《詩藪》內編卷三「曹氏父子而下，六代人主，世有文辭者，梁武、昭明、簡文，差足繼軌。七言歌行，梁武尤勝。」王世貞《藝苑卮言》卷三：「梁氏帝王，武帝、簡文為勝，湘東次之。」陸時雍《詩境總論》：「七言古，自魏文、梁武以外，未見有佳。」賀貽孫《詩筏》：「南朝齊、梁以後，帝王務以新詞相競，而梁氏一家，不減曹家父子兄弟，所恨體氣卑弱耳。武帝以文學與謝朓、沈約輩為齊竟陵王八友，著作宏富，固自天授」等。此時的詩論著作也開始對蕭衍的詩歌風格發表自己的看法。他們大多數人都認為蕭衍詩歌有「麗」的特點。如許顗《彥周詩話》論蕭衍《白紵舞詞》曰：「嗟乎麗矣！古今當為第一也。」許學夷《詩源辨體》卷九論蕭衍「樂府五言，情雖麗而未甚靡，齊梁間樂府，惟武帝稍為有致。他如『金風阻清夜，明月懸洞房』，乃齊、梁佳句。樂府七言《河中之水歌》，語雖妖豔，調猶渾成。《東飛伯勞歌》，則詞益豔而聲益漓矣」等。也有人認為蕭衍的詩歌還具有「古」的風貌。如胡應麟《詩藪》內編卷三：「《河中之水》、《東飛伯勞》，皆寓古調於纖詞，晉後無能及者。」又如前引《詩源辨體》卷九中的「調猶渾成」也是指古體的風貌。陸時雍《詩境總論》：「梁武《西洲曲》，絕似《子夜歌》，累疊而成，語語渾稱，風格最老，擬《青青河畔草》亦然……『東飛伯勞西飛燕』，《河中之水歌》，亦古亦新，亦華亦素，此最豔詞也。所難能者，在風格渾成，意象獨出。」也指出了蕭衍詩歌既「麗」且「古」的特點。吳喬《圍爐詩話》曰：「梁武帝不知四聲，其詩仍是太康元嘉舊體。」此外，陳祚明在《采菽堂古詩選》中還提到「梁武詩篇多和易之音，參溫厚之旨。知其性情，本鄰道境，披文相質，亦復宮羽咸調，帝王之中可稱邃詣」、「梁武帝詩如雅琴微彈，舂容可聽。」認為蕭衍的詩歌溫厚和易、文質彬彬。

近現代以來，對於蕭衍的研究大致可以分為以下幾個方面：

（一）蕭衍生平資料的研究考訂

目前關於蕭衍的年譜，最早的當屬胡德懷的《四蕭年譜》，載於其所著《齊梁文壇與四蕭研究》（南京大學出版社，1997 年）一書中，分別梳理了蕭衍、蕭統、蕭綱、蕭繹的生平事蹟。之後，河北大學林大志 2003 年在博士論文《四蕭文學研究》中參考曹道衡、劉躍進《南北朝文學編年史》、俞紹初《昭明太子集校注》及胡德懷《齊梁文壇與四蕭研究》等，也編有《四蕭年譜》。趙以

武《梁武帝及其時代》（鳳凰出版社，2006 年）中有《梁武帝蕭衍生平年表》，較為簡潔，但少有辨析。四川大學錢汝平 2007 年博士論文《蕭衍研究》中編有《蕭衍詩文事蹟繫年》，為蕭衍的全部詩文做了編年工作，同時也梳理了蕭衍生平的重要事件，對胡德懷《四蕭年譜》多有辨正。此外柏俊才《梁武帝蕭衍考略》（上海古籍出版社，2008 年）有《梁武帝詩文繫年》，莊輝明《蕭衍評傳》（上海古籍出版社，2018 年）有《梁武帝蕭衍大事年表》。

　　除了這些年譜與繫年之外，還有一些論文與專著涉及到了蕭衍生平資料的考訂。如曹道衡在《鄭州大學學報（哲學社會科學版）》1994 年第 1 期上發表的《昭明太子和梁武帝的建儲問題》討論了「蠟鵝事件」後蕭衍與蕭統的關係。曹道衡在《齊魯學刊》1995 年第 5 期上發表的《梁武帝與竟陵八友》，分述了蕭衍與其他七人的關係與交往的相關事蹟。李天石在《江蘇社會科學》1999 年第 2 期上發表的《蕭衍覆齊建梁考論》梳理了蕭衍覆齊建梁的過程並分析了其成功的原因。曹道衡、傅剛合著的《蕭統評傳》（南京大學出版社，2001 年）論述了蘭陵蕭氏的世系、蕭衍建梁前後的事蹟等。王家葵在《宗教學研究》2002 年第 1 期上發表的《陶弘景與梁武帝》詳細考訂了蕭衍與陶弘景的交往情況。林大志 2005 年 1 月在《鄭州大學學報（哲學社會科學版）》上發表的《梁武帝代齊之前仕歷考》，詳細考證了蕭衍代齊之前的仕歷狀況。李中華、楊曉東 2006 年 3 月在《武漢大學學報（人文科學版）》上發表的《文士、將軍、皇帝、佛教徒——梁武帝蕭衍的社會角色及文學人格新說》，探討了蕭衍與蕭子良、蕭鸞的關係，起兵襄陽，捨身同泰寺等具體事件。趙以武《梁武帝及其時代》及莊輝明《蕭衍評傳》均詳細論述了蕭衍的生平經歷和當時的歷史背景。此外，柏俊才《梁武帝蕭衍考略》中除《梁武帝詩文繫年》外，又有《梁武帝世系考辨》、《梁武帝之父蕭順之考》、《梁武帝登祚前行蹤考》、《梁武帝佞佛事蹟考》、《梁武帝禪齊後崇文事蹟考》、《梁武帝交遊考》等文，分別就上述這些問題作了詳細的考辨。李柏在《寧夏社會科學》2011 年第 1 期發表的《梁武帝蕭衍文學交遊考論》梳理了蕭衍建梁後交往文士的情況並分析了他在梁代文學交遊的特點與原因。他在《圖書館理論與實踐》2011 年第 4 期上發表的《梁武帝事蹟詩文叢考》則考訂了蕭衍任國子博士、敕責賀琛、作《觀鍾繇書法十二意》、作《遊鍾山大愛敬寺詩》等事的時間。田丹丹《梁武帝蕭衍的自我書寫》（復旦大學 2014 年博士論文）通過梳理蕭衍的生平事蹟和對相關文獻的細緻考察，探討了蕭衍對自我形象有意識的塑

造。李猛《梁武帝蕭衍的早年行止（建元至隆昌）——兼談蕭衍對其早年形象的塑造》（《中國典籍與文化》，2020 年第 4 期）詳細考察蕭衍早期的仕履情況，並指出蕭衍有意識地對其早年行止進行了遮蓋與改寫，以完成其自我形象的塑造。何良五《「竟陵八友」之蕭衍、沈約三考》（《古籍整理研究學刊》，2020 年 9 月）考察了蕭衍擔任衛軍東閣祭酒的時間。

此外，還有一些論文雖非專門研究蕭衍的生平，但也涉及到了其部分生平事蹟的考訂。如楊德才在《文學遺產》1999 年第 3 期上發表的《論蕭衍的樂府詩》，詳細勾勒蕭衍 20 至 39 歲的生平經歷。錢汝平《蕭衍研究》也詳細考察了南蘭陵蕭氏的由來及蕭衍建梁前的行蹤。曹道衡《蘭陵蕭氏與南朝文學》（中華書局，2004 年）、王永平《蘭陵蕭氏「皇舅房」之興起及門風與家學述論》（《文史哲》，2007 年第 5 期）、杜志強《蘭陵蕭氏家族及其文學研究》（巴蜀書社，2008 年）中均對蕭氏家族的發展作了考述，其中也包括對蕭衍的一些事蹟的考訂。汪春泓《論王儉與蕭子良集團的對峙對齊梁文學發展之影響》（《文學遺產》，2006 年第 3 期）與胡旭、張一妮《文選不錄張融之作的歷史考察》（欽州學院學報 2010 年 4 月）都涉及了蕭衍與王儉、蕭子良的關係，認為蕭衍屬於王儉集團而與蕭子良的關係並不十分密切。其餘如周明、胡旭《梁武帝其人其詩》（江蘇教育學院學報社會科學版，2001 年 7 月）、耿雲峰《蕭氏父子與梁代文學》（西北大學 2001 年碩士論文）、臺灣王延蕙《六朝詩歌中之佛教風貌研究》（萬卷樓圖書公司，2004 年）、煙曉紅《梁武帝文學觀研究》（蘭州大學 2008 年碩士論文）、曹濟平《梁武帝及其詩歌創作》（常州工學院學報社科版，2009 年 2 月）、田曉菲《烽火與流星——蕭梁王朝的文學與文化》（中華書局，2010 年）等也都有關於蕭衍生平的概述。

（二）關於蕭衍的統治情況

周一良 1981 年所撰《論梁武帝及其時代》（收入《魏晉南北朝史論集》，北京大學出版社，1997 年）從政治、軍事、宗教、文化等方面全面論述了蕭衍的統治。肖黎在《史學月刊》1983 年第 3 期上發表的《論梁武帝》論述了蕭衍調和士庶矛盾、提倡佛教等統治措施，並指出其昏庸腐敗的一面。劉磬修在《徐州師範大學學報（哲學社科版）》1991 年第 3 期上發表的《梁武帝與南方經濟的發展》論述了蕭衍各種發展經濟的措施及各地區各行業的經濟發展規模與水平，肯定了蕭衍經濟上的功績。許輝在《學海》1994 年第 5 期上發表的《梁武帝統治述論》亦探討了蕭衍的統治特點和軍事才略等方面的情

況。金裕恩 1995 年魏晉南北朝史研究——中國魏晉南北朝史學會第五屆年會暨國際學術研討會上的論文《梁武帝天監年間官制改革思想及官僚體制上之新趨向》探討了梁代由中央行政官僚與方鎮將軍組成的雙重官制結構。楊恩玉 2009 年 9 月在《東嶽論叢》上發表的《梁武帝的驕盈心理與「梁武帝之治」的衰敗》總結了「梁武帝之治」衰敗的表現與原因。他在 2010 年六朝歷史文化與鎮江地域發展學術研討會上的論文《梁武帝的統治思想試探》總結了蕭衍前期重視儒家、後期提倡佛教、善於以史為鑒的統治特點。陳慶在《宗教學研究》2010 年第 2 期上發表的《梁武帝禁讖緯考》探討了蕭衍禁讖緯的時間、原因、效果等問題。在一些專著中也不乏對蕭衍統治狀況的探討。如曹道衡、傅剛《蕭統評傳》討論了蕭衍前後期的政局狀況。趙以武《梁武帝及其時代》、杜志強《蘭陵蕭氏家族及其文學研究》、莊輝明《蕭衍評傳》等也都分析了蕭衍統治前後期的主要政治措施。田曉菲《烽火與流星——蕭梁王朝的文學與文化》則主要從士庶關係方面探討了梁朝的政治文化。

（三）蕭衍的思想與文化建設

　　關於蕭衍思想方面的研究最受關注的是他的佛教思想。湯用彤先生《漢魏兩晉南北朝佛教史》（上海書店，1991 年）一方面列舉了蕭衍種種崇佛的政策並指出其「信佛之動機實雜以儒家之禮教」；一方面指出其佛學宗旨在般若涅槃，且不脫玄學遺風。之後諸多佛教史著作如郭朋《漢魏兩晉南北朝佛教史》（齊魯書社，1986 年）、任繼愈《中國佛教史》（中國社會科學出版社，1997 年）等都有對蕭衍的論述，但大多不出湯用彤的範圍。八十年代以來關於蕭衍佛教方面的專門研究逐漸增多。如方立天在《世界宗教研究》1981 年第 4 期上發表的《梁武帝蕭衍與佛教》就蕭衍倡佛的措施、其真神佛性論的思想、三教同源問題、倡佛的原因及後果等展開了詳細的探討。陳偉娜《梁武帝蕭衍的佛學思想及宗教實施》（《江南大學學報（人文社科版），2008 年 8 月》、殷顯春《梁武帝與佛教》（《六朝歷史文化與鎮江地域發展學術研討會論文匯編》，2010 年）也比較全面地論述了蕭衍關於佛教的各個方面。牛貴琥在《五臺山研究》1990 年第 4 期上發表的《論梁武帝之亡國並非由於佞佛》從佞佛是南北朝共同的風氣、武帝時佛教勢力不足以令梁朝滅亡、武帝崇佛所費之財物並沒有想像中那麼多、同時及稍後的人們並不把佞佛作為梁亡的原因四個方面論證佞佛並非梁亡的主因。嚴耀中《江南佛教史》（上海人民出版社，2000 年）亦從當時的人口、幣制、佛教理念等方面論證，支持了牛貴琥的觀

點。錢汝平《蕭衍研究》則在列舉蕭衍的崇佛舉動並對「崇佛亡國」說進行歷史的回顧後認為蕭衍崇佛是對崇儒的補充，實際起到了穩定統治的作用。歐陽鎮在《江西社會科學》1996 年 11 期上發表的《試論梁武帝力促佛教僧制的中國化》概括了蕭衍制定的一系列促進佛教僧制中國化的僧規制度。討論蕭衍制定的僧規制度與佛教中國化的還有李曉虹《從梁武帝看素食制度的頒行》（《宗教學研究》，2007 年第 4 期）、《梁武帝與素食新探》（《中國宗教》2007年 12 月），指出蕭衍實施素食制度的關鍵因素在其「神明不滅」的信仰。張賢明《梁武帝蕭衍對佛教本土化的幾點貢獻》（《西藏民族學院學報（哲學社科版）》，2010 年 5 月）從捨身佛門、制定戒律、主張神明不滅三個方面論述了蕭衍對佛教中國化的貢獻。夏德美《論梁武帝的「斷酒肉文」與佛教中國化》（《煙臺大學學報（哲學社科版）》，2010 年 7 月）探討了《斷酒肉文》提出的時間，並指出了其提出的原因及影響。謝舟《論南梁對佛教的內規式法律調控──以梁武帝制葷腥戒為例》（《中華文化論壇》，2011 年第 5 期）通過研究制葷腥戒的背景、過程，評價了葷腥戒制定的效果及影響，理清了皇權對佛教中國化、世俗化的歷史脈絡。熊清元 1998 年 5 月在《黃岡師專學報》上發表的《梁武帝天監三年「捨事李老道法」事證偽》從材料來源、材料本身的破綻、蕭衍的思想三個方面論證此事為道宣偽造，與其排斥孔老的立場有關。趙以武《梁武帝及其時代》亦認為「捨道事佛」在天監三年不可信，應當在天監十八年，並詳細闡述了捨道事佛的經過和原因。丁紅旗《梁武帝天監三年「捨道歸佛」辨》（《宗教學研究》，2009 年第 1 期）亦認為此事十分可疑，或許是佛教徒在佛道論爭中自張其教而編撰的。而譚潔《梁武帝天監三年發菩提心「捨道」真偽考辨》（《世界宗教研究》，2010 年第 3 期）則從文獻記載及流傳的情況入手，結合梁初佛、道之爭，認為此事屬實，是佛、道鬥爭的結果。王毓 2005 年 1 月在《理論界》上發表的《梁武帝及其儒佛政策》從政治統治的角度分析了蕭衍儒佛融合的社會宗教政治理念。王瑋《從梁武帝的「孝思賦」看中國佛教與儒家倫理的融合》（《西北民族大學學報（哲學社科版）》，2005 年第 4 期）也同樣說明了蕭衍儒佛融合的思想。王瑋在《甘肅社會科學》2005 年第 4 期上發表的《梁武帝的神不滅論新探》從蕭衍的佛學和儒家思想背景出發，認為其神不滅論的意義在於強調因果理論，以此在倫理教化方面融合儒釋二教。謝路軍《梁武帝對「神明觀」的闡釋及論證特色》（《南京社會科學》，2005 年第 8 期）認為蕭衍神明觀的論證受玄學、儒學、

識含宗、僧肇及晉宋之際很多佛教學者的影響。譚潔《論梁武帝的神明觀及其佛性思想》（《江漢論壇》，2007 年 5 月）指出蕭衍的神明觀及其佛性思想有融合儒釋的鮮明特色。趙以武《梁武帝及其時代》也介紹了蕭衍的真神佛性論思想。而古正美在 2006 年「社會・歷史・文獻——傳統中國研究學術討論會」上的論文《梁武帝的彌勒佛王形象》討論了蕭衍受菩薩戒的時間與意義、文獻中梁武帝的彌勒佛王形象、蕭衍的彌勒佛王信仰等問題。李猛《梁武帝〈敕答臣下神滅論〉與梁初佛教》（《國學學刊》，2020 年第 3 期）梳理了《梁書》與《弘明集》所載《神滅論》的真正區別以及法雲傳示蕭衍《敕答臣下》的形式與意義。田曉菲《烽火與流星——蕭梁王朝的文學與文化》、杜志強《蘭陵蕭氏家族及其文學研究》也介紹了蕭衍崇佛的種種舉動。

關於蕭衍道教思想的研究較少，僅趙以武《梁武帝及其時代》及錢汝平《蕭衍研究》介紹了蕭衍的天師道信仰及其家族背景。而關於蕭衍與儒家思想之間的關係則有較多論述者。如陳朝暉《梁武帝與南朝的儒學》（《孔子研究》，1994 年第 1 期）、強中華《蕭梁帝王文藝研究》（陝西師範大學 2005 年碩士論文）、王永平《梁武帝之倡儒與蕭梁經學之復興》（《閩江學刊》，2011 年 2 月）、孫君倩《簡論梁武帝與梁初經學的發展》（《聊城大學學報（社會科學版）》，2011 年第 2 期）等均論述了蕭衍的崇儒舉措和對當時儒學發展的促進。張軼《蕭衍「易」學思想研究》（《前沿》，2010 年第 14 期）則指出蕭衍易學呈現出多種思想並存的特點，主要宗於王弼，明顯受玄學思想模式影響。此外，潘桂明《試論梁武帝「三教」思想及其歷史影響》（《孔子研究》，1986 年第 4 期）與趙以武《梁武帝及其時代》指出了蕭衍思想上主張三教同源的特點。

蕭衍的文化建設主要體現在禮樂建設上。關於蕭衍禮制建設的研究有徐迎花在《北方論叢》2008 年第 4 期上發表的《梁武帝時期郊祀制度問題研究》，指出蕭衍親祠依儒家禮經為據，體現出儒家現實主義傾向，深化了儒學對制度的整合，使郊祀制度更加成熟。曾智安在《樂府學》第 6 輯上發表的《從「相和六引」到「相和五引」——梁代對元會儀的改革與「相和引」之變》指出梁代將確認君主權威的方式由人事關係的儀式化改革為擬則天道，導致了禮、樂關係的變化。對蕭衍音樂方面的研究有田青在《天津音樂學院學報》1985 年第 3 期上發表的《梁武帝與佛樂》，討論了蕭衍整理雅樂、促成佛教音樂繁榮、修正樂律等舉措。他在《佛教文化》1993 年第 1 期上發表的《梁武

帝與佛樂》則討論了蕭衍創作佛樂、將佛樂引入雅樂、促進了佛樂民間化等問題。俊文、劉憶在《南京藝術學院學報（音樂與表演版）》1987 年第 1 期上發表的《蕭衍與「四通」、「十二笛」》認為蕭衍的「四通」、「十二笛」吸取了京房以弦定律的經驗，結合了管律與弦律，同時也介紹了蕭衍對清商、佛樂的創作與貢獻。吳大順 2007 年 6 月在《江西師範大學學報（哲學社科版）》上發表的《梁武帝音樂文化活動與梁代宮體詩》認為蕭衍在宮廷音樂文化的建構中大量吸取吳聲、西曲，導致了宮體詩的興盛。王志清《論蕭梁宮廷音樂文化建設與樂府詩發展》（《西南大學學報（社會科學版）》，2010 年 7 月）認為以蕭衍為核心的蕭梁宮廷音樂建設雅、俗樂並重，富於新變特徵，促進了樂府詩的總體繁榮。許雲和 2010 年 7 月在《武漢大學學報（哲學社科版）》上發表的《梁武帝「江南弄」七曲研究》指出這七曲的深層目的是歌仙道、詠長生，其形式受佛樂影響，產生於梁代制定禮樂的背景之下，是為天監十二年元會而作的。此外，胡德懷《齊梁文壇與四蕭研究》，曹道衡、傅剛《蕭統評傳》，趙以武《梁武帝及其時代》，杜志強《蘭陵蕭氏家族及其文學研究》等都介紹了蕭衍學術文化方面的成就。

（四）蕭衍的文學思想

關於蕭衍文學思想，較早對之作出論斷的是周勳初。周先生在《梁代文論三派述要》（《周勳初文集》第三卷，江蘇古籍出版社，2000 年 9 月）一文中將其歸為守舊派，認為他是裴子野、劉之遴等人依附的對象。這一觀點在學術界有著相當大的影響，被許多學者所認同。胡德懷《齊梁文壇與四蕭研究》與西北大學耿雲峰 2001 年碩士論文《蕭氏父子與梁代文學》中也都維持周的觀點。而近年來則出現了一些反對意見。較早提出異議的是張辰，他在《內蒙古大學學報》1988 年第 2 期上發表的《略論四蕭的文學觀》中指出蕭衍既反對浮豔的文風，又關注文飾，總的來看還是文質並重。羅宗強在《魏晉南北朝文學思想史》（中華書局，1996 年）中進一步指出蕭衍是一個複雜的人物，對於其時各派之文學思想都可以兼容。陳慶元《梁武帝蕭衍的文學活動及其文學觀》（收入《魏晉南北朝文學與思想學術研討會論文集》第三輯，文津出版社，1998 年）中認為蕭衍文學觀總的來說比較折衷，既不守舊，也不極力趨新，提倡三教合流，文學觀方面較偏重儒家。林大志贊成羅宗強之說，在《四蕭文學研究》中指出蕭衍的文學思想比較中允平和、兼收並蓄，同時還提到了蕭衍強調客體對主體觸發作用；提倡雅正文風；重視音樂與文學

的關係。華中師範大學楊旭瑋 2005 年碩士論文《蕭衍與齊梁文學》中認為蕭衍既重視禮樂教化又認可文學的抒情娛樂功能。錢汝平《蕭衍研究》認為蕭衍在文學觀念上是一個能兼容並蓄、堂廡開闊的人物。林家驪、陶琳《四蕭文學群體與梁代詩風之變》（《浙江大學學報（人文社科版）》，2007 年 9 月）比較偏向周勳初先生的觀點，從蕭衍弘揚雅樂、偏愛典雅作品、雅化吳聲西曲、喜愛博事、編選《歷代賦》五個方面論證蕭衍的文學觀偏於保守。煙曉紅《梁武帝文學觀研究》認為蕭衍的文學觀既有傳統的儒家思想，弘揚封建正統文化的一面，也有受永明文學新思潮影響，冶情豔思的一面，並指出了形成這一情況的政治、社會、民歌、宗教等多方面的原因以及對蕭統雅正的文學思想和蕭綱、蕭繹的新變文學思潮的啟發影響。趙理直 2009 年 1 月在《中國古代文學研究》上發表的《試論梁武帝蕭衍文論觀中的矛盾性及其調和之道》中認為蕭衍既推重以內容為主的「雅正」的文質觀又重視辭采之美和藝術形式，並指出蕭衍企圖通過辨析文體來區分不同文體的功能來調和這些矛盾。此外，還有一些研究如秦元在《齊魯學刊》1997 年第 1 期發表的《梁代蕭氏家族的文學觀》、江西師範大學曾睿 2006 年碩士論文《蕭氏父子文學思想研究》指出蕭衍認為情感生成來源於外物觸發，重視情物互動。

（五）蕭衍詩歌創作研究

對於蕭衍詩歌的研究首先是關於他詩歌歷代流傳的情況。福建師範大學于英麗 2003 年碩士論文《蕭衍文學活動及其詩賦研究》、錢汝平《蕭衍研究》均簡略梳理了歷代選本、別集、類書等對梁武帝詩歌的收錄情況。南京師範大學胡紅娟 2008 年碩士論文《梁武帝詩歌研究》在此基礎上又從正史和私家藏書書目中考證蕭衍的著作情況。

其次是對蕭衍一些有爭議作品歸屬的考訂。逯欽立在《漢魏六朝文學論集》（陝西人民出版社，1984 年）中針對《子夜四時歌》等幾首詩到底是蕭衍所作還是王金珠所作的問題，認為是「武帝所作，而王金珠改用之，故兼屬二人之名」，應「分見兩集」。于英麗在《福州大學學報（哲學社會科學版）》2004 年第 2 期上發表的《對梁武帝幾首有爭議詩歌的斷歸》中贊成逯的觀點。同時還認為被《玉臺新詠》題作古辭的《東飛伯勞歌》和《河中之水歌》是文人所作，而且是蕭衍創作的可能性很大。此外還考訂《送始安王方略入關》一詩非蕭衍而是蕭繹所作。錢汝平《蕭衍研究》也持此觀點。而胡紅娟《梁武帝詩歌研究》則認為《東飛伯勞歌》、《河中之水歌》均為古辭，非梁武帝所作。

　　第三是對蕭衍詩歌藝術成就的探討。關於蕭衍詩歌的整體風貌，學界多將其歸入「永明體」之列。如曹道衡、沈玉成《南北朝文學史》（人民文學出版社，1991 年）中認為蕭衍「樂府歌辭以外的詩仍屬永明體格。」陳慶元《梁武帝蕭衍的文學活動及其文學觀》也認為「不能因為蕭衍不懂四聲，就將他排除在永明詩人之外」、「他（蕭衍）雖然不懂四聲，但早期某些作品的形式格調和永明詩人仍然比較接近。」曹道衡《蘭陵蕭氏與南朝文學》中也提到蕭衍的詩歌前期風格近於永明，清麗平易，同時也指出了其不同之處在於對聲律的遵守。此外早期還著力模仿民歌，尤其是吳聲、西曲，頗有一些近於宮體的豔詩但略帶古氣，句子有些散文化的氣息。而稱帝以後的作品則較多說教成分，成就不如前期。曹道衡、傅剛《蕭統評傳》、耿雲峰《蕭氏父子與梁代文學》、錢汝平《蕭衍研究》、李中華、楊曉東《文士、將軍、皇帝、佛教徒——梁武帝蕭衍的社會角色及文學人格新說》、曾睿《蕭氏父子文學思想研究》等亦持類似的觀點。惟有錢志熙《魏晉南北朝詩歌史述》（北京大學出版社，2005 年）中認為：「梁武帝倡導的詩風，多與永明諸家異轍。」並指出主要表現在蕭衍對永明聲律不感興趣和喜歡寫長篇詩。而葛曉音《八代詩史》（中華書局，2007 年）中指出蕭衍樂府與古詩表現出截然不同的內容和風格：樂府多擬民歌，重閨情，使民歌從內容和形式上都趨於雅化；古詩則多說教，比較莊重。楊旭瑋《蕭衍與齊梁文學》則強調蕭衍詩歌在齊梁詩歌發展中的啟承地位：永明與宮體之間的過渡。其詩歌既繼承了永明體的一些因素，又對宮體詩的形成有所啟發。

　　除了對蕭衍詩歌整體風格的把握，分類探討蕭衍詩歌的題材內容和藝術特色也是研究的重點。除上述專著與文章外，煙曉紅《梁武帝文學觀研究》、林大志《四蕭文學研究》、于英麗《蕭衍文學活動及其詩賦研究》、曹濟平《梁武帝及其詩歌創作》、周明、胡旭《梁武帝其人其詩》等文章對此都有研究，其結論也大都一致，認為蕭衍的詩歌題材廣泛，尤善女性題材，頗有輕豔之風，同時也有一些風格清麗的精彩篇章，在齊梁詩壇有著不可忽視的地位。其中于英麗《蕭衍文學活動及其詩賦研究》對蕭衍的詩歌風格進行了概括，認為他的詩歌具有多化用前人名句，不乏清麗之氣；運用心理描寫，刻畫形象，雜用比興，寄託感情；講究對偶，善用頂針；句式多樣，多用疊句疊韻的特點。而李中華、楊曉東《文士、將軍、皇帝、佛教徒——梁武帝蕭衍的社會角色及文學人格新說》則指出蕭衍詩歌的缺點：詩歌思想性與抒情性不足，

沒有鮮明的自我形象，佛教義理與文學思維的結合也很失敗。

　　由於蕭衍尤善女性題材的詩歌，不少學者從此出發探究蕭衍詩歌與宮體詩之間的關係。耶魯大學孫康宜教授《抒情與描寫——六朝詩歌概論》（鍾振振譯，上海三聯書店，2006 年）中認為蕭衍前期詩歌非常重視對美女的描摹，而宮體詩則「很大程度上與梁武帝早期的詩歌相類似。」胡旭《重色家風與梁代的宮體詩》（《浙江社會科學》，2003 年 3 月）、《梁武帝與〈昭明文選〉、〈玉臺新詠〉的編纂》（《古籍整理研究學刊》，2004 年 9 月）都指出了蕭衍喜好民歌豔詩對於宮體詩興起的影響。石觀海《宮體詩派研究》（武漢大學出版社，2003 年）中更是認為蕭衍寫作了大量的豔詩和詠物詩，是梁代豔詩大行的關鍵人物，是宮體詩派的中堅。侯愛華《無心卻添紅袖香——論蕭衍對宮體詩的貢獻》（《中國古代文學研究》2007 年 3 月）專門探討蕭衍詩歌對宮體詩興起的影響，認為蕭衍不避香豔的文學氛圍，對宮體詩的興起有鋪墊之功。

　　此外，還有專門對蕭衍樂府詩的研究。如臺灣輔仁大學陳義成碩士論文《漢魏六朝樂府研究》（嘉新水泥公司文化基金會，1977 年）提及蕭衍的樂府民歌，以為「其講究雕琢修飾，增益文辭之唯美與工整，然於情感之表達，乃矜持造作。」楊德才《論蕭衍的樂府詩》揭示了蕭衍的樂府詩與蕭衍 20 至 39 歲的活動地域以及與王儉、蕭子良文學集團的文學活動的關係，認為蕭衍對樂府新聲的興趣一以貫之，對樂府的教化作用和娛樂性區別對待，並分析了蕭衍樂府的內容：男女之情與佛道內容，以及蕭衍樂府詩的影響：促進輕豔文風、拓寬佛道思想的表現領域。河北師範大學王洪偉 2005 年碩士論文《蕭衍和梁代清商曲辭研究》著重探討了蕭衍對於清商曲辭的繼承發展，並從蕭衍與清商曲辭關係的角度考察其對詩歌聲律的影響以及蕭衍與《玉臺新詠》的編纂。此外，耿雲峰《蕭氏父子與梁代文學》、曾睿《蕭氏父子文學思想研究》等也都有專章探討蕭衍的樂府詩創作。

　　除此之外，還有文章談到蕭衍詩歌與佛教之間的關係。普慧《南朝佛教與文學》（中華書局，2002 年）提到蕭衍詩歌中的空義、豔情受到佛經的影響，但並沒有專門全面深入地探討蕭衍詩歌與佛教的關係。王延蕙《六朝詩歌中之佛教風貌研究》中討論了蕭衍詩歌中的佛教因素。李秀花《梁武帝詩文所受漢譯佛經影響》（《西南交通大學學報》（社會科學版），2008 年 6 月）從蕭衍詩歌大量談論佛理、議論多而抒情少的角度闡述了蕭衍詩歌所受漢譯佛經的影響。

　　與蕭衍詩歌研究相關的一個問題是對蕭衍「不知四聲」問題的看法。石觀海《宮體詩派研究》中認為蕭衍並非「不知四聲」，並舉出了蕭衍詩歌中不少講究平仄的例子。他認為這是因為蕭衍對沈約的嫉妒而故意排斥。王洪偉《蕭衍和梁代清商曲辭研究》則認為蕭衍「不知四聲」並非因為蕭衍才弱，亦非因為嫉妒沈約，而是出於對音韻自然的江南民歌的喜好，反對文人詩歌創作中刻意的「審音定字」。徐寶余 2008 年 2 月在《南陽師範學院學報（社會科學版）》發表《梁武帝「不知四聲」辨》專門探討這一問題，認為蕭衍並非真的「不知四聲」而有意排斥，這與他注重詩歌自然音律的文學立場和對沈約文壇宗主地位的嫉妒與政治上排擠有關。胡紅娟《梁武帝詩歌研究》卻認為蕭衍的確不懂四聲，但也並非才弱「聾俗」，因為講究聲律的四聲與以五聲為基礎的樂律不同，當時除蕭衍外還有不少不懂或不贊成聲律說的人。

（六）蕭衍與梁代文壇

　　這一方面的研究首先是關於蕭衍組織的文學活動及與其身邊文士關係的情況。穆克宏《蕭氏父子與梁代文學》（《陰山學刊（哲學社科版）》，1992 年第 4 期）、普慧《齊梁三大文學集團的構成及其盟主的作用》（《社會科學戰線》，1998 年第 2 期）、耿雲峰《蕭氏父子與梁代文學》主要梳理了蕭衍文學集團的組成人員，同時也論及了這一文學集團的文學活動。陳慶元《梁武帝蕭衍的文學活動及其文學觀》、于英麗《蕭衍文學活動及其詩賦研究》將蕭衍入梁後的文學活動分為宴集與獎掖文學之士；參與文士贈答酬和活動；創作、定制樂府曲辭；組織文士編纂文學類書；培養子弟的文學才能。並指出了這使得梁代文壇產生了一批文學侍從作品，開啟了梁代文學重娛樂之風，形成了以帝王為中心的文學集團，為梁代文學創作了寬鬆的外圍環境，形成了一股總結之風等。林大志《四蕭文學研究》中認為蕭衍文學集團確實存在，但人員結構龐雜，並分析了其文學集團的成員，認為他們主要活動在梁代前中期尤其是天監年間。其餘如楊旭瑋《蕭衍與齊梁文學》也論述了蕭衍組織的文學活動對齊梁文學的影響，認為蕭衍的提倡對梁代文風盛熾、人才輩出、藝術技巧的進步及文學派別的形成有著至關重要的作用。錢汝平《蕭衍研究》用大量史料鉤稽了蕭衍建梁以後的一系列文學活動，考察了它們所起的作用和影響，指出蕭衍提攜文學後進和組織文學集體活動等舉措對梁代文壇的繁榮起了直接的推動作用。孫士現《梁武帝與文人及梁代前期文學之關係》（《新疆教育學院學報》，2007 年 3 月）也討論了蕭衍的文學集團、文學活動、拔擢

文士的舉措以及與周圍文人的關係等問題，認為蕭衍對文學的提倡促進了梁代文學的繁榮。楊德才《蕭氏父子與梁代文學》（《文史哲》，1998 年第 6 期）則指出蕭衍為梁代文學創作了寬鬆的外圍環境，但文學的主流仍受士族引導，是永明文學的延續。

其次是對梁代文學分期與整體發展狀況的看法。目前對梁代文學的分期主要有兩期說與三期說。前者可以葛曉音為代表，認為前期詩風大致沿襲齊代，後期則是宮體詩占主導（見《八代詩史》）。後者以劉躍進為代表，認為天監十二年前為前期，此後到中大通三年為中期，之後為後期（見《中古文學文獻學》，江蘇古籍出版社，1997 年）。關於梁代後期的文學狀況，諸家均無異議，認為是宮體文學的時代。劉躍進認為前期是永明文學的延續，中期盛行著蕭統主導的復古思潮（見《中古文學文獻學》及《昭明太子與梁代中期文學復古思潮》（《文選學論集》，時代文藝出版社，1992 年））。傅剛《永明文學至宮體文學的嬗變與梁代前期文學狀態》（《社會科學戰線》，1997 年第 3 期）和《試論梁天監、普通年間文學思想與創作》（《文學遺產》，1998 年第 5 期）基本支持劉躍進的觀點，但也指出了齊梁之際文風的變化，認為建武年間詩風開始發生變化，使事用典、好古愛奇之風開始興盛，並影響到了梁代前期文壇。錢志熙《魏晉南北朝詩歌史述》則認為梁初永明體雖在繼續發展，但並不特別流行。林大志《四蕭文學研究》中「梁代文壇的分期與三派文壇辨疑」一節則認為梁代中期復古思想並不占主導，前期、中期並無本質不同，均主漸變。

再次是蕭衍與蕭統、蕭綱文學思想的關係問題。目前研究蕭統、蕭綱文學思想的成果較多，但鮮有研究蕭衍對他們文學思想形成的影響。僅錢汝平《蕭衍研究》中指出蕭統和蕭綱的文學思想是蕭衍有意安排培養，分別體現了蕭衍自己典雅和豔麗的一面。此外有不少研究提到了蕭衍喜歡民歌與提倡佛教對宮體詩的影響。前者在前文已經提到，後者代表有汪春泓在《文學評論》1991 年第 5 期上發表的《論佛教與宮體詩的產生》。此文從佛教與梁代士風、文學尚麗之思潮、佛教婦女觀、佛經中的宮體詩雛形等幾個方面論述了佛教與宮體詩之間的關係。許雲和在《文學評論》1996 年第 5 期上發表的《欲色異相與梁代宮體詩》指出宮體詩受到了佛經中男女性愛描寫的影響。田曉菲《烽火與流星——蕭梁王朝的文學與文化》則認為宮體詩在觀照和表現世界的方式上與佛教教義息息相關。

二、有待解決的問題

綜觀歷代關於蕭衍的研究，歷來重視其政治歷史與宗教思想方面。近些年來，對蕭衍文學方面的研究逐漸增多，不少文章從蕭衍的生平資料、文學思想、詩歌創作以及對梁代文學的影響等方面進行了研究，取得了不少成果。但是還有不少問題可以繼續探討：

1. 關於蕭衍的文學思想。目前學界多認為蕭衍的文學思想兼容並蓄，既有復古的一面，也有趨新的一面。那麼蕭衍在什麼情況下提倡復古，什麼情況下表現為趨新？蕭衍在兼容各派文學思想之餘，是否有自己的獨特看法？蕭衍文學思想之形成又受到何種因素的影響？這些探討有助於我們進一步深入全面地理解蕭衍的文學思想。

2. 關於蕭衍與永明文學的關係。目前學界多因蕭衍「竟陵八友」的身份而將之歸入永明作家的行列。那麼蕭衍在永明文學中的地位究竟如何？其詩歌與永明體又有何異同？這一問題的探討不僅有助於我們把握蕭衍的詩歌創作風格，還能幫助我們更好地理解梁代詩歌與永明文學之間的關係。

3. 關於蕭衍清商樂府的研究。蕭衍的清商樂府在其詩歌中佔據了較大比重，歷來受到研究者的關注。這類作品因其入樂演唱、表演，甚或作為宮廷禮樂的組成部分而有別於一般的詩歌創作。目前學界對蕭衍清商樂府的研究主要還是將之作為樂府詩的一種分析其內容、風格，較少結合其禮樂建設的背景以及音樂表演形式進行全面的探討，與之相關的蕭衍音樂觀也鮮有學者涉及。

4. 關於蕭衍文章的研究。目前學界對蕭衍文學方面的研究主要偏重於詩歌，對於文章尤其是公文方面幾乎沒有涉及。

5. 蕭衍對齊梁文學發展的影響。目前學界關於蕭衍對齊梁文學演變之影響的研究主要侷限於梳理蕭衍組織的各種文學活動及獎掖提拔文士的舉措，以及其為梁代文學的繁榮提供了良好的環境方面，對於蕭衍的文學思想與創作實踐對梁代文學發展之引導尚缺乏充分探討。

正因如此，在現有研究成果的基礎上，對蕭衍與齊梁文學的演變還有進一步考察的必要。本書準備將蕭衍置於齊梁文學發展的整體脈絡中，就其文學觀念及成因，以及他在文、筆兩方面對齊梁文學演變的影響進行全面梳理。

三、研究思路與方法

本書的研究首先從蕭衍的文學觀念入手，就其在不同場合表現出的復古、

趨新傾向進行細緻辨析，總結蕭衍在文學上的獨特好尚以及其文學觀念在梁代文壇的影響。對於蕭衍文學觀念的把握也有助於我們更清楚地認識其各種文體具體的創作實踐。此外蕭衍文學觀念的形成又受到其家世背景、生平經歷、個人思想等種種因素的影響，本書的第一章亦將對這一問題展開論述。

接下來分別從文、筆兩方面具體探討蕭衍的創作實踐及其對齊梁文學演變展的影響。

「文」以抒情性最強的詩歌和清商樂府為代表。第二章主要探討蕭衍與齊梁詩歌的演變。首先通過梳理從元嘉古體到永明新體的演變這一齊梁詩歌發展的重要背景，以便我們更好地把握蕭衍在齊梁詩歌演變中的位置。接下來是對蕭衍詩歌思想與創作實踐的具體研究。通過對蕭衍詩歌喜好和創作特點的細緻研究，辨析其與永明體之間的關係，總結其詩歌創作風格和成就。最後是對蕭衍與梁代詩歌演變關係的探討。梁代前期是蕭衍影響力比較強大的時期，最能體現出他在齊梁詩歌演變中的地位與作用。梁代後期詩歌的發展雖與蕭衍喜好異趣，但仍受其極力宣揚的佛教信仰的影響。

第二章探討蕭衍與齊梁清商樂府的演變。首先總結東晉南朝以來清商樂府發展歷程，以便我們更清晰地把握蕭衍在清商樂府發展中的地位和作用。其次在禮樂建設的背景下考察蕭衍的音樂觀，幫助我們準確理解蕭衍對待清商樂府的態度及其接受、改造清商樂府的種種具體舉措。最後是從曲辭創作和音樂表演形式兩方面具體研究蕭衍對清商樂府的接受與改造，以求全面把握蕭衍對齊梁清商樂府演變的影響。

「筆」以應用性最強的政府公文為代表。第四章主要探討蕭衍與齊梁公文的發展演變。首先考察在以文為筆盛行的背景下蕭衍的實用文章觀及其與齊梁公文發展演變之關係。與詩歌一樣，梁代前期同樣是蕭衍公文的影響力最強的時期，這一時期的公文在蕭衍的影響下與之前、之後都有所不同。在考察齊梁公文發展演變的背景之後即對這一問題展開探討。最後是蕭衍與梁代後期公文的演變，重點在於考察蕭衍對宮體文這種新變公文文體的態度及其原因以及在蕭衍影響力強弱不同的時期宮體文的發展狀況，從而更完整地展現出蕭衍對齊梁公文發展演變所產生的影響。

第一章　蕭衍的文學觀念及其成因

　　蕭衍身兼文士與帝王的雙重身份，在不同場合針對與文學相關的問題發表過不同的看法，因而使其文學觀念呈現出較複雜的狀態。深入辨析蕭衍的文學觀有助於我們更清楚地認識其各種文體具體的創作實踐，也有助於我們更準確地把握蕭衍與齊梁文學演變之關係。蕭衍文學觀念的形成又受到其家世背景、生平經歷、個人思想等種種因素的影響，瞭解蕭衍文學觀念之成因有助於我們更深入地理解蕭衍的文學觀念及其與時代風氣的關係。因此本章主要分為兩節，分別探討蕭衍的文學觀念及其影響與蕭衍文學觀念之成因。

第一節　蕭衍的文學觀念

　　目前學界對於蕭衍文學觀的看法主要有兩種：一種是較為傳統的觀點。認為蕭衍重視文學的政教功用，尚功利、主質樸，屬於傳統的儒家文學觀，是裴子野、劉之遴等復古派依附的對象〔註1〕。另一種觀點是對這種傳統觀點的修正，在肯定蕭衍文學觀有著復古守舊一面的同時，又注意到蕭衍對新聲俗樂的喜愛以及對消閒裝飾性文學的推動等方面，因此認為他是一個複雜的

〔註1〕　較早提出這一觀點的是周勳初先生，他在《梁代文論三派述要》（《周勳初文集》第三卷，江蘇古籍出版社，2000 年 9 月）一文中將蕭衍歸入守舊派，認為他是裴子野、劉之遴等人依附的對象。這一觀點在學術界有著相當大的影響，被許多學者所認同。胡德懷《齊梁文壇與四蕭研究》（南京大學出版社，1997 年）、耿雲峰《蕭氏父子與梁代文學》（西北大學碩士論文，2001 年）、林家驪、陶琳《四蕭文學群體與梁代詩風之變》（《浙江大學學報（人文社科版）》，2007 年 9 月）等都比較偏向這一觀點。

人物，對各派文學思想都可以兼容。〔註2〕筆者認為在此基礎之上，蕭衍的文學觀還有進一步探討的空間：如到底應該如何看待蕭衍文學觀中復古守舊的一面？蕭衍在兼容各派文學思想之餘，自己又有怎樣的看法？蕭衍的文學觀對梁代文學思想產生了怎樣的影響？本節主要圍繞這些問題，通過對其在不同場合表現出的復古、趨新傾向進行細緻辨析，對蕭衍的文學觀念展開進一步探討。

一

首先來看蕭衍文學觀中復古守舊的一面。學界認為蕭衍文學觀中存在復古守舊的一面主要依據以下幾點：第一，蕭衍與復古派的不少人物關係甚好，尤其對其代表人物裴子野頗為賞識。第二，蕭衍斥責了「為文好為新變，不拘舊體」的徐摛。第三，蕭衍提倡雅樂，重視音樂的教化作用。他在天監元年曾下詔訪集古樂，後來又不滿郊廟歌辭多「子史文章淺言」，要求「須典誥大語」。第四，蕭衍提倡雅正的文風，多次在公開場合誇讚辭義典雅之作。第五，蕭衍不好四聲，與永明以來的新變思潮不符。下面對這些問題逐條辨析。

蕭衍對裴子野的賞識主要見於《梁書·裴子野傳》：

> 普通七年〔註3〕，王師北伐，敕子野為喻魏文，受詔立成，高祖以其事體大，召尚書僕射徐勉、太子詹事周捨、鴻臚卿劉之遴、中書侍郎朱异，集壽光殿以觀之，時並歎服。高祖目子野而言曰：「其形雖弱，其文甚壯。」俄又敕為書喻魏相元乂，其夜受旨，子野謂可待旦方奏，未之為也。及五鼓，敕催令開齋速上，子野徐起操筆，昧爽便就。既奏，高祖深嘉焉。自是凡諸符檄，皆令草創。

〔註2〕持這一觀點的有羅宗強《魏晉南北朝文學思想史》（中華書局，1996年）、陳慶元《梁武帝蕭衍的文學活動及其文學觀》（《魏晉南北朝文學與思想學術研討會論文集》第三輯，文津出版社，1998年）、林大志《四蕭文學研究》（河北大學博士論文，2003年）、錢汝平《蕭衍研究》（四川大學博士論文，2007年）等。

〔註3〕此處「普通七年」當為「普通五年」，理由有三：首先，據《梁書·周捨傳》，周捨卒於普通五年，不當參與普通七年北伐的議事。其次，據《魏書·蕭宗紀》及《魏書·道武七王傳》，元乂於孝昌元年，也就是梁普通六年，削職為民，不久被殺。蕭衍因此也不可能於普通七年再讓裴子野寫信給元乂。第三，據《梁書·武帝紀》，普通七年雖有北伐行動，但規模較小，僅僅是攻取壽陽的局部戰爭。而對魏的大規模北伐自普通五年起一直沒有完全結束，因此蕭衍也不可能於普通七年再讓裴子野寫喻魏檄文。綜上，喻魏檄文當作於大規模北伐之始的普通五年。

> 子野為文典而速，不尚麗靡之詞。其製作多法古，與今文體異，當
> 時或有詆訶者，及其末皆翕然重之。

從材料中我們不難看出，裴子野受到蕭衍的賞識主要是由於他北伐檄文的寫作。這類為軍事行動而作的檄文與一般的文學作品不同，有著重要的政治意義。《文心雕龍・檄移》：「故分閫推轂，奉辭伐罪，非唯致果為毅，亦且屬辭為武。使聲如衝風所擊，氣似欃槍所掃，奮其武怒，總其罪人，懲其惡稔之時，顯其貫盈之數，搖奸宄之膽，訂信順之心，使百尺之衝，摧折於尺書，萬雉之城，顛墜於一檄者也。」可見檄文應該有著壯我軍威，打擊敵人士氣的功效，是影響戰爭勝負的一個因素。因此這類文章要求「植義颺辭，務在剛健」、「文不雕飾，而辭切事明」、「若曲趣密巧，無所取才矣」（《文心雕龍・檄移》）。這種文體要求正適合裴子野不尚麗靡之詞的典正文風。但是我們同時也應該注意到，這則材料中體現出的蕭衍對裴子野的賞識也僅僅侷限於政府公文的寫作方面。裴子野的檄文得到蕭衍的充分肯定之後的結果是「自是凡諸符檄，皆令草創」，也就是說此後重要的政府公文都交由裴子野起草。包括檄文在內的政府公文在現實政治生活中起著重要作用，寫作這類文章最重要的就是要充分發揮其實用功效，而這正與裴子野極端重視文學社會政教功用的文學觀相合。因此蕭衍在政府公文寫作方面器重裴子野，並不意味著對其文學觀念的全面肯定。

蕭衍對徐摛的批評主要見於《梁書・徐摛傳》：

> 摛幼而好學，及長，遍覽經史。屬文好為新變，不拘舊體。起
> 家太學博士，遷左衛司馬。會晉安王綱出戍石頭，高祖謂周捨曰：
> 「為我求一人，文學俱長兼有行者，欲令與晉安遊處。」捨曰：「臣
> 外弟徐摛，形質陋小，若不勝衣，而堪此選。」高祖曰：「必有仲宣
> 之才，亦不簡其容貌。」以摛為侍讀。後王出鎮江州，仍補雲麾府
> 記室參軍，又轉平西府中記室。王移鎮京口，復隨府轉為安北中錄
> 事參軍，帶郯令，以母憂去職。王為丹陽尹，起摛為秣陵令。普通
> 四年，王出鎮襄陽，摛固求隨府西上，遷晉安王諮議參軍。大通初，
> 王總戎北伐，以摛兼寧蠻府長史，參贊戎政，教命軍書，多自摛出。
> 王入為皇太子，轉家令，兼掌管記，尋帶領直。摛文體既別，春坊
> 盡學之，宮體之號，自斯而起。高祖聞之怒，召摛加讓。

學界一般認為蕭衍發怒是因為不滿徐摛寫作追求新變的宮體詩，但根據這段

材料來看，這裡的「宮體」指的不是詩而應該是文，而且指的是教命軍書一類的政府公文。〔註4〕由此看來，蕭衍發怒針對的正是這種興盛於東宮的公文新變文體。如前所述，政府公文在現實的政治生活中起著重要作用，需要充分發揮其實用功效，適合裴子野等人莊重典正的文風，而徐摛卻以「綺豔」的新變文體寫作公文，並在東宮大張旗鼓，號為「宮體」，自然會引起蕭衍的不滿。可以說蕭衍對裴子野的賞識和對徐摛的批評正是一體之兩面，都是針對政府公文的寫作，不應將之擴大為對蕭衍整體文學觀的認識。

蕭衍提倡雅樂，重視音樂的教化作用主要見於《隋書‧音樂志》和《梁書‧蕭子雲傳》的相關記載。《隋書‧音樂志》：

> 梁氏之初，樂緣齊舊。武帝思弘古樂，天監元年，遂下詔訪百僚曰：「夫聲音之道，與政通矣，所以移風易俗，明貴辨賤。而《韶》、《濩》之稱空傳，《咸》、《英》之實靡托，魏晉以來，陵替滋甚。遂使雅鄭混淆，鍾石斯謬，天人缺九變之節，朝宴失四縣之儀。朕昧旦坐朝，思求厥旨，而舊事匪存，未獲釐正，寤寐有懷，所為歎息。卿等學術通明，可陳其所見。」

《梁書‧蕭子雲傳》：

> （蕭衍）敕曰：「郊廟歌辭，應須典誥大語，不得雜用子史文章淺言；而沈約所撰，亦多舛謬。」子雲答敕曰：「……約之所撰，彌復淺雜。……而約撰歌辭，惟浸稱聖德之美，了不序皇朝制作事。《雅》、《頌》前例，於體為違。」

這兩則材料皆事關朝廷音樂禮制的建設。從前一條材料中我們可以看到，梁朝建立之初，其朝廷音樂禮制沿襲齊代。但古代音樂禮制到南齊之時，已經有了極為嚴重的缺損，導致朝廷典禮多有混亂失當之處。蕭衍在這樣的背景下下詔求古樂，目的在於通過搜集古代音樂禮制的相關資料來糾謬補闕，以制定梁代的音樂禮制。可以說這次訪求古樂實際上是新王朝建立後「制禮作樂」的政治舉措。後一則材料是關於郊廟歌辭的寫作問題。《樂府詩集‧郊廟歌辭》題解：「郊樂者，《易》所謂『先王以作樂崇德，殷薦上帝』。宗廟樂者，《虞書》所謂『琴瑟以詠，祖考來格』。《詩》云『肅雍和鳴，先祖是德』也。」可見郊廟樂本來就是依據儒家詩樂理論用來祭祀上天和祖先的雅樂，也是朝

〔註4〕詳見徐豔《「宮體詩」的界定及其文體價值思辨──兼釋「宮體詩」與「宮體文」的關係》，《復旦學報（社會科學版）》，2009 年第 1 期。

廷音樂禮制的重要組成部分。蕭子雲在《請改郊廟樂辭啟》中有「經國制度，方懸日月，垂訓百王，於是乎在」之語，又有「臣比兼職齋官」、「聲被鼓鍾，未符盛制。臣職司儒訓，意以為疑」〔註5〕等語，可見蕭子雲正是專門主管這方面的官員。蕭衍在答覆蕭子雲時說道：「此是主者守株，宜急改也。」〔註6〕亦可看出其在現實政治中的重要地位。總而言之，蕭衍提倡雅樂，重視音樂的教化作用主要體現在朝廷音樂禮制的建設方面，事關現實政治，亦不應當單純地根據這一點來推斷他的文學觀念。

　　蕭衍誇讚辭義典雅之作主要見於《梁書·江革傳》和《梁書·陸倕傳》。《梁書·江革傳》：

>　　中興元年，高祖入石頭，時吳興太守袁昂據郡距義師，乃使革
>制書與昂，於坐立成，辭義典雅，高祖深賞歎之，因令與徐勉同掌
>書記。

江革被蕭衍稱讚為「辭義典雅」的作品是他受命寫給袁昂的書信。其時「義師至京師，州牧郡守皆望風降款，昂獨拒境不受命」〔註7〕，這封書信顯然是出於勸降對方的實用性目的，其性質與裴子野的北伐檄文類似。蕭衍在讚賞江革的這篇文章後即讓他與徐勉一同主掌書記，這與之前讚賞裴子野的檄文後讓他主管符檄一類重要公文的起草一樣，顯然也是對江革公文寫作方面才能的認可。《梁書·江革傳》在這段記載之後又說道：「建安王為雍州刺史，表求管記，以革為征北記室參軍，帶中廬令。……時吳興沈約、樂安任昉，並相賞重，昉與革書云：『此段雍府妙選英才，文房之職，總卿昆季，可謂馭二龍於長途，騁騏驥於千里。』……王被徵為丹陽尹，以革為記室，……入為中書舍人。」可見江革在入梁後也頗以公文寫作聞名，並多次擔任有關公文寫作的職務。

　　《梁書·陸倕傳》：

>　　是時禮樂制度，多所創革，高祖雅愛倕才，乃敕撰《新漏刻銘》，
>其文甚美。遷太子中舍人，管東宮書記。又詔為《石闕銘記》。奏之。
>敕曰：「太子中舍人陸倕所製《石闕銘》，辭義典雅，足為佳作。昔
>虞丘辨物，邯鄲獻賦，賞以金帛，前史美談，可賜絹三十四。」

〔註5〕《梁書》卷三十五《蕭子雲傳》。
〔註6〕《梁書》卷三十五《蕭子雲傳》。
〔註7〕《梁書》卷三十一《袁昂傳》。

陸倕這兩篇文章的寫作背景是「是時禮樂制度，多所創革」，與當時朝廷禮樂制度的建設關係密切。具體而言，蕭衍在天監六年讓祖晅製成新漏〔註8〕，又在天監七年作神龍、仁虎闕於端門、大司馬門外〔註9〕。陸倕的這兩篇文章即分別為此二事所作。蕭衍在天監七年的《營建象闕詔》曰：「昔晉氏青蓋南移，日不暇給，而兩觀莫築，懸法無所。今禮盛化光，役務簡便，可營建象闕，以表舊章。」〔註10〕可見製漏作闕正是梁代制禮作樂的重要組成部分。陸倕的這兩篇文章恪守「銘博約而溫潤」（陸機《文賦》）、「義典則弘，文約為美」（《文心雕龍‧銘箴》）的文體要求，以典雅的文風極力讚頌梁武帝制禮作樂的功業，充分實現了其潤色鴻業的功用，也因此得到了蕭衍的讚賞。

由此看來，蕭衍對江革與陸倕「辭義典雅」的讚賞也有其特殊的背景。以此說明蕭衍提倡雅正的文風，理由也不夠充分。

至於蕭衍不好四聲，與永明以來的新變思潮不符最多只能說明他對永明體不感興趣，這更多的是個人文學風格的喜好問題，並不能說明他的文學觀是重視政教功用，尚功利、主質樸的儒家復古文學觀。

從上面的論述中我們可以看到，蕭衍文學觀中復古守舊的一面主要體現在實用性很強的政府公文和朝廷典禮上。齊梁之時，人們對實用性的文章和非實用性的文學作品的區分日益清晰，時人對文筆的辨析正是這種情況的體現。當時各家對文筆的具體表述可能略有差異，但總體而言，「文」主要指以詩賦為代表的非實用性文學作品，「筆」主要指詔令移檄一類的實用性文章。當時人們對這兩種不同性質文章的看法和要求並不一樣。對於在現實政治中有著重要作用的實用性文章，人們普遍認可其古雅質樸的典正文風。如《詩品‧中品序》：「若乃經國文符，應資博古；撰德駁奏，宜窮往烈。至乎吟詠情性，亦何貴於用事？」這裡雖然主要談的是詩歌的用典問題，但同時體現了鍾嶸對於詩歌和實用性文章的不同看法。所謂「經國文符」指的是統治者用來治理國家，發布命令如詔令移檄一類的行政文書，「撰德駁奏」指的是臣下進呈皇帝的奏疏、駁議一類的議政公文以及歌頌功德的典禮性文章。這些都是與現實政治密切相關的實用性文章，鍾嶸認為它們應該多吸取經史典故以保持古雅的風貌，並與「吟詠情性」的詩歌區分開來。《文心雕龍》從《詔策》

〔註8〕《文選》卷五十六陸倕《新刻漏銘》李善注引劉璠《梁典》。
〔註9〕《梁書》卷二《武帝紀中》。
〔註10〕《文選》卷五十六陸倕《石闕銘》李善注引劉璠《梁典》。

第十九到《書記》第二十五論述與政治相關的各類實用性文體，正是鍾嶸所謂的「經國文符」、「撰德駁奏」。這些文體也基本都要求典正的文風。除了前面已經提到的檄移外，《詔策》篇要求「皇王施令，寅嚴宗誥」；《封禪》篇要求「樹骨於訓典之區」；《章表》篇要求「志在典謨」、「必雅義以扇其風」；《奏啟》篇要求「固以明允篤誠為本，辨析疏通為首。強志足以成務，博見足以窮理」、「闕禮門以懸規，標義路以植矩」；《議對》篇要求「必樞紐經典，採故實於前代，觀通變於當今，理不謬搖其枝，字不妄舒其藻」；《書記》篇要求「隨事立體，貴乎精要：意少一字則義闕，句長一言則辭妨，並有司之實務，而浮藻之所忽也。」又在《定勢》篇中總論：「章表奏議，則準的乎典雅；賦頌歌詩，則羽儀乎清麗。」即使被認為是新變派領袖的蕭綱在其著名的《與湘東王書》中也指出：「若夫六典三禮，所施則有地，吉凶嘉賓，用之則有所，未聞吟詠情性，反擬《內則》之篇，操筆寫志，更摹《酒誥》之作，遲遲春日，翻學《歸藏》，湛湛江水，遂同《大傳》。」〔註11〕這裡一方面指出抒情寫景的詩賦不必學習儒家經典之古雅典正，但同時也承認了這種文風適用於朝廷的典禮儀式。此外蕭綱在批評裴子野「了無篇什之美」的同時也承認他「乃是良史之才」，並指出當時文人「師裴則蔑絕其所長，惟得其所短」，也就是說蕭綱認為裴子野這種質樸的文風也有其長處，適合於史傳一類的實用性文章。由此可見，蕭衍在實用性很強的政府公文和朝廷典禮上體現出的對典正古雅文風的推重並非他個人獨有，而與當時的主流看法一致。

　　蕭衍對於以詩賦為代表的非實用性文學作品並不強調其政教功用，而是頗為看重辭采的美麗。《梁書‧袁峻傳》：「高祖雅好辭賦，時獻文於南闕者相望焉，其藻麗可觀，或見賞擢。」又《梁書‧簡文帝紀》：「太宗幼而敏睿，識悟過人，六歲便屬文，高祖驚其早就，弗之信也。乃於御前面試，辭采甚美。高祖歎曰：『此子，吾家之東阿。』」這在蕭衍入梁之後組織的大量文學活動中也有著充分的體現。如《梁書‧丘遲傳》：「時高祖著《連珠》，詔群臣繼作者數十人，遲文最美。」《梁書‧謝徵傳》：「時魏中山王元略還北，高祖餞於武德殿，賦詩三十韻，限三刻成。徵二刻便就，其辭甚美，高祖再覽焉。」《梁書‧王規傳》：「（普通）六年，高祖於文德殿餞廣州刺史元景隆，詔群臣賦詩，同用五十韻，規援筆立奏，其文又美。高祖嘉焉，即日詔為侍中。」由此可見，辭采是否美麗是蕭衍評價非實用性文學作品的重要標準，這與裴子野等

〔註11〕《梁書》卷四十九《庾肩吾傳》。

人的復古文學觀有著根本的不同。總而言之，蕭衍文學觀中重政教、尚雅正的一面主要體現在實用性很強的政府公文和朝廷典禮上，對於詩賦一類的非實用性文學作品仍然十分重視其辭采的美麗，這與當時主流看法並無本質上的區別。因此我們不應該過高地看待蕭衍文學觀中復古守舊的一面，甚至將之視為復古派的領袖。

二

在那些無關政教的情況下，蕭衍除了重視辭采的美麗外，更多地體現出對遊戲性、娛樂性文學的喜好，將文學視為一種用來呈才炫博的風雅遊戲。

蕭衍在稱帝之後組織了大量文學活動，這些文學活動往往與宴飲、遊覽一類的娛樂活動聯繫在一起，同時還常有諸如限時、限韻等各種規則限制。如上引《謝徵傳》和《王規傳》中蕭衍詔群臣賦詩就分別發生在餞別元略和元景隆的宴會上，並有「限三刻成」、「賦詩三十韻」、「同用五十韻」等規則限制。又如《南史·曹景宗傳》：「景宗振旅凱入，帝於華光殿宴飲連句，令左僕射沈約賦韻。景宗不得韻，意色不平，啟求賦詩。帝曰：『卿伎能甚多，人才英拔，何必止在一詩。』景宗已醉，求作不已，詔令約賦韻。時韻已盡，唯餘競病二字。景宗便操筆，斯須而成，其辭曰：『去時兒女悲，歸來笳鼓競。借問行路人，何如霍去病。』帝歎不已。」在這些場合的吟詩作賦主要是酒宴上的遊戲，更多起到裝點文化氛圍的作用，娛樂消遣的意味非常明顯。蕭衍也常常在這些活動中寫一些純粹的遊戲文字以調節氣氛。如《梁書·劉孺傳》：「後侍宴壽光殿，詔群臣賦詩，時孺與張率並醉，未及成，高祖取孺手板題戲之曰：『張率東南美，劉孺洛陽才。攬筆便應就，何事久遲回？』其見親愛如此。」又《南史·到溉傳》：「溉特被武帝賞接，每與對棋，從夕達旦。或復失寢，加以低睡，帝詩嘲之曰：『狀若喪家狗，又似懸風槌。』當時以為笑樂。」這樣的詩歌既不是為了寫景抒情，也沒有華美的辭藻，只是單純為了戲謔玩笑。在這樣的場合，有時只要大家盡興，詩文作得如何並不重要。如《梁書·蕭介傳》：「初，高祖招延後進二十餘人，置酒賦詩。臧盾以詩不成，罰酒一斗，盾飲盡，顏色不變，言笑自若；介染翰便成，文無加點。高祖兩美之曰：『臧盾之飲，蕭介之文，即席之美也。』」臧盾作詩不成，不過是罰酒。臧盾飲酒談笑自若，反而贏得了蕭衍的讚美，可見這種詩文創作不過是酒宴上助興的遊戲。蕭衍還常常隨口創作詩文賜予臣下。如《梁書·謝朏傳》：「嘗侍

座，受敕與侍中王暕為詩答贈。其文甚工。高祖善之，仍使重作，復合旨。乃賜詩云：『雙文既後進，二少實名家；豈伊止棟隆，信乃俱國華。』」又《梁書·張率傳》：「（張率）又侍宴賦詩，高祖乃別賜率詩曰：『東南有才子，故能服官政。余雖慚古昔，得人今為盛。』率奉詔往返數首。」又《梁書·到溉傳》：「嘗從高祖幸京口，登北顧樓賦詩，蓋受詔便就，上覽以示溉曰：『蓋定是才子，翻恐卿從來文章假手於蓋。』因賜溉《連珠》曰：『研磨墨以騰文，筆飛毫以書信。如飛蛾之赴火，豈焚身之可吝。必耄年其已及，可假之於少蓋。』」這類詩文也不過是隨意而作的簡單口語，並沒有什麼精心的經營構思。

除此之外，蕭衍對新聲樂府的喜好也體現了其文學觀中游戲性、娛樂性的一面。當時流行的清商新樂是深受南朝貴族喜愛的娛樂性樂曲，主要由歌辭配上樂舞，由歌伎舞女歌唱表演以娛人耳目。如《梁書·羊侃傳》：「侃性豪侈，善音律，自造《採蓮》、《棹歌》兩曲，甚有新致。姬妾侍列，窮極奢靡。有彈箏人陸太喜，著鹿角爪長七寸。舞人張淨琬，腰圍一尺六寸，時人咸推能掌中舞。又有孫荊玉，能反腰帖地，銜得席上玉簪。敕賚歌人王娥兒，東宮亦賚歌者屈偶之，並妙盡奇曲，一時無對。」很好地體現出了當時貴族欣賞清商樂表演時的奢華場景。蕭衍創作了大量這樣的清商曲辭，這些曲辭大多以女子的口吻寫男女之情，與蕭衍自身的生活與情感並無直接關係。《南史·徐勉傳》：「普通末，武帝自算擇後宮吳聲、西曲女伎各一部，並華少，賚勉，因此頗好聲酒。」《通典》卷 145：「內人王金珠善吳歌四曲（當為西曲），又製《江南歌》，當時妙絕。」又：「梁有吳安泰善歌，後為樂令，精解聲律。初改四曲（當為西曲）別《江南》、《上雲樂》。……今斯宣達選樂府少年好手進內習學。吳弟，安泰之子，又善歌。次有韓法秀又能妙歌吳聲、讀曲等，古今獨絕。」《樂府詩集·吳聲歌曲》題注：「上聲以下七曲，內人包明月製舞《前溪》一曲，餘並王金珠所製也。」可見蕭衍宮中備有不少長於演唱吳聲、西曲一類清商樂的聲伎。這些聲伎除了演唱之外，有的還要承擔製曲、配樂一類的工作。蕭衍那些以女性口吻寫成的曲辭顯然就是用來給這些聲伎配樂歌唱表演以供娛樂消遣之用。

蕭衍將文學視為一種風雅的遊戲，除了娛樂消遣之外，還以之作為炫博呈才的工具，希望通過文學創作來展現各人的才華學識。蕭衍尤重才華學識之富博，這從他對「策事」一類活動的喜好上體現得十分明顯。《梁書·沈約傳》：

約嘗侍宴，值豫州獻栗，徑寸半，帝奇之，問曰：「栗事多少？」
與約各疏所憶，少帝三事。出謂人曰：「此公護前，不讓即羞死。」
帝以其言不遜，欲抵其罪，徐勉固諫乃止。

又《南史·劉峻傳》：

武帝每集文士策經史事，時范雲、沈約之徒皆引短推長，帝乃
悅，加其賞賚。會策錦被事，咸言已罄，帝試呼問峻，峻時貧悴冗
散，忽請紙筆，疏十餘事，坐客皆驚，帝不覺失色。自是惡之，不
復引見。及峻《類苑》成，凡一百二十卷，帝即命諸學士撰《華林
遍略》以高之，竟不見用。

蕭衍在這種「策事」活動中顯得十分爭強好勝。沈約深知蕭衍的這一喜好，
因此在一次比較「栗事多少」的活動中故意「少帝三事」以顯蕭衍之富博。但
是沈約對此並不服氣，他私下抱怨的話讓蕭衍知道，令蕭衍惱羞成怒，幾乎
要治沈約的罪，這成為了君臣交惡的原因之一。而劉峻率性而動，露才揚己，
絲毫不顧及蕭衍的臉面。蕭衍對此一直懷恨在心，不僅就此疏遠劉峻，甚至
後來劉峻為蕭秀編撰類書《類苑》，蕭衍還專門讓徐勉推舉學士編成《華林遍
略》以求勝過劉峻。《南史·何思澄傳》：「天監十五年，敕太子詹事徐勉舉學
士入華林，撰《遍略》。勉舉思澄、顧協、劉杳、王子雲、鍾嶼等五人以應選。
八年乃書成，合七百卷。」可見蕭衍為了在才學富博方面勝過劉峻花費了巨
大的心思。蕭衍的這種心態反映在文學上，就是偏好華贍富豔的文風。《梁書·
任孝恭傳》：「敕遣制《建陵寺剎下銘》，又啟撰高祖集序文，並富麗，自是專
掌公家筆翰。」又《梁書·蕭洽傳》：「洽少有才思，高祖令制同泰、大愛敬二
寺剎下銘，其文甚美。……又敕撰《當塗堰碑》，辭亦贍麗。」任孝恭、蕭洽
奉敕所作的銘文、碑文以及為蕭衍文集所作的序文都呈現出富麗、贍麗的風
貌，任孝恭更是因此「專掌公家筆翰」。在詩歌方面，蕭衍也十分欣賞鋪排辭
藻，文采繁富的長篇大體，這一點在後文將會詳細論述，這裡暫不贅述。

蕭衍除了重視才華學識之富博外，還十分重視才思敏捷，為文迅速。這
方面的記載現存不少，除了前面提到的謝徵、王規、蕭介等人的事蹟外，又
如《梁書·張率傳》：「率又為《待詔賦》奏之，甚見稱賞。手敕答曰：『省賦
殊佳。相如工而不敏，枚皋速而不工，卿可謂兼二子於金馬矣。』」《梁書·劉
孺傳》：「孺少好文章，性又敏速，嘗於御坐為《李賦》，受詔便成，文不加點，
高祖甚稱賞之。」《南史·王曇首傳》：「（王泰）轉黃門侍郎，每預朝宴，刻燭

賦詩，文不加點，帝深賞歎。」《梁書・褚翔傳》：「中大通五年，高祖宴群臣樂遊苑，別詔翔與王訓為二十韻詩，限三刻成。翔於坐立奏，高祖異焉。」為文之遲速與文章本身的好壞並沒有直接的關係。《文心雕龍・神思》：「人之稟才，遲速異分，文之體制，大小殊功。……若夫駿發之士，心總要術，敏在慮前，應機立斷；覃思之人，情饒歧路，鑒在疑後，研慮方定。機敏故造次而成功，慮疑故愈久而致績。難易雖殊，並資博練。若學淺而空遲，才疏而徒速，以斯成器，未之前聞。」可見為文之遲速與人的稟賦天分有關，但並不直接決定作品的優劣，才思敏捷者固然可以「造次而成功」，文思遲緩者經過深思熟慮亦可以「致績」，而如果才疏學淺，則無論為文迅速與否都寫不出好的文章。蕭衍十分重視為文之速，甚至將之與文章本身的工拙相提並論，可見他在很大程度上看重的是通過文學展現出的個人的天分才華而非文學本身，才思之敏捷正是個人天分才華的重要組成部分。

三

尚實是蕭衍文學觀的另一個重要方面，這主要體現為他不滿誇張不實的文風。

《太平廣記》卷 198 引隋陽玠松《談藪》：

> 梁奉朝請吳均有才器，嘗為《劍騎》詩云：「何當見天子，畫地取關西。」高祖謂曰：「天子今見，關西安在焉？」均默然無答。均又為詩曰：「秋風瀧白水，雁足印黃沙。」沈隱侯約語之曰：「『印黃沙』語太險。」均曰：「亦見公詩云：『山櫻發欲然』。」約曰：「我姑『欲然』，卿已『印』訖。」

王通《中說》卷三稱吳均「古之狂者也，其文怪以怒」。吳均詩歌常以新異奇險之思寓於古樸平易的語言之中，多有超乎尋常的誇張險異之語，因此呈現出「怪以怒」的風貌〔註12〕。這裡沈約對吳均「語太險」的批評正體現出了這一點：大雁本應在高空中翱翔，但在吳均的筆下卻在黃沙上留下了足印，這是對秋風凜冽，黃沙飛騰之險惡環境的極度誇張——似乎在這樣惡劣的環境下連大雁也無法高飛。吳均對此並不服氣，並舉出沈約「山櫻發欲然」句以反擊。沈約此句極寫山櫻之紅豔好像要燃燒起來，亦有一定程度的誇張險

〔註12〕關於吳均詩歌的語言風格，可參見徐豔《寓奇險於古樸的語言追求——「吳均體」內涵考辨》（《中國文學研究》，2009 年第 4 期）。

異。不過這裡的山櫻畢竟只是「欲然」，並沒有真正脫離現實，而吳均之「雁足」卻是已經實實在在地印在黃沙上，其誇張程度已經突破了界限。沈約的玩笑正體現了二者在誇張程度上的質的區別。

蕭衍對吳均的批評也正在於此。吳均在詩中發出誇張不實的豪言壯語，卻被蕭衍當面批評其言行不一，令他默然無語。《談藪》的另一段記載有助於我們更好地理解這一點：「齊吳均為文多慷慨軍旅之思，梁武帝圍臺城，朝廷問外禦之計，均忙懼不知所對，但云愚意速降為上。」〔註13〕吳均在軍旅詩中多有慷慨激昂，不惜生死的豪壯之語，如《胡無人行》之「男兒不惜死，破膽與君嘗」，《雉子班》之「生死報君恩，誰能孤恩昤」，《入關》之「君恩未得報，何論身命傾」，《邊城將》其一之「輕軀如未殞，終當厚報君」，《邊城將》其二之「徒傾七尺命，酬恩終自寡」，《邊城將》其四之「但問相知否，死生無險易」，《詠懷詩》其一之「唯餘一死在，留持贈主人」等莫不如此〔註14〕。但當吳均真正面對大軍壓境的情境時卻顯得茫然失措。詩中的豪壯與現實中的怯懦形成鮮明的對比而更顯得誇張不實，這種誇張不實正是蕭衍不滿的原因〔註15〕。

蕭衍對誇張不實文風的不滿並不僅僅侷限於詩歌方面。蕭綱作有《菩提樹頌》上呈蕭衍，其中以鋪排誇張的筆調極力渲染、歌頌了皇帝的功德〔註16〕。蕭衍在《答菩提樹頌手敕》中說道：「省啟，覽所上菩提樹頌，捃採致佳，辭味清淨，仰贊法王，稱歎道樹，意思口說，乃至手書，極得三業之善。但所言

〔註13〕《吳興備志》卷二十七。

〔註14〕以上吳均詩均見逯欽立《先秦漢魏晉南北朝詩・梁詩》卷十一。

〔註15〕蕭衍對吳均的不滿當然也與吳均為人之狂狷耿介，不知避忌密切相關。《南史・吳均傳》：「先是，均將著史以自名，欲撰齊書，求借齊起居注及群臣行狀，武帝不許，遂私撰春秋奏之。書稱帝為齊明帝佐命，帝惡其實錄，以其書不實，使中書舍人劉之遴詰問數十條，竟支離無對。敕付省焚之，坐免職。」蕭衍在永明時遊於蕭子良幕下，但卻在永明末年的政變中幫助蕭鸞掌握大權。之後蕭衍深受蕭鸞的提拔器重，卻又在後來背齊建梁。這段經歷對蕭衍來說頗不光彩，因此很是忌諱。吳均為了自己揚名而私撰齊史，卻對此毫不顧忌，因而觸怒了蕭衍。但蕭衍處罰吳均的表面理由卻是「其書不實」，並讓劉之遴當面問得他啞口無言。或許就是吳均這種狂狷的個性導致他在修史過程中多有誇張不實之言，呈現出「怪以怒」的特點，正讓蕭衍抓住了破綻。

〔註16〕參見徐艷、朱佑倫《梁陳宮體文研究》，《薪火學刊》第一卷，復旦大學出版社。

國姜，皆非事實，不無綺語過也。越敕。」〔註17〕在這篇專門答覆蕭綱的敕文中，蕭衍雖然有所褒獎，但卻專門批評其在歌頌皇帝功德方面過於誇張，違背事實。

　　需要說明的是，蕭衍對這種誇張不實文風的不滿並不意味著他對華麗辭采的排斥以及對質樸文風的喜好。吳均的詩歌雖然奇險誇張，但語言卻頗為古樸平易，《梁書·吳均傳》就稱吳均「文體清拔有古氣」。蕭綱的《菩提樹頌序》雖然「所言國姜，皆非事實，不無綺語過也」，但整體上仍然得到了蕭衍「捃採致佳，辭味清淨」的讚揚，尤其是對佛法的讚頌更是被蕭衍贊為「極得三業之善」。蕭綱在這篇文章中對佛法之讚美同樣鋪排誇張，一如對皇帝功德之讚頌。另外蕭綱還作有《大法頌序》專門讚頌佛法，亦是極力鋪張辭藻，華美誇張。蕭衍卻在《敕答皇太子所上大法頌》中稱讚蕭綱「所製大法頌，詞義兼美，覽以欣然」〔註18〕，同樣只見讚揚而不見批評。這種情況的出現當是因為蕭衍是一個虔誠的佛教徒，佛法廣大無邊，對佛法的讚頌是怎麼也不為過的，不存在誇張失實的問題。而自己的功業德行則是實實在在，世人共睹的，不宜過於誇張。由此可見，蕭衍不滿誇張不實之文風不在於其辭藻的華美或質樸，而在於其內容是否嚴重失實。

　　尚實，不好過於誇張的文風在蕭衍的文學觀中佔有相當重要的地位。正如許多學者指出的那樣，蕭衍在文學上是一個較為開放，可以兼容多種文學思想的人物。即便對於自己不喜歡的四聲理論，蕭衍也沒有直接地批評，更不排斥他人在詩歌創作中運用四聲理論。因此梁代前期的主要詩人如任昉、蕭統、劉孝綽等人詩歌聲律之講求較之永明時期更加嚴謹細緻（詳見第二章第三節），而梁代後期佔據主導地位的宮體詩更是「轉拘聲韻，彌尚麗靡」。遭到蕭衍批評、疏遠的文士大都是由於為人上的不夠謙恭，如前面提到的沈約、劉峻以及被蕭衍稱為「不遜」的何遜等人都是如此。在這種情況下蕭衍對文風誇張的吳均批評嚴厲，對蕭綱頌序中的相關問題也直言不諱〔註19〕，可見蕭衍對誇張不實文風的不滿程度是遠在「不好四聲」之上的。

〔註17〕《廣弘明集》卷十五。
〔註18〕《廣弘明集》，卷二十。
〔註19〕蕭綱的公文寫作不像他的頌序那樣鋪排誇張，當也是受到了蕭衍的影響。參見徐艷、朱佑倫《梁陳宮體文研究》，《薪火學刊》第一卷，復旦大學出版社。

四

蕭衍的這種文學觀念在梁代文壇得到了普遍認可，成為了當時文學思想界的主流。這主要表現在以下幾個方面：

首先，蕭衍重視文學遊戲性、娛樂性的觀念得到了較為普遍的認可。梁代文人在閱讀或創作文學作品時往往抱著一種賞玩的態度。如蕭統《文選序》中提到：

> 詩者，蓋志之所之也，情動於中而形於言。……頌者，所以遊揚德業，褒贊成功。……次則箴興於補闕，戒出於弼匡，論則析理精微，銘則序事清潤，美終則誄發，圖像則贊興。又詔誥教令之流，表奏箋記之列，書誓、符檄之品，弔祭、悲哀之作，答客、指事之制，三言、八字之文，篇辭、引序，碑碣、誌狀，眾製鋒起，源流間出。譬陶匏異器，並為入耳之娛；黼黻不同，俱為悅目之玩。……余監撫餘閒，居多暇日，歷觀文囿，泛覽辭林，未嘗不心遊目想，移晷忘倦。

可見自詩歌以降的各種文學體裁在蕭統看來都是「入耳之娛」、「悅目之玩」，他閱讀這些文學作品的背景則是「監撫餘閒，居多暇日」，也就是說蕭統主要將閱讀文學作品當作工作之餘的消遣娛樂。蕭統的這種態度在《答晉安王書》中也有所體現：「既責成有寄，居多暇日，殽核墳史，漁獵詞林，上下數千年間無人，致足樂也。」〔註20〕劉孝綽在《昭明太子集序》中寫到：「至於宴遊西園，祖道清洛，三百載賦，該極連篇，七言致擬，見諸文學。博弈興詠，並命從遊，書令視草，銘非潤色。」〔註21〕又《梁書·昭明太子傳》：「每遊宴祖道，賦詩至十數韻。」可見蕭統的文學創作亦往往與宴遊一類的休閒活動聯繫在一起，其中消遣娛樂的意味也十分明顯。

將文學作為娛樂消遣的心態在蕭綱、蕭繹的身上同樣有所體現。如蕭綱《答湘東王書》：「弟召南寡訟，時綴甘棠之陰。冀州為政，暫止褰襜之務，唐景薦大言之賦，安汰述連環之辯，盡遊玩之美，致足樂邪。」〔註22〕蕭繹《與蕭挹書》：「同僚多士，方駕連曹；雅步南宮，容與自玩。士衡已後，唯在茲日。惟昆與季，文藻相暉；二陸、三張，豈獨擅美。比暇日無事，時復含毫，

〔註20〕嚴可均《全梁文》卷二十。
〔註21〕《全梁文》卷六十。
〔註22〕《全梁文》卷十一。

頗有賦詩，別當相簡。」〔註23〕兩者都指出了文學作品作為閑暇之餘消遣娛樂的作用。

徐陵在《玉臺新詠序》中更是集中體現了這種重視遊戲性、娛樂性的文學觀念：

> 既而椒宮宛轉，柘館陰岑，絳鶴晨嚴，銅蠡晝靜，三星未夕，不事懷衾，五日猶賒，誰能理曲，優遊少託，寂寞多閒，厭長樂之疏鐘，勞中宮之緩箭，纖腰無力，怯南陽之擣衣，生長深宮，笑扶風之織錦，雖復投壺玉女，為歡盡於百驍，爭博齊姬，心賞窮於六箸，無怡神於暇景，惟屬意於新詩，庶得代彼皋蘇，微蠲愁疾。……至如青牛帳裏，餘曲既終，朱鳥窗前，新妝已竟，方當開茲縹帙，散此條繩，永對玩於書帷，長循環於織手。

從中我們可以看到，作者將閱讀新詩與擣衣、織錦、投壺、博弈等活動、遊戲放在一起比較，認為它們有著類似的性質，其作用都在於排遣宮中的寂寞。文學之遊戲性、娛樂性在此表露無遺。

其次，蕭衍重視文學作品辭采之美麗，亦得到了時人廣泛的認可。如蕭統編纂《文選》，以辭采之美麗作為重要的選錄標準。《文選序》：

> 若其贊論之綜緝辭采，序述之錯比文華，事出於沉思，義歸乎翰藻，故與夫篇什，雜而集之。

史書中的贊、論、序、述並非單篇文章，本不應編入《文選》，但由於它們往往辭采美麗，因此破格入選。蕭統之重視藻采由此可見一斑。蕭統在《答湘東王求〈文集〉及〈詩苑英華〉書》中也體現了對辭采美麗的重視：「夫文典則累野，麗亦傷浮。能麗而不浮，典而不野，文質彬彬，有君子之致。」這裡雖然是將典麗並舉，但他又在書末說：「集乃不工，而並作多麗。」〔註24〕這就更進一步地突出了對「麗」的重視。

蕭綱在《與湘東王書》中批評裴子野「了無篇什之美」，「質不宜慕」；又在《昭明太子集序》中稱讚蕭統「言隨手變，麗而不淫」〔註25〕。這一褒一貶中正體現出對辭采的重視。他又在《答新渝侯和詩書》中讚蕭暎詩「風雲

〔註23〕《全梁文》，卷十七。
〔註24〕《全梁文》，卷二十。
〔註25〕《全梁文》卷十二。

吐於行間，珠玉生於字裏」〔註26〕，亦是對蕭暎辭采的肯定。蕭繹更是在《金樓子・立言》中將「綺穀紛披」，也就是辭采的美麗作為「文」必須具備的特徵之一，若是不符合這一條件，則根本稱不上「文」。《梁書・庾肩吾傳》中說：「齊永明中，文士王融、謝朓、沈約文章始用四聲，以為新變，至是轉拘聲韻，彌尚麗靡，復逾於往時。」這更是從創作實踐的角度說明了梁代文士對於辭采美麗的重視。

第三，蕭衍能夠區別對待實用性較強的政府公文與非實用性的文學作品，影響著時人對文與非文的區分。如蕭統編纂《文選》就體現出了將文學從經、史、子學中區分出來的傾向。《文選序》：

> 若夫姬公之籍，孔父之書，與日月俱懸，鬼神爭奧，孝敬之准式，人倫之師友，豈可重以芟夷，加之翦截。老、莊之作，管、孟之流，蓋以立意為宗，不以能文為本。今之所撰，又以略諸。若賢人之美辭，忠臣之抗直，謀夫之話，辨士之端，冰釋泉涌，金相玉振。所謂坐狙丘，議稷下，仲連之卻秦軍，食其之下齊國，留侯之發八難，曲逆之吐六奇，蓋乃事美一時，語流千載，概見墳籍，旁出子史，若斯之流，又亦繁博。雖傳之簡牘，而事異篇章。今之所集，亦所不取。至於記事之史，繫年之書，所以褒貶是非，紀別異同，方之篇翰，亦已不同。若其贊論之綜緝辭采，序述之錯比文華，事出於沈思，義歸乎翰藻，故與夫篇什，雜而集之。

經、史、子書，包括「旁出子史」的種種口頭言辭都與「篇章」、「篇翰」有所不同，因此《文選》皆不收錄。只有史書中的贊、論、序、述由於辭采的美麗而破格入選。即便如此，它們與一般的文章還是有所不同，只是「與夫篇什，雜而集之」。文學作品與其他典籍文字的區分逐漸清晰。

又如前文提到蕭綱在《與湘東王書》中將朝廷典禮上的文字與吟詠情性之作區分開來，分別有著不同的要求，體現出與蕭衍一致的態度，這也是受到蕭衍文學觀影響的表現。他在《誡當陽公大心書》中進一步將為人與為文作出區別，指出：「立身之道與文章異。立身先須謹重，文章且須放蕩。」〔註27〕這裡強調為人立身需要謹慎穩重的同時，又肯定了文章寫作的不受拘束，將社會政教功用從文學創作中剝離出來，亦可以看作是在蕭衍區分政府公文

〔註26〕《全梁文》，卷十一。
〔註27〕《全梁文》，卷十一。

與文學作品基礎上的發展。蕭繹在《金樓子・立言》中則從辭采、聲律、抒情三個方面概括「文」之特質並將之作為區分文與非文的標準，在這一問題上較之蕭衍又有了更為清晰精確的認識。

此外，蕭衍在政府公文方面體現出的復古態度以及尚實，不好過於誇張文風的一面對梁代文學思想亦有相當的影響，第四章將對這一問題進行較為詳細的論述，這裡暫不贅言。

綜上所述，蕭衍文學觀中復古守舊的一面主要體現在實用性較強的政府公文和朝廷典禮上，對於以詩賦為代表的非實用性文學作品並不強調其政教功用，而是頗為看重辭采的美麗。這與當時主流看法並無本質上的區別。因此我們不應該過高地看待蕭衍文學觀中復古守舊的一面，甚至將之視為復古派的領袖。在那些無關政教的情況下，蕭衍在兼容各種文學思想的同時更多地重視文學的遊戲性、娛樂性，將文學視為一種用來呈才炫博的風雅遊戲，而尚實，不滿過於誇張文風也在蕭衍的文學觀中佔有相當重要的地位。蕭衍文學觀中的許多方面都在梁代得到了普遍的接受，體現了他巨大的影響力。

第二節　蕭衍文學觀之成因

蕭衍文學觀念的形成與其家世背景、生平經歷、個人思想都有著密不可分的關係，本節主要從這幾個方面入手，探討蕭衍文學觀之成因。

一

首先來看蕭衍的家世背景對其文學觀念形成的影響。蕭衍生活在蘭陵蕭氏由武力強宗向文化貴族轉變的過渡時期，他在實用性較強的政府公文和朝廷典禮上體現出的主功利、尚質樸的傾向以及在無關政教的情況下將文學視為呈才炫博的風雅遊戲均與此密切相關。

蘭陵蕭氏在魏晉時期並非顯赫豪門。蕭整於西晉末年南渡，寄居晉陵，後又曾北上為淮陰令。其子蕭鎋曾為北府兵將領，長期駐防北地，任濟陰太守之職。可見此時的蕭氏家族尚是一個依仗軍功的武力強宗，在士族中處於一個比較低的地位。之後蕭氏家族的蕭文壽做了劉裕的繼母，從中也可以看出當時蕭氏家族的地位大概與劉裕的家族差不多。劉裕掌權後，打破了門閥

士族對於政治權力的壟斷，給了次等士族憑藉功勳提升門戶的機會。蕭氏家族作為外戚家族受到了劉裕的特別青睞。蕭源之歷任中書黃門郎，徐、兗二州刺史，冠軍將軍、南琅琊太守等職，卒後追贈前將軍〔註28〕。其子蕭思話十八歲時就任琅琊王大司馬行參軍，轉相國參軍，後又「拜羽林監，領石頭戍事，襲爵封陽縣侯，轉宣威將軍、彭城、沛二郡太守。」在他二十七歲時，就「遷中書侍郎，仍督青州、徐州之東莞諸軍事、振武將軍、青州刺史。」之後又屢居方鎮重任，「凡歷州十二，杖節監都督九焉。」卒後「追贈征西將軍、開府儀同三司，持節、常侍、都督、刺史如故，諡曰穆侯。」〔註29〕

在這樣的背景下，蕭氏一族開始全面登上政治舞臺。據《南齊書・高帝紀》，蕭衍的叔祖蕭承之早年就受到了蕭思話的賞識，在東晉後期任建威府參軍，在義熙年間「遷揚武將軍、安固汶山二郡太守」，又於元嘉初年「徙為武烈將軍、濟南太守。」時蕭思話任青州刺史，蕭承之正為其屬下。元嘉七年，到彥之北伐大敗，北魏入侵，蕭承之以數百人擊退敵軍，守住濟南城，並因此受到了宋文帝的稱讚，遷輔國鎮北中兵參軍、員外郎。元嘉十年，蕭思話為梁州刺史，蕭承之隨之為其橫野府司馬、漢中太守。氐帥楊難當寇略漢川，蕭承之隨蕭思話出征，並獨領一軍，連戰連捷，為平氐立下首功。之後又隨府轉寧朔司馬，太守如故，歷任江夏王司徒中兵參軍、龍驤將軍、南泰山太守、右軍將軍等職，封晉興縣五等男，邑三百四十戶。

蕭承之之子即是南齊的建立者蕭道成。蕭道成十四歲時便隨父親在軍旅鍛鍊，十六歲時就受命領兵平定沔北蠻。之後在元嘉十一年擊敗過北魏的軍隊，二十三年隨蕭思話「討樊、鄧諸山蠻，破其聚落。初為左軍中兵參軍。」二十七年又參與了北伐，並與魏主拓跋燾交戰。二十九年，又領偏軍征仇池，一路告捷，直至距長安八十里處。後因宋文帝駕崩，敵軍援軍又至，方才撤軍。蕭道成憑藉這赫赫戰功逐步升遷，歷任江夏王大司馬參軍，隨府轉太宰，遷員外郎、直閣中書舍人、西陽王撫軍參軍、建康令、北中郎中兵參軍、武烈將軍、後軍將軍、右軍將軍等職。此時劉宋宗室內亂頻發，蕭道成又先後出征平定了會稽太守尋陽王劉子房、徐州刺史薛安都、江州刺史晉安王劉子勛等人的叛亂，累遷至督南兗徐二州諸軍事、南兗州刺史，持節、假冠軍、督北討如故。後又進督兗、青、冀三州，授冠軍將軍。宋明帝崩後，遺詔其「為右

〔註28〕《宋書》卷七十八《蕭思話傳》。
〔註29〕《宋書》卷七十八《蕭思話傳》。

衛將軍，領衛尉，加兵五百人。與尚書令袁粲、護軍褚淵、領軍劉勔共掌機事。又別領東北選事。尋解衛尉，加侍中，領石頭戍軍事。」不久後，他平定了桂陽王劉休範的叛亂，完全掌握了朝政大權。最終在消滅了荊州刺史沈攸之之後，誅殺異己，廢除皇帝，代宋建齊，也使得蘭陵蕭氏這個次等士族一躍成為皇族〔註30〕。

蕭衍之父蕭順之是蕭道成的族弟，兩人均出生於武進舊宅，「少而款狎」。蕭順之知道蕭道成有大志，常相隨逐。蕭道成出征之時，蕭順之常為軍副。在蕭道成北討薛安都時，蕭順之曾手刃對方派來的刺客，顯示出過人的勇力。之後又多次為蕭道成鎮軍司馬、長史。在蕭道成建齊的過程中，蕭順之也起了很大的作用。他先是建議蕭道成「不如因人之欲，行伊、霍之事。」又在袁粲叛亂之時「率家兵據朱雀橋」，令其不敢異動。《南史・梁本紀》稱「時微皇考（蕭順之），石頭幾不據矣。」又曰：「及齊高創造皇業，推鋒決勝，莫不垂拱仰成焉。」蕭道成對其也是十分的器重，曾曰：「當令阿玉（蕭嶷）解揚州相授。」又曾對蕭嶷說：「非此翁，吾徒無以致今日。」入齊之後，他歷任侍中、衛尉、豫州刺史、太子詹事、領軍將軍、丹陽尹等要職〔註31〕。

從以上蕭氏家族的發展歷程來看，無論南渡之初的蕭整、蕭鎛父子還是顯貴之後的蕭道成、蕭順之兄弟都是以軍功起家：蕭整、蕭鎛父子長期戍邊，蕭承之、蕭道成父子長期轉戰四方，戰功卓著，即使是因外戚身份而受到提拔的蕭思話也「能騎射」、「便弓馬」，並多任武職，屢有軍功。在這樣的家族環境中，蕭衍少年時也頗習武事。《南史・任昉傳》載任昉在永明年間曾戲言「我若登三事，當以卿（蕭衍）為騎兵。」而《南史・羊侃傳》載蕭衍自稱：「朕少時捉矟，形勢似卿。」可見蕭衍馬上工夫頗為嫻熟。除了武藝之外，蕭衍大概還修習一些兵書戰策。《梁書・武帝紀》、《南史・梁本紀》均言其「好籌略，有文武才幹。」可見其少年時便足智多謀，而非一勇之夫。蕭衍在建梁之前也多任武職，在軍事上頗有建樹。如蕭衍在幫助蕭鸞奪取大權後就被任命為寧朔將軍，鎮守壽春。據《南史・梁本紀》的記載，這一任命的目的是「外聲備魏，實防慧景」，可見蕭鸞對蕭衍軍事能力的認可。建武二年，北魏入侵司州。蕭衍又被任命為冠軍將軍、軍主，隸屬於江州刺史王廣赴義陽救援，並成功擊敗魏軍。建武三年，蕭衍又任太子中庶子，領羽林監，不久後出

〔註30〕見《南齊書》卷一《高帝紀上》。
〔註31〕蕭順之事蹟見《南史》卷六《梁本紀上》。

鎮石頭。建武四年，北魏大舉入侵雍州。蕭鸞命蕭衍率軍赴援，於十月抵達襄陽。又命崔慧景、陳顯達等相繼馳援。據《梁書・武帝紀》及《南史・梁本紀》，永泰元年三月，崔慧景、蕭衍與魏軍在鄧城大戰，齊軍大敗，但蕭衍得全師而退。不久之後，蕭衍便進號輔國將軍，監雍州府事。在討伐東昏侯的過程中，蕭衍更是親自為主帥，領軍從襄陽出發，一路連戰連捷，最終奪取建康，代齊建梁。

除了蕭衍之外，蕭衍的幾個兄弟在軍事方面也都有著不同程度的造詣。如蕭衍的長兄蕭懿在永明末年就任「持節、都督梁、南、北秦、沙四州諸軍事、西戎校尉、梁、南秦二州刺史，加冠軍將軍」，並率軍擊敗了北魏的入侵，使「魏人震懼，邊境遂寧」，因此進號征虜將軍。永元二年，蕭懿又受命征討據豫州而叛的裴叔業，令「叔業懼，降於魏」。又在崔慧景反叛，兵圍臺城的時候「率銳卒三千人援城。慧景遣其子覺來拒，懿奔擊，大破之，覺單騎走。乘勝而進，慧景眾潰，追斬之。」〔註32〕可以說蕭懿是齊代的一位重要將領。又如六弟蕭宏在永明十一年蕭懿被魏軍圍困時曾受命率精兵千人赴援。天監四年，蕭衍下詔北伐，更是任命蕭宏為主帥。蕭宏在入梁之後先後擔任輔國將軍、西中郎將、後將軍、中軍將軍、驃騎將軍等職〔註33〕，可以說是梁代軍方的重要人物。此外如七弟蕭秀、八弟蕭偉、九弟蕭恢、十一弟蕭憺也都或多或少有過帶兵的經歷〔註34〕。可見到了蕭衍這一代，蕭氏家族仍然有著明顯的武力強宗的痕跡。

劉宋以來，傳統士族的政治力量日益衰弱，但因其文化上的優勢地位仍然擁有很高的聲望與影響力，決定著上層社會的行為方式與價值取向。能文是一個高門士族成員的基本素養之一，善於為文則能為自己和自己的家族帶來聲譽。新興的寒門庶族在取得政治地位的同時也希望獲得相應的文化上的地位，以實現從武力強宗向文化貴族的轉變。以蕭氏家族為例，蕭源之憑藉外戚的身份取得了相當的政治地位，其子蕭思話「好書史，善彈琴」、「涉獵書傳，頗能隸書，解音律」〔註35〕。蕭承之依靠軍功發跡，其子蕭道成受業於大儒雷次宗治《禮》及《左氏春秋》〔註36〕。他在稱帝後還評價過謝靈運、

〔註32〕《梁書》卷二十三《蕭業傳》。
〔註33〕《梁書》卷二十二《太祖五王傳》。
〔註34〕《梁書》卷二十二《太祖五王傳》。
〔註35〕《宋書》卷七十八《蕭思話傳》。
〔註36〕《南齊書》卷一《高帝紀上》。

潘岳、陸機、顏延之的詩歌，展現出相當的文學修養〔註 37〕。蕭道成之子臨川獻王蕭映在「善騎射」之餘還「解聲律，工左右書左右射，應接賓客，風韻韶美」；武陵昭王蕭曄「工弈棋」、「詩學謝靈運體」；鄱陽王蕭鏘好文章，桂陽王蕭鑠好名理，時人稱為「鄱桂」〔註 38〕。蕭衍「少而篤學，洞達儒玄」〔註 39〕、「本自諸生，博通前載」〔註 40〕，蕭秀「精意術學，搜集經記」，蕭偉「幼清警好學」，蕭恢「幼聰穎，年七歲，能通《孝經》、《論語》義，發摘無所遺。既長，美風表，涉獵史籍」〔註 41〕，這些都體現出蘭陵蕭氏取得政治地位後向文化貴族轉變的努力。除了蘭陵蕭氏之外，吳興沈氏、彭城劉氏、到氏、東海徐氏等也都有著這種從武力強宗向文化貴族轉變的經歷。

蕭衍正生活在蘭陵蕭氏由武力強宗向文化貴族轉變的過渡時期。一方面，寒素的出身使其不像傳統士族那樣追求不問俗務的清華高貴，而是極為重視經世致用的實際世務以鞏固自己得之不易的政治權力。與蕭衍有著類似家世背景的另一位蕭氏家族的成員齊武帝蕭賾就曾告誡其子蕭子懋說：「及文章詩筆，乃是佳事，然世務彌為根本，可常憶之。」〔註 42〕又《南史‧恩倖傳》：「係宗久在朝省，閑於職事，武帝常云：『學士輩不堪經國，唯大讀書耳。經國，一劉係宗足矣。沈約、王融數百人，於事何用。』」可見在蕭賾眼中，文采風流雖好，但經世治國的實際世務才是最重要的，空有文才並不能在現實政治中發揮作用。蕭衍顯然對此有著同樣的態度。《顏氏家訓‧涉務》稱「舉世怨梁武帝父子愛小人而疏士大夫」，正體現出蕭衍在政事上重用長於實際行政能力的人才而非空談文雅的士族名門。蕭衍對何敬容的器重正是這一態度的最好說明。《梁書‧何敬容傳》：「敬容久處臺閣，詳悉舊事，且聰明識治，勤於簿領，詰朝理事，日昃不休。自晉、宋以來，宰相皆文義自逸，敬容獨勤庶務，為世所嗤鄙。時蕭琛子巡者，頗有輕薄才，因制卦名離合等詩以嘲之，敬容處之如初，亦不屑也。」正是出於這種對經世治國之實際世務的重視，蕭衍在實用性較強的政府公文和朝廷典禮上體現出主功利、尚質樸的傾向以求在現實政治中充分發揮其實用功效也就順理成章了。

〔註 37〕《南齊書》卷三十五《高帝十二王傳》。
〔註 38〕《南齊書》卷三十五《高帝十二王傳》。
〔註 39〕《梁書》卷三《武帝紀下》。
〔註 40〕《隋書》卷十三《音樂志上》。
〔註 41〕《梁書》卷二十二《太祖五王傳》。
〔註 42〕《南齊書》卷四十《武十七王傳》。

　　另一方面，文章詩筆雖然沒有什麼現實的功用，但畢竟乃是風雅佳事，是文化貴族的重要標誌。為了追求文化貴族的身份，出身寒素的掌權者們在經世治國的實際世務之餘，往往篤好文藝，積極組織、參與各種文學活動以裝點文化氛圍。也正由於篤好文藝是為了追求文化上的地位，他們主要將這些文學活動作為展現自己風流儒雅與才華學識的舞臺。即使像劉裕這樣出身行伍，文化素養不高者掌權後也常常附庸風雅，努力表現自己的文學才思。《南史‧謝晦傳》：「帝於彭城大會，命紙筆賦詩，晦恐帝有失，起諫帝，即代作曰：『先蕩臨淄穢，卻清河洛塵，華陽有逸驥，桃林無伏輪。』於是群臣並作。」劉裕在慶祝北伐勝利的彭城大會上不顧自己文化水平較低，要與群臣一起賦詩，顯然不是真的有什麼精巧的構思，不過是為了展示自己在政治軍事才能之外還有風流儒雅的一面。蕭衍的文化素養自然遠在劉裕之上，但他在追求文化地位方面與劉裕並無二致。他在即位之後不僅組織了大量文學活動，並常常在這些活動中以評判者的身份品評作品的優劣，儼然以文壇宗主的身份自居。如《梁書‧到洽傳》：「御華光殿，詔洽及沆、蕭琛、任昉侍宴，賦二十韻詩，以洽辭為工，賜絹二十匹。高祖謂昉曰：『諸到可謂才子。』昉對曰：『臣常竊議，宋得其武，梁得其文。』」任昉對蕭衍的恭維正是迎合了其追求文化上領袖地位的心理。

　　出於這種心態，他們常常在文化上有著強烈的爭勝意識。如《宋書‧鮑照傳》：「世祖以照為中書舍人。上好為文章，自謂物莫能及，照悟其旨，為文多鄙言累句，當時咸謂照才盡，實不然也。」宋孝武帝喜好文學，自視甚高，並且很難容忍他人文才在其之上，以至於讓鮑照刻意壓抑自己的才華。又《南齊書‧王僧虔傳》：「孝武欲擅書名，僧虔不敢顯跡。大明世，常用拙筆書，以此見容。」可見除了文學以外，宋孝武帝在書法上也難以容忍別人勝過自己。類似的情況也出現在蕭道成身上。《南齊書‧王僧虔傳》：「太祖善書，及即位，篤好不已。與僧虔賭書畢，謂僧虔曰：『誰為第一？』僧虔曰：『臣書第一，陛下亦第一。』上笑曰：『卿可謂善自為謀矣。』」蕭道成同樣善於書法，並且與王僧虔當場比試。從王僧虔的答覆來看，他顯然不認為自己不及蕭道成，但卻也不敢直接表達出來，只得採取一種折衷的說法，以滿足蕭道成在文化上的優越感。這種心態在蕭衍的身上也體現得十分明顯，如前文所述，蕭衍對劉峻的不滿正是由於他在「策事」活動中過於搶眼的表現，沈約也正因瞭解蕭衍的這一心態而在活動中故意謙讓。蕭衍既然為了追求文化上的領袖地位

要極力表現自己的文采風流、才華學識，甚至惟恐不及別人，自然也就會將文學視為呈才炫博的風雅遊戲。

二

其次來看蕭衍的生平經歷對其文學觀念形成的影響。蕭衍喜好遊戲性、娛樂性文學，尤重學識之富博、才思敏捷與他在稱帝之前的經歷當也有一定的關係。

《梁書・武帝紀》：「起家巴陵王南中郎法曹行參軍，遷衛將軍王儉東閤祭酒。儉一見，深相器異，謂盧江何憲曰：『此蕭郎三十內當作侍中，出此則貴不可言。』」《南史・梁本紀》不言其為巴陵王南中郎法曹參軍事，僅言「初為衛軍王儉東閤祭酒，儉一見深相器異，請為戶曹屬。」據《南齊書・武十七王傳》，巴陵王蕭子倫為南中郎將在永明七年。若據《梁書》之說，則蕭衍至永明七年以後方才入仕。但《南齊書・禮志》載永明二年朝議南郊明堂之禮時，有「司徒西閤祭酒梁王」之議。此處梁王即指蕭衍，則蕭衍至遲至永明二年即已出仕。因此《梁書》對於蕭衍起家的記載不確，當從《南史》。據《南齊書》本傳，王儉於永明元年進號衛軍將軍，參掌選事。則蕭衍任王儉東閤祭酒應在永明初年。蕭衍入仕之初就投身於王儉幕下，並深受其賞識，他喜好策事，重視學識之富博當與這段經歷有關。

王儉學識淵博，博聞強記。《南齊書》本傳稱其「長禮學，諳究朝儀，每博議，證引先儒，罕有其例。八座丞郎，無能異者。」幼年時就「專心篤學，手不釋卷」，出仕不久就「上表求校墳籍，依《七略》撰《七志》四十卷」、「又撰定《元徽四部書目》」。永明三年，又「省總明觀，於儉宅開學士館，悉以四部書充儉家。」王儉不僅自己學識淵博，而且尤好以策事用典相炫耀，以江左風流宰相謝安自比。如《南史・王摛傳》：「尚書令王儉嘗集才學之士，總校虛實，類物隸之，謂之隸事，自此始也。儉嘗使賓客隸事多者賞之，事皆窮，唯盧江何憲為勝，乃賞以五花簟、白團扇。坐簟執扇，容氣甚自得。摛後至，儉以所隸示之，曰：『卿能奪之乎？』摛操筆便成，文章既奧，辭亦華美，舉坐擊賞。」又《南齊書・陸澄傳》：「儉集學士何憲等盛自商略，澄待儉語畢，然後談所遺漏數百千條，皆儉所未睹，儉乃歎服。儉在尚書省，出巾箱几案雜服飾，令學士隸事，事多者與之，人人各得一兩物；澄後來，更出諸人所不知事復各數條，並奪物將去。」王儉除了喜好組織這種策事一類的活動外，

受其賞識者也多以博學著稱。如孔逭、何憲被時人稱為「王儉三公」，與王儉關係密切。其中孔逭「好典故學」、何憲「以強學見知」〔註43〕。又任昉、王融、蕭琛等亦頗得王儉的贊許。《梁書·任昉傳》：「永明初，衛將軍王儉領丹陽尹，復引為主簿。儉雅欽重昉，以為當時無輩。」《南齊書·王融傳》：「融贈詩及書，儉甚奇憚之，笑謂人曰：『穰侯印詎便可解？』」王融作有《為王儉讓國子祭酒表》三篇，可見王儉對他的認可。《梁書·蕭琛傳》：「時王儉當朝，琛年少，未為儉所識，負其才氣，欲候儉。時儉宴於樂遊苑，琛乃著虎皮靴，策桃枝杖，直造儉坐，儉與語，大悅。儉為丹陽尹，辟為主簿，舉為南徐州秀才，累遷司徒記室。」這三人中，任昉「博學，於書無所不見，家雖貧，聚書至萬餘卷，率多異本。」、「用事過多，屬辭不得流便」〔註44〕、「昉既博物，動輒用事」〔註45〕，王融與任昉一樣「詞不貴奇，競須新事」〔註46〕。蕭琛「常言：『少壯三好，音律、書、酒。年長以來，二事都廢，惟書籍不衰。』」〔註47〕蕭衍在入仕之初就處於這樣的環境中，他喜好策事，重視學識之富博當受此影響。

永明二年，蕭子良為護軍將軍，兼司徒，領兵置佐，侍中如故。鎮西州。其開西邸當即在此年。據前引《南齊書·禮志》，蕭衍在這一年轉入蕭子良幕下，任司徒西閣祭酒。據前引《梁書·武帝紀》及《南齊書·武十七王傳》，蕭衍在永明七年出任巴陵王南中郎法曹參軍。不過蕭衍不久就轉任南郡王文學。永明年間為南郡王者為文惠太子的長子鬱林王蕭昭業。《南齊書·鬱林王紀》：「（永明）七年，有司奏給班劍二十人，鼓吹一部，高選友、學。」則蕭衍為南郡王文學當在此年。據《南齊書·武十七王傳》，蕭昭業少時由蕭子良袁妃撫養，與蕭子良關係密切。蕭衍在轉入蕭昭業幕下後同樣也與蕭子良保持著密切的關係。《南史·范雲傳》：「子良為司徒，又補記室。時巴東王子響在荊州，殺上佐，都下匈匈，人多異志。而豫章王嶷鎮東府，多還私邸，動移旬日。子良築第西郊，遊戲而已。而梁武帝時為南郡王文學，與雲俱為子良所禮。梁武勸子良還石頭，並言大司馬宜還東府，子良不納。梁武以告雲。」這裡「時巴東王子響在荊州，殺上佐，都下洶洶，人多異志」指的是蕭子響任荊州刺史擊殺武帝派來「檢捕群小」的游擊將軍尹略之事。不久之後，武帝

〔註43〕《南齊書》卷三十四《虞玩之傳》。
〔註44〕《南史》卷五十九《任昉傳》。
〔註45〕《詩品中·任昉》。
〔註46〕《詩品中·序》。
〔註47〕《梁書》卷二十六《蕭琛傳》。

又遣蕭衍之父蕭順之引兵繼至，殺死蕭子響，其時在永明八年八月。則蕭衍在永明八年仍為南郡王文學，並同時在為蕭子良出謀劃策。蕭衍喜好遊戲性、娛樂性文學，重視才思敏捷當與這段經歷有關。

　　永明二年，蕭子良為護軍將軍，兼司徒，領兵置佐，侍中如故，鎮西州，並開西邸召士，蕭子良文學集團逐漸形成。這一文學集團組織了大量文學活動，這些文學活動與蕭衍入梁後組織的文學活動一樣以遊戲、娛樂性質為主。如《南史・王僧孺傳》：「竟陵王子良嘗夜集學士，刻燭為詩，四韻者則刻一寸，以此為率。文琰曰：『頓燒一寸燭，而成四韻詩，何難之有。』乃與令楷、江洪等共打銅缽立韻，響滅則詩成，皆可觀覽。」這樣的詩歌創作顯然不是有感而發的抒發性情，而是一定規則下的文學遊戲。除此之外，沈約、范雲、王融都有《奉和齊竟陵王郡縣名詩》，沈約有《奉和竟陵王藥名詩》、《和竟陵王抄書詩》。《謝宣城集》中又有多人同題創作的《同沈右率諸公賦鼓吹曲名先成為次》、《同前再賦》、《同詠樂器》、《同詠坐上器玩》、《同詠坐上所見一物》、《阻雪》聯句等，這些詩作的創作顯然也是出於娛樂消閒的心態。雖然從現存材料來看，蕭衍在蕭子良集團的文學活動中表現得並不很活躍，但他畢竟身為「竟陵八友」之一，長期處於蕭子良幕下，受其影響而喜好遊戲性、娛樂性文學，重視才思敏捷也是很自然的。

　　此外，蕭衍長期生活的地域正是吳聲、西曲最為流行的地域，這與他喜好娛樂性極強的清商樂府當也有一定的關係。如前所述，蕭衍出生於建康，起家衛將軍王儉東閣祭酒，永明二年轉入蕭子良幕下，任司徒祭酒。永明七年，蕭衍曾短時間出任巴陵王南中郎法曹參軍，之後又轉入蕭昭業幕下任南郡王文學。據《南齊書・武十七王傳》及《南齊書・武帝紀》，隨王蕭子隆於永明八年八月接替因罪被殺的蕭子響為為使持節、都督荊雍梁寧南北秦六州、鎮西將軍、荊州刺史，九年親府、州事。則蕭衍亦當在永明九年出任隨王鎮西諮議參軍，並隨之赴荊州。可見蕭衍在永明九年二十八歲前都主要生活在建康一帶。《樂府詩集》卷四十四引《晉書・樂志》曰：「蓋自永嘉渡江之後，下及梁、陳，咸都建業，吳聲歌曲起於此也。」蕭衍所作的幾首吳聲歌曲的曲題都起源於建康附近〔註48〕，這顯然與他在建康附近的長期生活經歷有密切

〔註48〕《子夜歌》、《團扇歌》、《碧玉歌》、《上聲歌》均產生於建康，《歡聞歌》產生於當塗附近，離建康亦不遠。具體可見王運熙《吳聲西曲的產生地域》及《碧玉歌考》，收入其《樂府詩述論》，上海古籍出版社，2006年。

的關係。除了建康之外，蕭衍在荊、郢、司州、雍州等地也生活了不短的時間。除了為隨王鎮西諮議參軍在荊州生活了不到一年外，建武二年至三年間曾任司州刺史，又於永泰元年任雍州刺史，並都督雍梁南北秦四州、郢州之竟陵、司州之隨郡諸軍事。而這也正是西曲產生流行的地域〔註49〕。就蕭衍創作的西曲曲辭的曲題來看，《楊叛兒》產生或盛行於西隨，隸屬於司州；而據《隋書·音樂志》，《襄陽蹋銅蹄歌》源自襄陽當地的童謠，這些顯然也與蕭衍的生活經歷密不可分。

三

最後來看蕭衍個人思想對其文學觀念的影響。蕭衍文學觀中主功利、尚質樸的一面和尚實，不好過於誇張文風的一面分別與其個人思想中儒家思想和佛家思想密切相關。

儒家思想是蕭衍思想的重要組成部分。他在《述三教詩》中說：「少時學周孔，弱冠窮六經，孝義連方冊，仁恕滿丹青。」〔註50〕可見蕭衍在少年時就熟讀儒家經典。《梁書·武帝紀》稱蕭衍「少而篤學，洞達儒玄。雖萬機多務，猶卷不輟手，燃燭側光，常至戊夜。造《制旨孝經義》，《周易講疏》，及六十四卦、二《繫》、《文言》、《序卦》等義，《樂社義》，《毛詩答問》，《春秋答問》，《尚書大義》，《中庸講疏》，《孔子正言》，《老子講疏》，凡二百餘卷，並正先儒之迷，開古聖之旨。」可見蕭衍一直精研儒典，在儒學上有很高的造詣。蕭衍對儒家思想的接受並不僅僅侷限於學術上的著書立說，而是將之貫徹在具體的治國方略之中，這主要體現在兩個方面。

首先是興辦學校，以儒術取士，重視發揮儒家的教化作用。蕭衍即位之初就在《敕何胤書》中發出：「頃者學業淪廢，儒術將盡，閭閻縉紳，鮮聞好事。吾每思弘獎，其風未移，當辰興言為歎」〔註51〕的感慨，並力邀何胤來京講學。在何胤不願來京的情況下，又關心「卿門徒中經明行修，厥數有幾？欲瞻彼堂堂，置此周行。便可具以名聞，副其勞望。」又曰：「比歲學者殊為寡少，良由無復聚徒，故明經斯廢。每一念此，為之慨然。卿居儒宗，加以德素，當敕後進有意向者，就卿受業。想深思誨誘，使斯文載興。」並派遣何子

〔註49〕《樂府詩集》卷四十七曰：「按西曲歌出於荊、郢、樊、鄧之間，而其聲節送和與吳歌亦異。」據《南齊書·州群志》，樊、鄧均屬雍州。

〔註50〕逯欽立《先秦漢魏晉南北朝詩·梁詩》卷一，下引蕭衍詩均出此。

〔註51〕《梁書》卷五十一《處士傳》。

朗、孔壽等六人往何胤處受學。〔註52〕天監四年，蕭衍下令「修飾國學，增
廣生員，立五館，置《五經》博士」，「廣開館宇，招納後進」，「其射策通明
者，即除為吏」，並「分遣博士祭酒，到州郡立學」，同時要求「今九流常選，
年未三十，不通一經，不得解褐。」天監八年，蕭衍又再次下詔曰：「其有能
通一經，始末無倦者，策實之後，選可量加敘錄。雖復牛監羊肆，寒品後門，
並隨才試吏，勿有遺隔。」這一系列舉措充分體現出蕭衍以儒術取士，重視
儒家教化作用的政治策略。蕭衍同樣也十分重視以儒家思想來教育貴族子弟。
天監七年，蕭衍下詔「大啟庠斅，博延胄子」，並申明「建國君民，立教為首，
砥身礪行，由乎經術」，即以儒家思想作為修身治國的指導思想這一原則，
「於是皇太子、皇子、宗室、王侯始就業焉」。天監九年，蕭衍兩次駕幸國
子學，或「親臨講肆」，或「策試胄子」，並再次下詔強調「王子從學，著自
禮經，貴遊咸在，實惟前誥，所以式廣義方，克隆教道。今成均大啟，元良
齒讓，自斯以降，並宜肄業」，讓「皇太子及王侯之子，年在從師者，可令
入學。」〔註53〕

　　其次是對朝廷禮樂制度的建設。制禮作樂是儒家政治思想的重要方面，
蕭衍對此也非常重視，認為這是「經國所先」。這首先體現在五禮的修訂上。
天監元年，蕭衍就針對當時「禮壞樂缺，故國異家殊」的情況提出要「實宜以
時修定，以為永準」〔註54〕，並令何佟之總參其事，明山賓、嚴植之、賀瑒、
陸璉、司馬褧等分掌五禮。這項工程規模浩大，歷時十一年方才完成，除了
上述六人外，伏暅、繆昭、沈約、徐勉、周捨、庾於陵等諸多飽學之士先後參
與其中，之後又經繕寫校訂等工作，於普通五年結束，徐勉於普通六年上《修
五禮表》，方才正式完工，共一百二十秩，一千一百七十六卷，八千一十九條。
蕭衍自身精於禮學，早在永明二年，蕭衍為蕭子良司徒祭酒時便參與了南郊
明堂禮的討論。因此蕭衍對這項浩大的工程也始終予以極大的關注，在面對
「若有疑義」而眾人「各言同異」的情況下，他常常親自「制旨裁斷」，就《隋
書·禮志》所載的內容看，其中包括祭祀天地、祈神饗廟、明堂朝會、耕藉守
喪等諸多方面。除了制禮外，蕭衍對作樂也很重視。據《隋書·音樂志》及
《通典》等記載，蕭衍對梁代音樂禮制的建設除了前面提到的下詔求古樂外，

〔註52〕《梁書》卷五十一《處士傳》。
〔註53〕以上內容主要見《梁書》卷二《武帝紀中》及卷四十八《儒林傳》。
〔註54〕《梁書》卷二十五《徐勉傳》。

還就不同場合的奏樂、宮懸的設置、六代舞的施用、舞人的服飾、鐘磬等樂器的應用等具體問題進行了探討，確定了郊禮宗廟及朝會的禮樂，並創製了新的鼓吹曲。之後又相繼議定了皇太子元會出入所奏的舞樂、太廟奏樂的禮制等。沈約、何佟之、周捨、任昉、賀瑒、蕭子雲等都參與其中，蕭衍自己也多次作出決斷。故《隋書·音樂志》稱：「梁武帝本自諸生，博通前載，未及下車，意先風雅，爰詔凡百，各陳所聞。帝又自糾摘前違，裁成一代。」又在天監四年議定皇太子元會出入所奏的舞樂時稱「是時禮樂制度，粲然有序。」

蕭衍既然在政治上主張以儒術治國，那麼自然也就會在與現實政治密切相關的政府公文和朝廷典禮上體現出尚功利、主質樸的傳統儒家文學觀。

蕭衍文學觀中尚實，不好過於誇張文風的一面則當一定程度上受到他佛教信仰的影響。眾所周知，蕭衍是一位虔誠的佛教徒，佛教思想在蕭衍的個人思想中無疑佔有舉足輕重的地位。

首先，佛教追求的是領悟世間萬有、一切諸法背後永恆不變之真實。如《法華經·方便品》：「唯佛與佛，乃能究竟諸法實相。」這是說只有佛陀才能究竟這種一切萬法真實不虛之體相。《大般涅槃經》：「云何名為如法修行？如法修行即是修行檀波羅蜜乃至般若波羅蜜，知陰、界、入真實之相。」可見佛教修行就是為了追求這種「真實之相」。在齊梁士人關於佛理的論述中，這種破虛求實的追求屢見不鮮。天監十八年，蕭統奉蕭衍之命講解「二諦義」，並與聽講者多有問答交流，較為充分地體現了時人對於真幻虛實等問題的看法。如王規問道：「凡夫但為見俗，亦得見真不？」蕭統答曰：「止得見俗，焉得見真？」王規又問：「體既相即，寧不睹真？」蕭統答曰：「凡若見真，不應睹俗。睹俗既妄，焉得見真？」又蕭綱問道：「真寂之體，本自不流。凡夫見流，不離真體。然則但有一真，不成二諦。」蕭統回答曰：「體恒相即，理不得異。但凡見浮虛，聖睹真寂。約彼凡聖，可得立二諦名。」〔註55〕可見凡夫俗子所見只是虛妄之俗諦，只有聖人才能看破虛幻，目睹真實。蕭綱在《如影詩》中也體現出了這種破虛求實的追求：「朝光照皎皎，夕漏轉駸駸。晝花斜色去，夜樹有輕陰。並能興眼入，俱持動惑心。息形影方止，逐物慮恒侵。若悟假名淺，方知實相深。」〔註56〕朝光夕漏，晝花夜樹，凡此種種，皆是淺陋之假名，只有超越這些虛幻之相，方能領悟那根本的「實相」。蕭衍在文學上反對

〔註55〕見蕭統《令旨解二諦義》，《廣弘明集》卷二十四。
〔註56〕逯欽立《先秦漢魏晉南北朝詩·梁詩》卷二十一。

誇張失實之風，當與這種破虛求實的佛家思想之影響有關。

其次，不妄語是佛教五條根本戒律之一。《增一阿含經》記載道：「謂人若妄造虛言，隱覆實事，誑惑眾聽，死墮惡道；或生人中，亦口氣臭惡，為人所憎。若不作是事，名不妄語戒。」蕭衍於天監十八年在無礙殿正式受佛戒，並對佛教戒律的守持極為重視。《梁書·武帝紀》中的一段記載表明了蕭衍持戒之嚴：「日止一食，膳無鮮腴，惟豆羹糲食而已。庶事繁擁，日倘移中，便嗽口以過。身衣布衣，木綿皁帳，一冠三載，一被二年。常克儉於身，凡皆此類。五十外便斷房室。後宮職司，貴妃以下，六宮褘褕三翟之外，皆衣不曳地，傍無錦綺。不飲酒，不聽音聲，非宗廟祭祀、大會饗宴及諸法事，未嘗作樂。」他還在《斷酒肉文》中曾發出這樣的重誓：「弟子蕭衍，從今已去，至於道場，若飲酒放逸，起諸淫慾，欺誑妄語，啖食眾生，乃至飲於乳蜜，及以酥酪，願一切有大力鬼神，先當苦治蕭衍身，然後將付地獄閻羅王，與種種苦，乃至眾生皆成佛盡，弟子蕭衍，猶在阿鼻地獄中。」〔註 57〕詩文描寫中的誇張失實在蕭衍看來也是「欺誑妄語」的表現，對此自然也會有所不滿。

綜上所述，蕭衍文學觀的形成與其家世背景、生平經歷、個人思想都有著密不可分的關係。由於他生活在蘭陵蕭氏由武力強宗向文化貴族轉變的過渡時期，這使他既重視經世致用的實際事務又追求文化貴族的文采風流，反映在他的文學觀中就是在實用性較強的政府公文和朝廷典禮上體現出主功利、尚質樸的傾向以求在現實政治中充分發揮其實用功效，同時在無關政教的情況下將文學視為呈才炫博的風雅遊戲。蕭衍在王儉、蕭子良幕下的經歷以及長期生活在吳聲、西曲最為流行的地域則影響著他喜好遊戲性、娛樂性文學，尤重學識之富博、才思敏捷的一面。此外蕭衍在政治上主張以儒術治國，自然也會在與現實政治密切相關的政府公文和朝廷典禮上體現出尚功利、主質樸的傳統儒家文學觀。而他文學觀中尚實，不好過於誇張文風的一面則與佛教破虛求實的追求以及不妄語的戒律密切相關。

〔註 57〕《廣弘明集》卷二十六。

第二章　蕭衍與齊梁詩歌的演變

　　前一章我們探討了蕭衍的文學觀念及其成因，接下來的三章分別從詩歌、清商樂府和文章三個方面具體探討蕭衍的創作實踐及其對齊梁文學發展的影響。

　　在齊梁詩歌的發展過程中，蕭衍是一個十分重要的人物。他是永明文學的見證者和參與者，也是梁代詩歌發展的引領者。因此本章旨在將蕭衍置於南朝詩歌發展的整體脈絡中，考察他的詩歌思想與創作，並在此基礎上探索其對齊梁詩風演變的影響。

第一節　齊梁詩歌演變的背景：從元嘉古體到永明新體

　　《梁書·庾肩吾傳》：「齊永明中，文士王融、謝朓、沈約文章始用四聲，以為新變。」在劉宋文學向齊梁文學發展的過程中，從元嘉古體到永明新體的演變可以說是其中最為重要的內容，也是中國詩歌史上由古體向近體轉變的一個關鍵。永明體除了四聲的運用之外，在語言組織上也體現出了新特色，從而在整體上改變了元嘉古體的風貌。蕭衍身為竟陵八友之一，於永明年間登上歷史舞臺，正處於這種新變的中心。本節主要從抒情方式、結構和整體風貌三個層面概述永明新體之於元嘉古體的文體新變，以作為研究蕭衍及其與齊梁詩歌演變之關係的參照。

一

　　永明新體詩的新變之處首先體現在以全新的情景關係改變固有的抒情方

式，變元嘉古體的「文貴形似」，情景分離為借景抒情，情景交融。

　　《文心雕龍・物色》：「自近代以來，文貴形似。窺情風景之上，鑽貌草木之中。吟詠所發，志惟深遠；體物為妙，功在密附。故巧言切狀，如印之印泥；不加雕削，而曲寫豪芥。故能瞻言而見貌，即字而知時也。」這裡的「近代以來」指的就是劉宋以來。而「文貴形似」正是以謝靈運、顏延之、鮑照等為代表的劉宋詩人的共同追求。《詩品》評謝靈運詩曰：「其源出於陳思，雜有景陽之體。故尚巧似，而逸蕩過之，頗以繁蕪為累。」《詩品》稱張協詩「巧構形似之言」，謝靈運既「雜有景陽之體」，則這裡「尚巧似」指的就是類似於張協的「巧構形似之言」的特點。類似的評價還見於《詩品》對顏延之和鮑照的品評。《詩品》評顏延之詩曰：「尚巧似，體裁綺密。」評鮑照曰：「善製形狀寫物之詞，……然貴尚巧似，不避危仄。」《文心雕龍・明詩》對劉宋詩歌的這一特點也有著很好地概括：「宋初文詠，體有因革，莊老告退，而山水方滋。儷采百字之偶，爭價一句之奇。情必極貌以寫物，辭必窮力而追新。」正是出於這種「文貴形似」的要求，劉宋詩人的主要精力集中於以精巧新奇的語言細緻貼切地描繪出外物的具體形狀，追求的是「瞻言而見貌，即字而知時」的寫實能力。也正是由於劉宋詩人最為關注的是這種逼真再現外物具體形貌的寫實能力，在他們的詩歌中，寫景與抒情往往還不能很好地融合在一起。再加上尚未完全擺脫東晉以來玄言詩的影響，因此容易給人以「酷不入情」的感覺。

　　永明詩人對詩歌中的情景關係進行了新的處理，在繼承了劉宋詩人對景物細緻描寫的同時進一步將自身的情感投射其中，在描摹客觀景物的同時，含蓄地傳遞出詩人內心的主觀感受，以達到情景交融，借景抒情的效果。正如孫康宜教授在分析謝朓的詩歌創作時這樣說到：

　　　　我們發現謝朓那個時期的詩歌展示了一種特質——視覺描寫的優雅之中不知不覺地摻雜著感情……這種感情，無論它是什麼，總之是通過自然物象含蓄地表現出來，而非直截了當地陳述。[註1]

這種情景交融的表現方式主要表現為以下幾個方面：

　　第一，通過空間意象的營造寄託心中的無限情思。如謝朓《臨高臺》：

〔註1〕孫康宜著，鍾振振譯《抒情與描寫——六朝詩歌概論》，上海三聯書店，2006年，149～150頁。

　　　　千里常思歸，登臺瞻綺翼。才見孤鳥還，未辨連山極。四面動

　　清風，朝夜起寒色。誰識倦遊者，嗟此故鄉憶。〔註2〕

這是一首登高思鄉之作，中間兩聯的景物描寫正體現了永明體詩人意象營造

的特點：次聯寫作者登高遠望，視線隨著孤獨的飛鳥逐漸遠去，遠方的群山

連綿起伏，不知何處才是盡頭。這兩句都具有空間上無限的延展性。作者的

視線隨著飛鳥、連山延伸向無窮無盡的遠方，其思緒似乎也隨之飄向遠方。

飛翔在外的孤鳥此時得以還巢，自己這漂泊在外的客子卻難以還鄉，再加上

第三聯營造的清寒氛圍，作者深切的思鄉之情正蘊含其中。

　　同樣的手法還見於謝朓的名作《之宣城郡出新林浦向板橋》的前四句：「江

路西南永，歸流東北鶩。天際識歸舟，雲中辨江樹。」〔註3〕此詩作於建武二

年謝朓由建康向西南逆流而上赴任宣城太守的途中。首二句描寫了「江路」、

「歸流」在不同方向上的延展，而這種延展則包含了作者主觀上的感受：前方

的「江路」漫漫長遠，奔向京城的「歸流」卻是疾馳而「鶩」，作者對旅途的厭

倦以及故鄉的思念自然蘊含其中。次二句之「天際」、「雲中」極寫視野之遼遠，

而在這遼遠視野的背後正是作者深情的凝望。正如王夫之《古詩評選》卷五所

評：「語有全不及情，而情自無限者。心目為政，不恃外物故也。『天際識歸舟，

雲中辨江樹』，隱然一含情凝眺之人，呼之欲出。從此寫景，乃為活景。」

　　通過營造空間意象表現內心的情思在謝朓及其他永明體詩人那裡是十分

常見的。如謝朓除了上引兩首外，《新亭渚別范零陵雲詩》中「雲去蒼梧野，

水還江漢流」〔註4〕一聯以雲、水在空間上的背道而馳暗示自己與范雲分別之

後的天各一方，兩人依依惜別之情蘊含其中。沈約《臨高臺》中「連山無斷

絕，河水復悠悠」〔註5〕一聯的用法則與前引謝朓「才見孤鳥還，未辨連山極」

的用法如出一轍，通過連綿的遠山和悠悠的河水將自己的思緒也帶向遠方。范

雲《餞謝文學離夜詩》中「遠山隱且見，平沙斷還緒」〔註6〕一聯以視線盡頭

那若隱若現的遠山、時斷時續的平沙來暗示離人的遠去，離情別意溢於言表。

　　第二，根據抒情的需要精心選取、組合景物，營造情感氛圍。如謝朓《銅

雀悲》：

〔註2〕曹融南《謝宣城集校注》卷二。
〔註3〕曹融南《謝宣城集校注》卷三。
〔註4〕曹融南《謝宣城集校注》卷三。
〔註5〕逯欽立《先秦漢魏晉南北朝詩·梁詩》卷六。
〔註6〕逯欽立《先秦漢魏晉南北朝詩·梁詩》卷二。

落日高城上，餘光入總帷。寂寂深松晚，寧知琴瑟悲。〔註7〕

首二句描繪了一幅落日餘輝的圖景：夕陽的餘輝灑落在高城上，幾縷殘光透過銅雀臺幕帷的縫隙照射進來。黃昏象徵著一天的終結，是黑夜的前奏，具有特殊的時間意味。作為黃昏時分典型意象的落日也就不僅僅是一個簡單的視覺意象，它常常能夠喚起人們對時間流逝的敏銳感受和對往昔時光的追憶。因此，以這樣一個意象作為一首懷古詩的起首，很容易將讀者的思緒帶入那引人回味的歷史故事中，並引發對歷史的感歎。又如謝朓《和宋記室省中詩》：

落日飛鳥還，憂來不可極。行樹澄遠陰，雲霞成異色。懷歸欲乘電，瞻言思解翼。清揚婉禁居，秘此文墨職。無歡阻琴樽，相從伊水側。〔註8〕

首句對落日與飛鳥意象的選擇與組合奠定了全詩的情感基調。如上所述，黃昏落日昭示著白日的終結，是一天之中最後的光輝，人們對此時時間的流逝特別敏感；而空中的飛鳥逐漸遠去則將作者的視線與思緒引向了無限遼遠的空間中。這兩種特殊意象的結合使得作者與故鄉、友人之間產生了時空雙重的間隔：時光飛逝，歲月已晚，而山川路遠，返鄉無由。這憂思之情似乎隨著飛鳥的遠去撲面而來。飛鳥的遠去延展出了無限的空間，而這撲面而來的憂思也似乎無窮無盡。

類似的情況在謝朓及其他永明詩人的作品中還有不少，如《落日悵望詩》中「寒槐漸如束，秋菊行當把」〔註9〕通過對「寒槐」、「秋菊」意象的描寫來暗示時節由夏入秋的變化，在時間的流逝中透露出作者心中的惆悵。《與江水曹至濱干戲詩》中「花枝聚如雪，蕪絲散猶網」〔註10〕通過諧音雙關在描寫景物的同時暗示出人之離合聚散；《移病還園示親屬詩》中「停琴佇涼月，滅燭聽歸鴻」〔註11〕之「停琴」與「涼月」，「滅燭」與「歸鴻」之間本無直接的邏輯關係，但蘊含其中的清幽寂靜之意將之完美地統合在一起，正切合作者此時的心境。沈約《有所思》中「關樹抽紫葉，塞草發青芽。昆明當欲滿，蒲萄應作花」〔註12〕通過對比眼前塞外之景與想像中家鄉景象的季節性差異，

〔註 7〕《謝宣城集校注》卷二。
〔註 8〕《謝宣城集校注》卷四。
〔註 9〕《謝宣城集校注》卷三。
〔註 10〕《謝宣城集校注》卷三。
〔註 11〕《謝宣城集校注》卷三。
〔註 12〕《先秦漢魏晉南北朝詩·梁詩》卷六。

勾起了作者的思鄉之情。又如其《夜夜曲》「河漢縱且橫，北斗橫復直」〔註13〕，以思婦所見之星空中銀河、北斗緩慢而單調的旋轉變化，既暗示了夜晚時光的流逝，也烘托出思婦心情的孤寂與百無聊賴。

　　第三，主觀化的景物描寫。所謂主觀化的景物描寫指的是永明詩人在描寫景物時往往從自身的主觀感受出發來組織景物關係，並不追求對客觀景物的如實刻畫。如沈約《泛永康江詩》中「山光浮水至，春色犯寒來」〔註14〕一聯描繪渡江之時的所見所感：春光山色似乎混著浮動的江水奔湧而至，而初春的寒氣也彷彿隨著四面的春色撲面而來。前句完全根據自己的主觀感受繪出山光水色而不顧其客觀形態，後句將視覺感受與對氣候的感受混雜在一起，亦是根據自己一刹那的感覺而無視了兩者的邏輯關係。又如范雲《之零陵郡次新亭詩》中「江干遠樹浮」〔註15〕句寫法亦類似於沈約詩。江邊遠處的樹木在江水的映襯下似乎上下浮動，這是作者主觀的錯覺，蘊含了作者漂泊在外，無所歸依的無根感。范雲《閨思》首二句「春草醉春煙，深閨人獨眠」〔註16〕，春草本無所謂醉，所醉者乃是被這春色所迷的人，在這種情感的投射之下，春草脫離了其本身的屬性而成為了主觀化的景物。

二

　　永明新體詩的新變之處還體現在結構變元嘉古體之繁縟鋪排為凝練跳躍。

　　以謝靈運為代表的劉宋詩人除了追求形似，力求寫實之外，還往往吸取漢賦「鋪采摛文，體物寫志」〔註17〕的表現手法，描寫景物肆意鋪排，務求詳盡，因此結構顯得舒展鋪張。前引鍾嶸《詩品》在指出謝靈運詩歌「尚巧似」的特點後，就突出了他的「逸蕩」、「繁蕪」的一面，並對此作了進一步說明：「嶸謂若人學多才博，寓目輒書，內無乏思，外無遺物，其繁富宜哉！然名章迥句，處處間起；麗曲新聲，絡繹奔發。譬猶青松之拔灌木，白玉之映塵沙，未足貶其高潔也。」所謂「寓目輒書」、「內無乏思，外無遺物」正是指謝靈運在寫作時總是鉅細無遺地將眼中所見，心裏所想統統寫入詩中，惟恐不夠詳細完備，正如他在《山居賦》自注裏所言：「但患言不盡意，萬

〔註13〕《先秦漢魏晉南北朝詩・梁詩》卷六。
〔註14〕《先秦漢魏晉南北朝詩・梁詩》卷七。
〔註15〕《先秦漢魏晉南北朝詩・梁詩》卷二。
〔註16〕《先秦漢魏晉南北朝詩・梁詩》卷二。
〔註17〕《文心雕龍・詮賦》。

不寫一耳。」〔註18〕如其《於南山往北山經湖中瞻眺詩》的景物描寫「側逕
既窈窕，環洲亦玲瓏。俯視喬木杪，仰聆大壑淙。石橫水分流，林密蹊絕蹤。
解作竟何感，升長皆豐容。初篁苞綠籜，新蒲含紫茸。海鷗戲春岸，天雞弄和
風」〔註19〕，作者左右環顧，仰觀俯察，目中所見，耳中所聽：小路窈窕幽
深、四周環渚玲瓏，溪水密林、初篁新蒲、海鷗天雞等各種景致紛紛撲面而
來，惟恐有所遺漏，鋪陳排比的特點極為明顯。除了描寫景物肆意鋪排，務
求詳盡之外，謝靈運等人的詩歌中還有大量的敘述性和議論性內容。正如許
多研究者指出的那樣，謝靈運詩歌有這樣一個基本模式：先敘述遊覽的背景
或是大致過程，之後以作者的行蹤為線索描寫沿途所見之景，最後結以玄理
的議論或感慨。如《登上戍石鼓山詩》在正式展開景物描寫之前就有「旅人
心長久，憂憂自相接。故鄉路遙遠，川陸不可涉。汩汩莫與娛，發春託登躡。
歡願既無並，戚慮庶有協」〔註20〕這麼長長的一段敘述。在景物描寫上就已
經反覆鋪陳，不厭其詳，再加上需要相當的篇幅來敘述事情的前因後果及具
體經過並抒發感慨議論，這就使得謝靈運等人的詩歌在結構上顯得尤為冗長。
蕭綱在《與湘東王書》中說到：「學謝則不屆其精華，但得其冗長」〔註21〕，
正指出了這一點。

　　永明詩歌在結構上明顯體現出了精緻凝練的特點，其直接表現就是篇幅
的由長縮短。如劉躍進先生在《門閥士族與永明文學》「永明詩體的句式辨釋」
一節中比較了《文選》、《玉臺新詠》、《八代詩選》中所收竟陵八友與顏延之、
謝靈運詩歌的篇幅，其統計結果為「竟陵八友的五言詩，八句式最多，50 首，
約占總數的 28%；其次四句式，49 首，約占總數的 27%；再次為十句式，34
首，約占總數的 19%。」而顏、謝的五言詩則以二十二句最多，12 首；二十
句其次，11 首；二十六句第三，6 首〔註22〕。這種篇幅的縮短首先得益於永
明詩人描寫景物時不同於謝靈運等人寓目輒書、鉅細無遺地繁縟鋪排，而是
有著精心地選擇、安排，且尤其注重鍛鍊一兩聯內涵豐富，描寫細緻的偶句。
如謝朓《遊東田詩》：

〔註18〕《宋書》卷六十七《謝靈運傳》。
〔註19〕《文選》卷二十二。
〔註20〕逯欽立《先秦漢魏晉南北朝詩·宋詩》卷二。
〔註21〕《梁書》卷四十九《庾肩吾傳》。
〔註22〕劉躍進《門閥士族與永明文學》，三聯書店，1996 年，107～108 頁。

戚戚苦無悰，攜手共行樂。尋雲陟累榭，隨山望菌閣。遠樹曖
仟仟，生煙紛漠漠。魚戲新荷動，鳥散餘花落。不對芳春酒，還望
青山郭。〔註23〕

此詩在題材上是傳統的山水遊覽詩，但寫法卻與謝靈運等人有所不同。本詩
在交待遊覽緣起後並沒有採用移步換景的表現手法鋪排所見之景，而是在簡
要概述了遊覽行程後將以往的繁縟鋪排凝練為兩聯意蘊豐富，具有代表性的
典型景物：「遠樹曖仟仟，生煙紛漠漠」聯一靜一動，描繪出廣闊而模糊的遠
景。「魚戲新荷動，鳥散餘花落」聯捕捉自然界剎那間的微動，極盡其清晰與
細膩。這兩聯形成了遠與近、廣闊與細膩、模糊與清晰的鮮明對比。後一聯
除了描寫的細緻外，由於句法所產生的歧義，前句既可理解為魚兒戲水觸動
了新荷，亦可理解為魚兒在水中游動遊戲著新荷；後句既可理解為鳥兒散去
使得殘花落地，亦可理解為鳥兒散去之後留下一地落花。這就給了讀者充分
的理解空間。此外，前句的新荷暗示著初夏的到來，有著新生的意義；後句
的餘花則意味著晚春將逝，代表著舊事物的凋謝。在表面動物與植物的對偶
之下，此聯還蘊含了夏與春、生與滅、動與靜、歧義與歧義等多方面的對應
關係。在描寫客觀景物的同時，詩人觀賞時的體會、感受也隱藏其中，從而
自然地完成了情感上由苦到樂的轉變。

　　其次，永明詩人往往大量減少了詩中的敘述、議論成分，將之融化在景
物描寫之中，並通過選取、組合一些具有代表性意義的畫面，以其中的內在
聯繫將之串聯為一個整體，形成完整的詩境。如謝朓《贈王主簿詩》其一：

日落窗中坐，紅妝好顏色。舞衣襞未縫，流黃覆不織。蜻蛉草
際飛，遊蜂花上食。一遇長相思，願寄連翩翼。〔註24〕

此詩前三聯分別勾勒出三幅不同的畫面：首聯寫日落之時一位風華正茂的女
子獨坐窗前；次聯寫舞衣與絹布被閒置在一邊；第三聯寫蜻蛉、遊蜂在花草
間飛舞的景象。這三幅畫面在表面上沒有任何的關係，但隨著最後一聯點明
相思之意，隱藏其中的情感線索隨之豁然開朗。由此讀者不難發現，前三聯
實質上是從不同角度刻畫了一位久處空閨，孤獨寂寞的思婦形象。在這凝練
而跳躍的整體結構中，反覆在希望與失望交替中孤獨等待，年華也隨之逝去

〔註23〕《謝宣城集校注》卷三。
〔註24〕《謝宣城集校注》卷四。

的痛苦，無心縫衣織布亦無心打扮自己的空虛，注視著蜻蛉、遊蜂的寂寞被交織在一起，產生了巨大的感人力量。

再次，永明詩人擅長用對比來進行大幅度的濃縮概括，以達到結構的凝練跳躍，這在離別題材的詩歌中體現的尤為明顯。如謝朓《新亭渚別范零陵雲詩》：

> 洞庭張樂地，瀟湘帝子游。雲去蒼梧野，水還江漢流。停驂我恨望，輟棹子夷猶。廣平聽方籍，茂陵將見求。心事俱已矣，江上徒離憂。〔註25〕

首句在簡要點出范雲所往之地後，之後三聯分別勾勒出三幅畫面，每幅畫面中都蘊含著一重對比：次聯以雲、水在空間上的背道而馳暗示自己與范雲分別之後的天各一方；第四聯則通過用典想像兩人分別後的不同前景，這兩重對比側重於兩人離別後的不同，以凸顯分離之苦。第三聯則寫兩人分別之際車船去向不同卻有著相同的情感與舉動，在這種異中有同的對比中展現出兩人分別之際的依依不捨。濃濃的離情貫穿於這三重對比之中，又凝聚了長距離、長時間的情感經歷。詩歌結構因此而顯得凝練跳躍。

永明詩人還擅長通過特殊的結構安排，以凸顯意蘊豐富的意象，達到言有盡而意無窮的效果。如謝朓《同王主簿有所思》：

> 佳期期未歸，望望下鳴機。徘徊東陌上，月出行人稀。〔註26〕

前三句連用「期」、「望」、「下」、「徘徊」四個動詞集中描寫思婦從期盼到尋覓的一系列動作，最後一句卻宕開一筆，將畫面定格在思婦此時身處之環境。在前三句的襯托之下，這幅畫面成為了全詩抒情的焦點，思婦尋覓之久、思念之深以及希望之渺茫等重重意蘊包含其中。全詩結構凝練精巧卻又意味蘊無窮。

三

總體而言，永明新體詩將元嘉古體之滯重生澀變得圓美流轉。

《南齊書·文學傳論》：「一則啟心閑繹，託辭華曠，雖存巧綺，終致迂迴。宜登公宴，本非準的。而疏慢闡緩，膏肓之病，典正可採，酷不入情。此體之源，出靈運而成也。」又蕭綱《與湘東王書》：「比見京師文體，儒鈍殊

〔註25〕《謝宣城集校注》卷三。
〔註26〕《謝宣城集校注》卷四。

常，競學浮疏，爭為闡緩。……是為學謝則不屆其精華，但得其冗長。」〔註27〕這兩段材料都指出了以謝靈運為代表的劉宋詩歌節奏闡緩滯重的特點。這一特點主要體現在兩個方面。

首先，由於詩歌語言力求新奇而有時會導致遣詞造句以及用典的穿鑿生硬。《文心雕龍・明詩》所謂「爭價一句之奇」、「辭必窮力而追新」正指出了劉宋詩人追求新奇的特點。對於這種追求新奇而帶來的穿鑿生硬之弊，劉勰也有論及。《文心雕龍・定勢》：「自近代辭人，率好詭巧，原其為體，訛勢所變，厭黷舊式，故穿鑿取新。」這種「穿鑿取新」的傾向在謝靈運、顏延之、鮑照的詩歌中都有體現。謝靈運詩歌雖然被鮑照評為「如初發芙蓉，自然可愛」〔註28〕，但遣詞造句有時仍難免生硬晦澀，用典又往往曲折生僻，吳淇《六朝選詩定論》中稱「康樂之詩，語多生撰，非注莫解其詞，非疏莫通其義」正指出了這一特點。汪師涵《詩學纂聞》中更是專門列舉了謝靈運詩中大量「不成句法」、「雜湊牽強」的詞句。顏延之詩歌「如錯彩鏤金」、「若鋪錦列繡，亦雕繢滿眼」〔註29〕；鮑照詩歌「琢句取異，用字必生」〔註30〕。他們詩歌中穿鑿生硬之處亦不鮮見。劉宋詩歌中這種由追求新奇而導致的穿鑿生硬無疑會對閱讀帶來很大的障礙，自然也就會使詩歌的節奏變得闡緩滯重。

其次，正如前文所言，劉宋詩人較多吸取了賦體的表現手法，描寫景物寓目輒書，務求詳盡，又有大量敘述與議論性內容，因此頗有繁蕪之累，又往往喜好鋪排偶句，給人以繁密之感。《南齊書・文學傳論》：「次則緝事比類，非對不發，博物可嘉，職成拘制。或全借古語，用申今情，崎嶇牽引，直為偶說。唯睹事例，頓失精彩。此則傅咸五經，應璩指事，雖不全似，可以類從。」這雖然一般被認為是顏延之一派的特點，但在謝靈運、鮑照等其他劉宋詩人身上也有所體現。賀貽孫《詩筏》：「謝詩雖多佳句，然自首至尾諷之，未免癡重傷氣。」潘德輿亦曰：「大謝除一二佳句外，餘悉重滯沉悶之音，如入暗牖，使人不快。」這正是由於過於繁密的鋪排將詩歌空間填得過滿，因此讓人覺得板滯沉悶。方植之在評論鮑照的《登廬山詩》時說道：「『千巖』以下十四句皆實寫。……雖造句奇警，非尋常凡手所能問津，但一片板實。」〔註31〕所

〔註27〕《梁書》卷四十九《庾肩吾傳》。
〔註28〕《南史》卷三十四《顏延之傳》。
〔註29〕《南史》卷三十四《顏延之傳》。
〔註30〕陳祚明《采菽堂古詩選》卷十八。
〔註31〕錢仲聯《鮑參軍集注》卷五。

謂「『千巖』以下十四句皆實寫」指的就是鮑照「千巖盛阻積，萬壑勢回縈」以下七聯皆為工整的偶句，且每一句都是對所見景物的具體描寫，正是這種繁密的鋪排帶給人們板實的感覺，也使得詩歌節奏變得闡緩滯重。

針對劉宋詩歌的這一問題，永明詩人提出了「三易」說。《顏氏家訓·文章》：「沈隱侯曰：『文章當從三易：易見事，一也；易識字，二也；易讀誦，三也。』邢子才常曰：『沈侯文章，用事不使人覺，若胸臆語也。』深以此服之。祖孝徵亦嘗謂吾曰：『沈詩云：崖傾護石髓。此豈似用事邪？』」「易見事」、「易識字」故能大大掃清人們的閱讀障礙，使詩歌語言變得平易流暢。這具體表現為以明白淺近的口語為主並多用虛詞和散句，將元嘉體嚴整而密實的排偶變得靈活而疏朗。如謝朓《後齋迴望》：「望山白雲裏，望水平原外」〔註32〕，上下句不避重複，明白如口語；《和劉西曹望海臺》：「滄波不可望，望極與天平」〔註33〕，利用頂針手法，自然流暢；沈約《登玄暢樓》：「中有陵風榭」、「上有離群客」〔註34〕，利用虛詞連接，自由靈活；《行園詩》：「寒瓜方臥壟，秋菰亦滿陂」〔註35〕，意象疏朗。同時典故與詩句融為一體，如同口出。如謝朓《登山曲》：「王孫尚遊衍，蕙草芳萋萋」〔註36〕句用《楚辭·招隱士》：「王孫遊兮不歸，春草生兮萋萋」之典，卻與眼前登山之景融為一體，讀者即使不知道這一典故，亦不影響詩歌的閱讀。又如沈約《別范安成詩》「夢中不識路，何以慰相思」〔註37〕句用《韓非子》張敏夢中尋友，半道迷路而返的典故，將自己別後對范安成的思念與典故中人的情感融合無間，絲毫不露用典痕跡。

如果說「易見事」和「易識字」提高了詩歌文本閱讀的流暢度的話，「易讀誦」則進一步針對詩歌聲音的和諧流暢提出了要求，永明聲律理論即是其具體表現。沈約在《宋書·謝靈運傳論》中提出了聲律理論的基本原則：「欲使宮羽相變，低昂互節，若前有浮聲，則後須切響。一簡之內，音韻盡殊；兩句之中，輕重悉異。」這是要求一聯前後的聲、韻、調要有所變化。沈約的病犯理論對這一原則有著更為細緻具體的規定。沈約的病犯說主要保存在《文

〔註32〕《謝宣城集校注》卷三。
〔註33〕《謝宣城集校注》卷四。
〔註34〕《先秦漢魏晉南北朝詩·梁詩》卷六。
〔註35〕《先秦漢魏晉南北朝詩·梁詩》卷六。
〔註36〕《謝宣城集校注》卷二。
〔註37〕《先秦漢魏晉南北朝詩·梁詩》卷七。

鏡秘府論・西卷・文二十八種病》所引劉善經《四聲指歸》裏，其中包括「平頭」、「上尾」、「蜂腰」、「鶴膝」、「小紐」、「大紐」等，還有可能說到大韻、小韻〔註38〕，在這些病犯中又一向以前四病更為重要，甚至到唐代有「已下四病，但須知之，不須避之」的說法。前四病主要針對的是五言詩句節奏點上的聲調變化。如平頭「第一、第二字不宜與第六、第七字同聲」，針對的是兩句開頭的節奏點。上尾「第五字不得與第十字同聲」，針對的是兩句之末的節奏點。又因為「下句之末，文章之韻，手筆之樞要」，是非常重要的節奏點，因此沈約認為上尾是「文章之尤疾」，要特別注意迴避。蜂腰「第二字不得與第五字同聲」，因為「五言之中，分為兩句，上二下三。凡至句末，並須要煞」，也就是說蜂腰針對的是一句之中兩個小分句的節奏點。鶴膝「第五字不得與第十五字同聲」，針對的是四句中一、三句尾的節奏點。通過這種細密的聲律安排，詩歌主要節奏點上的字音都能夠有所變化，從而使得詩歌的整體節奏能夠抑揚頓挫，朗朗上口。沈約說：「若得其會者，則唇吻流易；失其要者，則喉舌蹇難。」這雖然是針對鶴膝而言，亦可以將之用來評價整體的聲律理論。

　　永明詩人追求的並不是簡單的平易流暢，而是一種精緻的圓美流轉。《南史・王筠傳》：「（沈）約嘗啟上，言晚來名家無先筠者。又於御筵謂王志曰：『賢弟子文章之美，可謂後來獨步。謝朓常見語云，「好詩圓美流轉如彈丸。」近見其數首，方知此言為實。』」「圓美流轉如彈丸」既包含了詩歌節奏的輕便流轉，又包含了文辭構思的圓潤精美，表現為平易流暢的語言之中蘊含著豐富深厚的意味。陳繹曾《詩譜》稱謝朓「藏險怪於意外，發自然於句中」，這也正是永明詩歌的共同特徵。如沈約《別范安成詩》：

　　　　生平少年日，分手易前期。及爾同衰暮，非復別離時。勿言一

　　樽酒，明日難重持。夢中不識路，何以慰相思。〔註39〕

全詩並無生僻的字眼，末句的用典也絲毫不露痕跡，同時聲律上無一犯病之處，可以說是「三易」的典範。而在這明白簡易的語言之下卻包含了多重的轉折對比，老來離別的痛苦與無奈因此而得到了深入的體現：首句「生平」之漫長與「少年日」之短暫形成了第一重對比；次句「分手」之失落與「易前期」之輕易形成了第二重對比；兩重對比組合在一起，既透露出對往昔少年時光的懷念，又暗含著對以往的相聚不夠珍惜的悔恨。第三句「及爾」本應

〔註38〕參見盧盛江《文鏡秘府論研究》，人民文學出版社，2013年，第420頁。
〔註39〕《先秦漢魏晉南北朝詩・梁詩》卷七。

歡聚，卻有著「同衰暮」的轉折；第四句「別離時」本已痛苦，「非復」的否定更將這離別之愁遞進一步；在這種轉折與遞進的對比中，暮年離別之愁苦得以更加充分的體現。同時一二句少年之離別與三四句暮年之離別又形成了一重對比，這其中的落差將詩人的悲愴之情再次向前推進了一步。「一樽酒」本應歡飲，卻有著「勿言」的排斥；老年之「明日」本已不多，因此難以重持；今日離別之不捨與未來重聚之艱難再次形成對比。這樣，在全詩的前六句中形成了過去、現在、未來三個層面的對比。在過去、現在、未來的交織對照中，惜別之情已經表現得淋漓盡致，而最後兩句卻再次翻出一層：現實中的離別已然無可奈何，只好寄望於夢中的相會。然而夢中相思卻不識路，相聚的最後一點希望也就此破滅。最後兩句由此與前面六句又形成了一重虛幻與現實之間的對比，離別之苦也在這樣的對比之中被推上了巔峰〔註40〕。

　　總而言之，永明新體詩的出現可以說是劉宋文學向齊梁文學發展過程中最重要的內容。它改變了元嘉古體詩追求形似、注重寫實的描寫風格，重新處理了情景關係：在繼承了劉宋詩人對景物細緻描寫的同時進一步將自身的情感投射其中，在描摹客觀景物的同時，含蓄地傳遞出詩人內心的主觀感受，以達到情景交融，借景抒情的效果。同時又改變了元嘉古體詩肆意鋪排，不厭其詳的冗長結構，描寫景物精心選擇、安排，並將敘述、議論成分融化在景物描寫之中，以其內在的聯繫串起完整的詩境，又常用大幅度的對比濃縮概括，從而形成凝練跳躍的精緻結構。正因如此，永明新體詩矯正了元嘉古體滯重生澀之弊，在平易流暢的語言之中蘊含著豐富深厚的意味，以達到「圓美流轉如彈丸」的語言追求。在齊梁詩歌的發展中，古體與新體之間的消長變化是其中的一條重要線索。因此瞭解從元嘉古體到永明新體的演變，為我們更好地解讀蕭衍與齊梁詩歌的發展提供了必要的背景。

第二節　蕭衍在永明文學中的地位及其詩歌創作

　　在瞭解了齊梁詩歌發展的背景之後，我們就可以進一步探討蕭衍的詩歌思想與創作，以明確其在齊梁詩歌演變中的位置。關於蕭衍的詩歌創作，目前學術界多將其歸入永明體之列。其代表如曹道衡先生在《南北朝文學史》

〔註40〕此處對沈約《別范安成詩》的解讀主要參引徐豔師《永明聲律詩學價值的重新探討》（《上海大學學報》，2017 年 1 月）中的相關論述。

中寫道：「不過他（蕭衍）早年生活在永明時期，他的樂府歌辭以外的詩仍屬永明體格。」〔註41〕錢汝平《蕭衍研究》中也寫到：「但從總體風格來說，他（蕭衍）的詩歌創作仍然應該歸入永明體的範疇。從他的詩歌數量和質量上看，都達到了同代作家的較高水平，所以說他是永明文學的重要作家，也是不為過的。」〔註42〕本節通過考察蕭衍在永明文學中的地位、對永明體的態度、推重的前代詩人以及自身詩歌創作的情況，認為蕭衍在永明文學中地位不高，對永明體也並不感興趣。他的詩歌創作繼承並發展了晉宋詩歌鋪排辭藻，文采繁富的風格，同時還常常吸取古詩的創作技巧並具有遊戲性、娛樂性強的特點。

一

　　首先來看蕭衍在永明文學中的地位。歷代學者多將「竟陵八友」視為一個文人集團並將之作為蕭子良幕下文士的核心，同時也將其當作永明文學的代表〔註43〕。蕭衍身為「八友」之一，自然也被認為是永明文學的一位重要人物。其詩歌被歸入永明體之列或多或少也受到了這種觀點的影響。然而實際上蕭衍在蕭子良幕下及永明文學中的地位並不高，這主要體現在以下兩點：

　　第一，蕭衍在永明年間官職不高，升遷緩慢，也並未受到蕭子良的特別賞識。蕭衍起家王儉衛軍東閣祭酒，於永明二年轉入蕭子良幕下任司徒西閣祭酒。據《南齊書·百官志》，司徒府的僚屬有左右長史、左西曹掾屬、主簿、祭酒、令史，祭酒地位僅在令史之上。在以官職遷轉頻繁為榮的南朝〔註44〕，蕭衍在這一官職上待了約五年，直至永明七年，方出為巴陵王南中郎法曹參軍，這不過相當於一般世家子弟的起家官〔註45〕。不久後，蕭衍轉任南郡王

〔註41〕曹道衡、沈玉成《南北朝文學史》，中國社會科學出版社，2007年，194頁。

〔註42〕錢汝平《蕭衍研究》，四川大學博士論文，2007年，62～63頁。

〔註43〕如劉躍進《門閥士族與永明文學》說到：「據此而知，竟陵八友文人集團的正式形成應當是在齊武帝永明二年竟陵王蕭子良兼司徒、開西邸，永明五年正位司徒、并移居雞籠山之間。」又說到：「雲集在蕭子良周圍的文士遠不止竟陵八友。……又何以單以八友名世呢？……他們所以能形成比較穩定的文人集團，……可能是出於下列幾個方面的原因。」又劉氏該書中探討永明體詩歌的句式時亦以竟陵八友的五言詩作為統計對象。劉躍進《門閥士族與永明文學》，三聯書店，1996年，28～29頁。

〔註44〕如《南史·丘靈鞠傳》載丘靈鞠之語曰：「人居官願數遷，使我終身為祭酒，不恨也。」可以作為反證。

〔註45〕可參見宮崎市定《九品官人法研究》，中華書局，2008年，139～140。

文學，永明九年，累遷為隨王鎮西諮議參軍，前往荊州〔註46〕。此時蕭衍的地位雖然有所提高，但仍然往來權貴門下擔任幕僚，遠離權力的中心。

蕭衍不僅官職不高，同時也並不很受蕭子良的器重。《南史‧范雲傳》：

> 子良為司徒，又補記室。時巴東王子響在荊州，殺上佐，都下匈匈，人多異志。而豫章王嶷鎮東府，多還私邸，動移旬日。子良築第西郊，遊戲而已。而梁武帝時為南郡王文學，與雲俱為子良所禮。梁武勸子良還石頭，並言大司馬宜還東府，子良不納。梁武以告雲。時廷尉平王植為齊武帝所狎，雲謂植曰：「西夏不靜，人情甚惡，大司馬詎得久還私第？司徒亦宜鎮石頭。卿入既數，言之差易。」植因求雲作啟自呈之。俄而二王各鎮一城。

蕭子良儘管對蕭衍以禮相待，但實際上並未對其加以重視，也沒有採納他的建議。蕭衍因此將這個情況告訴了范雲，范雲通過齊武帝的寵臣向武帝上書才解決了這個問題。

范雲在蕭子良幕下的地位可以和蕭衍形成鮮明的對比。據《梁書‧范雲傳》，范雲因能誦人莫能識的石文而受到蕭子良的賞識，從此被蕭子良「深相親任」並「寵冠府朝」，范雲也「每陳朝政得失於子良」。蕭子良還曾為范雲向齊武帝求祿。《南史‧范雲傳》：「子良為雲求祿，齊武帝曰：『聞范雲諂事汝，政當流之。』子良對曰：『雲之事臣，動相箴諫，諫書存者百有餘紙。』帝索視之，言皆切至，諮嗟良久，曰：『不意范雲乃爾，方令弼汝。』」可見范雲是蕭子良在政治上極為倚重的助手。

除了范雲之外，蕭子良幕下地位在蕭衍之上者還有不少。如王融與「子良特相友好，情分殊常」，並先後擔任了太子舍人、秘書丞、丹陽丞、中書郎等諸多要職，同時在永明末年的皇位爭奪中體現了他的核心地位。沈約在永明年間擔任過中書郎、司徒右長史、黃門侍郎等重要職務。蕭琛亦曾任司徒記室並官至司徒右長史。謝朓、陸慧曉曾分別任司徒左右長史並讓蕭子良非常欣賞。他們地位均在蕭衍之上。其餘如與蕭子良「意好甚厚」的何昌寓、被「深相器重」的范述曾、「甚相賞譽」的王峻、「甚相賓禮」的王瞻、「雅被賞狎」的柳惲、「深相知賞」的沈瑀、「甚善之」的徐孝嗣等也比蕭衍更受器重。

〔註46〕蕭衍永明年間的仕歷可參見林大志《梁武帝代齊之前仕歷考》，鄭州大學學報（哲學社會科學版）2005 年 1 月。錢汝平《蕭衍研究》，四川大學博士論文，2007 年。

　　大約正是由於在蕭子良幕下並不得志，蕭衍在永明末年爭奪皇位的鬥爭中反戈一擊，幫助蕭鸞掌握大權，也使自己獲得了飛黃騰達的機會。據《梁書・武帝紀》及《南史・梁本紀》，蕭衍幫助蕭鸞安撫武帝舊臣崔慧景、王敬則，誅殺蕭子隆，為他行廢立之事掃清障礙，並在之後屢次領兵對抗北魏。蕭衍在蕭鸞在位期間擔任過中書侍郎、黃門侍郎、太子中庶子、羽林監等重要官職，並最終官至持節、都督雍梁南北秦四州、郢州之竟陵、司州之隨郡諸軍事、輔國將軍、雍州刺史，成為了執掌軍政大權的一方諸侯，為之後建立梁朝奠定了基礎。這樣的經歷更反襯出蕭衍在永明年間地位之低。

　　其次，就現存資料看，蕭衍並未積極參與蕭子良集團的各種文學活動。蕭子良幕下文士有幾次規模較大的集體同題唱和的詩歌創作。如《南齊書・樂志》：「《永平（明）樂歌》者，竟陵王子良與諸文士造奏之，人為十曲。道人釋寶月辭頗美，上常被之管絃而不列於樂官也。」可知蕭子良與其幕下一些文士共同創作了《永明樂》，每人十首。現在王融、謝朓各十首尚存，沈約也存有一首。但並無蕭衍的作品流傳。

　　又蕭子良約於永明八年經過劉瓛墓時作有《登山望雷居士精舍同沈右衛過劉先生墓下作詩》，現存同題而作的有蕭子隆《經劉瓛墓下詩》、沈約《奉和竟陵王經劉瓛墓詩》、虞炎、柳惲《奉和竟陵王經劉瓛墓下詩》、謝朓《奉和竟陵王同沈右率過劉先生墓詩》，蕭衍亦未參加此次活動。

　　又永明九年，蕭衍與謝朓同隨王蕭子隆赴荊州，眾多西邸文士為他們送行。現存有任昉、宗夬《別蕭諮議詩》、王融《蕭諮議西上夜集詩》、虞羲《敬贈蕭諮議詩》、蕭琛《別蕭諮議前夜以醉乖例今晝由醒敬應教詩》。蕭衍有《答任殿中宗記室王中書別詩》以酬答。沈約、虞炎、范雲、王融、蕭琛、劉繪等人有《餞謝文學離夜詩》。謝朓有《離夜詩》、《和別沈右率諸君詩》。

　　《謝宣城集》中還收有《同沈右率諸公賦鼓吹曲名先成為次》及《同前再賦》，參與者有沈約、范雲、謝朓、王融、劉繪；《同賦雜曲名》，參與者有檀秀才、江朝請、陶功曹、謝朓與朱孝廉；《同詠樂器》，參與者有王融、沈約、謝朓；《同詠坐上器玩》，參與者有謝朓、沈約；《同詠坐上所見一物》，參與者有王融、沈約、虞炎、柳惲、謝朓；《阻雪》聯句，參與者有謝朓、江革、王融、王僧孺、謝昊、謝緩、沈約。

　　又《南史・王僧孺傳》：「竟陵王子良嘗夜集學士，刻燭為詩，四韻者則刻一寸，以此為率。文琰曰：『頓燒一寸燭，而成四韻詩，何難之有。』乃與

令楷、江洪等共打銅缽立韻，響滅則詩成，皆可觀覽。」

此外還有些較為零散的應詔、奉和之作。如王融「應司徒教作」的《齊明王歌辭七首》、《奉和秋夜長》、《奉和月下詩》、《抄眾書應司徒教詩》、《移席琴室應司徒教詩》、《棲玄寺聽講畢遊邸園七韻應司徒教詩》、《奉和代徐詩二首》；沈約《奉和竟陵王藥名詩》、《和竟陵王抄書詩》；沈約、王融、范雲均有的《奉和竟陵王郡縣名詩》、《和竟陵王遊仙詩》等。除了詩歌創作外還有一些同題應和的賦作。如王融、沈約應教而作的《桐樹賦》，謝朓、王儉、沈約奉和蕭子良的《高松賦》，謝朓、沈約、王融奉教而作的《擬風賦》等。

儘管有關蕭子良集團文學活動的很多資料現在很可能已經不存，但從現存的材料中還是可以看出當時大致的情況。如作為永明體核心人物的王融、謝朓和沈約就現存資料來看在蕭子良集團的文學活動中也都表現得極為活躍，長於作詩的柳惲、劉繪等也有相當的參與程度，反之不以詩歌見長的任昉、蕭琛等則參與程度較低。而綜觀蕭子良集團的各種文學活動，蕭衍僅僅參與一次，作詩一首，這足以證明他在永明文學中地位不高。

二

接下來看蕭衍對永明體的態度。《南齊書·陸厥傳》：「永明末，盛為文章。吳興沈約、陳郡謝朓、琅琊王融以氣類相推轂，汝南周顒善識聲韻。約等文皆用宮商，以平、上、去、入為四聲，以此制韻，不可增減，世呼為『永明體』。」可見講求聲律是永明體最為主要的特徵。但蕭衍對四聲理論並不感興趣。《梁書·沈約傳》中記載到：「（沈約）又撰《四聲譜》，以為在昔詞人，累千載而不寤，而獨得胸衿，窮其妙旨，自謂入神之作，高祖雅不好焉。帝問周捨曰：『何謂四聲？』捨曰：『天子聖哲』是也，然帝竟不遵用。」類似的記載還見於《南史·沈約傳》、《文鏡秘府論》和《談藪》。雖然蕭衍未必真的不知四聲為何物，但他對四聲理論「雅不好焉」的態度無疑是明確的。蕭衍對四聲的態度同樣在他的詩歌創作中得到了體現。盧盛江先生《文鏡秘府論研究》中統計了蕭衍四句到十二句五言詩中的犯病情況，指出「梁武帝多少受到時風的影響，較之永明之前，上尾較低，律句略高，則說明了這一點。但他畢竟沒有遵用永明聲病之說。和永明以及梁代另幾個詩人相比，上尾、蜂腰，特別是二四同聲的蜂腰比例高不少，而律句比例低得多，就可以清楚地說明這

一點。」〔註 47〕盧盛江先生還進一步考察了蕭衍入梁前的詩歌聲律狀況，指出「從入梁之前的創作來看，蕭衍曾受永明時風影響，曾經注意在一些詩中迴避聲病，特別永明年間和沈約、謝朓、王融唱和之時。但他隨即放棄了這一態度，接著的創作，就不太遵用聲病之說，甚至基本上把聲病之說放在一邊。」〔註 48〕

　　永明體的另一個重要特徵是篇幅的由長縮短。前文已經提到，根據劉躍進先生的統計，在《文選》、《玉臺新詠》、《八代詩選》中所收竟陵八友與顏延之、謝靈運的五言詩中，「竟陵八友的五言詩，八句式最多，50 首，約占總數的 28%；其次四句式，49 首，約占總數的 27%；再次為十句式，34 首，約占總數的 19%。」而顏、謝的五言詩則以二十二句最多，12 首；二十句其次，11 首；二十六句第三，6 首。這裡筆者根據逯欽立《先秦漢魏晉南北朝詩》所收蕭衍、謝朓、沈約、王融四人的五言詩，比較他們的篇幅情況，所得結果如下：

	四句式	比　例	八句式	比　例	十句式	比　例	總　計	比　例
謝朓	16	12%	42	31%	32	24%	80	67%
沈約	29	19%	41	27%	17	11%	87	57%
王融	28	42%	12	18%	10	15%	50	75%
蕭衍	38	54%	6	8%	13	18%	57	80%

　　儘管蕭衍十句之內的五言詩所佔比例還在謝朓、沈約等人之上，但值得注意的是蕭衍四句式的五言詩佔了很大的比重。這些四句式中，大部分是模仿當時流行民歌的清商曲辭，如《子夜四時歌》、《楊叛兒》等。這一類詩歌的數量達到了 27 首，占其四句式總數的七成以上。這些作為當時流行新樂的清商曲辭有其自身的風格體制，與一般的文人詩有較大差異。而謝朓等永明體詩人的作品中，除沈約應和蕭衍所作的《襄陽蹋銅蹄歌》三首外均無此類作品。此外，蕭衍還有一些詩歌並非全篇，如《梁書・江革傳》：

　　　時高祖盛於佛教，朝賢多啟求受戒，革精信因果，而高祖未知，謂革不奉佛教，乃賜革《覺意詩》五百字，云「惟當勤精進，自強行勝修；豈可作底突，如彼必死因。以此告江革，並及諸貴遊。」

〔註47〕盧盛江《文鏡秘府論研究》，人民文學出版社，2013 年，394 頁。
〔註48〕盧盛江《文鏡秘府論研究》，397～398。

此詩現僅存此四句，《詩紀》卷六十五題作《覺意詩賜江革》。又如《宴詩》、《首夏泛天池詩》、《登北顧樓詩》等最早出自《藝文類聚》，從內容上看似乎也並不完整，有可能並非全篇。此外，蕭衍已散佚的詩歌中也有一些長篇之作。如《陳書·沈眾傳》：「是時，梁武帝制《千字詩》，眾為之注解。」又如《南史·鄭紹叔傳》：「東昏遣至雍州，託候紹叔，潛使為刺客。紹叔知之，密白帝。……續復遣主帥杜伯符亦欲為刺客，詐言作使，上亦密知，宴接如常。伯符懼不敢發。上後即位，作五百字詩具及之。」考慮到這些因素，則蕭衍五言詩中十句之內的詩歌所佔比例要明顯少於謝朓、沈約、王融等永明體詩人。

蕭衍對長篇詩體的喜愛還體現在他入梁後組織的各種文學活動中。《梁書·文學傳序》：「高祖聰明文思，光宅區宇，旁求儒雅，詔採異人，文章之盛，煥乎俱集。每所御幸，輒命群臣賦詩，其文善者，賜以金帛，詣闕庭而獻賦頌者，或引見焉。」在蕭衍命群臣所賦之詩中有大量長篇之作。

《梁書·到沆傳》：「時高祖宴華光殿，命群臣賦詩，獨詔沆為二百字，三刻使成。沆於坐立奏，其文甚美。」

又《梁書·到洽傳》：「御華光殿，詔洽及沆、蕭琛、任昉侍宴，賦二十韻詩，以洽辭為工，賜絹二十四。」

又《梁書·王僧孺傳》：「是時高祖制《春景明志詩》五百字，敕在朝之人沈約已下同作，高祖以僧孺詩為工。」

又《梁書·謝徵傳》：「時魏中山王元略還北，高祖餞於武德殿，賦詩三十韻，限三刻成。徵二刻便就，其辭甚美，高祖再覽焉。」

又《梁書·王規傳》：「（普通）六年，高祖於文德殿餞廣州刺史元景隆，詔群臣賦詩，同用五十韻，規援筆立奏，其文又美。高祖嘉焉，即日詔為侍中。」

《梁書·褚翔傳》：「中大通五年，高祖宴群臣樂遊苑，別詔翔與王訓為二十韻詩，限三刻成。翔於坐立奏，高祖異焉，即日轉宣城王文學，俄遷為友。」

又《梁書·羊侃傳》：「大同三年，車駕幸樂遊苑，侃預宴。……高祖善之，又製《武宴詩》三十韻以示侃，侃即席應詔。」

上引這些材料中的長篇詩作既有蕭衍自己所作，也有他令臣下所作，而且這種長篇詩體的創作在從天監直到大同年間的文學活動中一直不衰，可見蕭衍對這些長篇詩作的興趣一直貫徹始終。蕭衍既對四聲理論這一永明體標誌性特

徵不感興趣，又偏愛與篇幅短小的永明體不同的長篇大作，再加之他在永明文學中的地位也並不高，那麼將他的詩歌風格整體上歸入永明體是不妥的。

三

　　蕭衍在永明文學中地位不高，其偏好也與永明體的特徵不符。那麼他所欣賞的詩人、詩風又是怎樣的呢？雖然蕭衍並沒有直接評論歷代詩人的文字，但我們從現存的一些材料中還是可以瞭解他的喜好。

　　《梁書·徐摛傳》：「會晉安王綱出戍石頭，高祖謂周捨曰：『為我求一人，文學俱長兼有行者，欲令與晉安遊處。』捨曰：『臣外弟徐摛，形質陋小，若不勝衣，而堪此選。』高祖曰：『必有仲宣之才，亦不簡其容貌。』」

　　又《魏書·溫子升傳》：「蕭衍使張皋寫子升文筆，傳於江外。衍稱之曰：『曹植、陸機復生於北土。恨我辭人，數窮百六。』」

　　可見蕭衍在歷代文人中比較推重曹植、王粲、陸機。這三人均以文采繁富而著稱。如《三國志·魏志·曹植傳》：「陳思文才富豔，足以自通後葉。」裴松之注引魚豢《魏略》曰：「余每覽植之華采，思若有神。」鍾嶸《詩品》稱其詩「骨氣奇高，詞采華茂。」李華《揚州功曹蕭穎士文集序》：「曹植豐贍。」胡應麟《詩藪·內編》卷二：「子建華贍精工。」又：「子建《名都》、《白馬》、《美女》諸篇，辭極贍麗。」許學夷《詩源辨體》卷四：「子建、仲宣則才思逸發，華藻爛然。」如胡應麟所言，曹植《名都》、《白馬》、《美女》諸篇最能體現他文采繁富的特點。如《名都篇》：

　　　　名都多妖女，京洛出少年。寶劍直千金，被服麗且鮮。鬥雞東
　　郊道，走馬長楸間。馳騁未能半，雙兔過我前。攬弓捷鳴鏑，長驅
　　上南山。左挽因右發，一縱兩禽連。餘巧未及展，仰手接飛鳶。觀
　　者咸稱善，眾工歸我妍。我歸宴平樂，美酒斗十千。膾鯉臇胎鰕，
　　寒鱉炙熊蹯。鳴儔嘯匹侶，列坐竟長筵。連翩擊鞠壤，巧捷惟萬端。
　　白日西南馳，光景不可攀。雲散還城邑，清晨復來還。〔註49〕

此詩極力鋪寫主人公的服飾及鬥雞、射獵、宴會、擊鞠等種種活動，其中尤其著重鋪寫射獵、宴會的場景以表現京洛少年奢華的遊樂生活。作者並不十分重視具體細節的描寫，也不很注重場景間的銜接轉換，只是以華美的文辭恣意鋪排種種熱烈激昂的場面，體現出京洛少年的意氣風發，形成了一種飛

〔註49〕《文選》卷二十七。

揚縱放的藝術效果，給人以酣暢淋漓，才華橫溢之感。

曹植《王仲宣誄》稱王粲「文若春華，思若湧泉，發言可詠，下筆成篇。」〔註50〕劉勰《文心雕龍・才略篇》稱：「仲宣溢才。」鍾嶸《詩品》稱其「文秀而質羸。」胡應麟《詩藪・內編》卷二稱其「肉勝骨。」可見王粲亦以文采華美著稱。如《七哀詩》其二：

> 荊蠻非我鄉，何為久滯淫。方舟溯大江，日暮愁我心。山岡有餘映，岩阿增重陰。狐狸馳赴穴，飛鳥翔故林。流波激清響，猴猿臨岸吟。迅風拂裳袂，白露沾衣襟。獨夜不能寐，攝衣起撫琴。絲桐感人情，為我發悲音。羈旅無終極，憂思壯難任。〔註51〕

全詩九聯中有四聯鋪寫所見之景，包括了夕陽餘輝下的山岡、歸巢的狐狸和飛鳥、流波清響、猿猴哀吟、迅風白露等諸多意象，這些意象涉及視覺、聽覺、觸覺等各個方面，共同構成了夕陽下一片蕭瑟的場景。這四聯大都對仗工整，描寫細緻。尤其是「山岡有餘映，岩阿增重陰」一聯以夕陽的餘輝和岩阿的陰影相對仗，體現出日暮之時山岡上光線的細微變化。這些都是王粲「文若春華」的具體體現。

《晉書・陸機傳》曰：「機天才秀逸，辭藻宏麗。」《世說新語・文學篇》曰：「陸文若排沙簡金，往往見寶。」葛洪《抱朴子》曰：「機文猶玄圃之積玉，無非夜光焉；五河之吐流，泉源如一焉。其弘麗妍贍，英銳漂逸，亦一代之絕乎！」《文心雕龍・才略篇》曰：「『陸機才欲窺深，辭務索廣，故思能入巧而不制繁。」《鎔裁篇》曰：「士衡才優，而綴辭尤繁。」《詩品》曰：「其源出於陳思。才高辭贍，舉體華美。」陸機華美的詩風可以其《苦寒行》為例：

> 北遊幽朔城，涼野多險難。俯入穹谷底，仰陟高山盤。凝冰結重澗，積雪被長巒。陰雲興岩側，悲風鳴樹端。不睹白日景，但聞寒鳥喧。猛虎憑林嘯，玄猿臨岸歎。夕宿喬木下，慘愴恒鮮歡。渴飲堅冰漿，饑待零露餐。離思固已久，寤寐莫與言。劇哉行役人，慊慊恒苦寒。〔註52〕

全詩二十句而有十四句為對句，對具體之景物精雕細琢，對行人之苦寒反覆渲染，極盡雕繪之能事，辭采斐然。如五、六句狀冰雪之貌，以「凝」字刻畫

〔註50〕《文選》卷五十六。
〔註51〕《文選》卷二十三。
〔註52〕《文選》卷二十八。

滴水化冰之過程，「結」字描繪一澗之水已盡為堅冰的狀態，而深澗之水盡為堅冰，更突出了嚴寒之酷烈。下半聯之「長巒」效果與「重澗」相同，「被」字狀積雪似衣被一樣披在山崗之上，形象生動，「積」則暗含此雪由來已久，並非新落，同樣突出氣候之寒冷。這兩句一寫高山，一狀深澗，又形成了空間高下的強烈對比。高山深澗都已布滿冰雪，則整個世界也都成了冰雪的世界，則嚴寒之酷烈在兩句的對比中又得到了更進一步的強化。陸機詩歌之繁縟華美由此可見。

蕭衍對曹植、王粲、陸機的推重體現了他對繁縟詩風的喜好，這與其對長篇詩體的愛好是一致的。文采繁富必然導致篇幅的加長，因為只有足夠的篇幅才能保證鋪排辭采的空間。蕭衍喜愛的這種風格同樣與篇幅短小，追求凝練跳躍、清麗簡淨的永明體大相徑庭。蕭衍對繁縟詩風的喜好及其與永明體風格的差異在他的詩歌創作中有著充分的體現。

四

最後結合蕭衍自身的詩歌創作探討其詩歌的風格與特點。蕭衍的詩歌創作主要有三個特點。首先，如上文所述，蕭衍的詩歌繼承了晉宋詩歌鋪排辭藻，文采繁富的風格，與追求清新凝煉的永明體不同。吳喬《圍爐詩話》：「梁武帝不知四聲，其詩仍是太康元嘉舊體。」這一論斷正指出了蕭衍詩歌對晉宋詩風的繼承。

蕭衍對晉宋詩風的繼承首先體現在結構上，尤其是蕭衍的一些遊覽詩明顯有著晉宋山水詩結構的痕跡。如《登北顧樓詩》：

> 歇駕止行警，回輿暫遊識。清道巡丘壑，緩步肆登陟。雁行上
> 差池，羊腸轉相逼。歷覽窮天步，曠矚盡地域。南城連地險，北顧
> 臨水側。深潭下無底，高岸長不測。舊嶼石若構，新洲花如織。

這是一首登臨遊覽之作，全詩以遊覽者的行蹤為線索展開：首四句寫登山前的準備，之後四句寫登臨的過程，最後六句寫登臨所見之景。這樣的結構與謝靈運山水詩敘述遊覽緣起、描寫沿途風景、抒發議論感慨的結構模式相比只是缺少了最後抒發議論感慨的部分，而且這首詩最早出自《藝文類聚》，《藝文類聚》所收作品有很多並不完整，這首詩從內容上看似乎也並不完整，或許抒發議論感慨的部分已經散佚。

除了詩歌的整體構架有著晉宋山水詩結構的痕跡外，蕭衍景物描寫的安

排也在繼承了晉宋詩歌描寫模式的同時又有自己的發展。晉宋詩歌的描寫通常以排偶的方式展開，一聯之中追求時間或空間上的強烈反差以形成張力，但聯與聯之間更多的是並列關係，銜接並不十分緊密。如陸機《從軍行》描寫征人之苦：

> 南陟五領巔，北戍長城阿。深谷邈無底，崇山鬱嵯峨。奮臂攀喬木，振跡涉流沙。隆暑固已慘，涼風嚴且苛。夏條集鮮藻，寒冰結衝波。〔註53〕

首聯強調地理空間上的懸殊，二、三聯強調高度上的落差，四、五聯強調季節上的變化，征人的辛苦在每聯強烈的對比中得到了體現。但此詩每聯都構成一個相對獨立的單元，彼此間的銜接並不十分緊密。又如謝靈運《登上戍石鼓山詩》描寫所見之景：

> 極目睞左闊，回顧眺右狹。日末澗增波，雲生嶺逾疊。白芷競新苕，綠蘋齊初葉。〔註54〕

首聯的「左」、「右」形成了方位上的反差，次聯的「澗」、「嶺」形成了空間上的高下，第三聯的「白」、「綠」形成了色彩上的對比。但每聯同樣是相對獨立的畫面，並沒有緊密的連接在一起。

蕭衍在繼承了他們一聯之中追求反差的同時更加注意了聯與聯之間的銜接。如前引《登北顧樓詩》第三聯上半句寫空中之雁，下半句寫腳下之山路，第四聯上半句寫仰攀，下半句寫俯視，都形成了空間高下上的反差。第五聯上半句寫南方之山，下半句寫北側之水，在地理方位和空間高下上都形成了反差。第六聯上半句寫深潭，下半句寫高岸，同樣是形成空間高下上的反差。第七聯分別寫舊嶼與新洲，則包含了時間上的對立。這些都是蕭衍對晉宋詩歌結構的繼承。而第三聯下半句寫山路之險，第四聯上半句寫沿著山路向上攀登；第四聯下半句寫俯瞰景色，第五聯寫所見之景；第五聯下半句寫北側之水，第六聯上半句寫潭水之深；第六聯下半句寫高岸之長，第七聯上半句寫小山的岩石。聯與聯之間的銜接都極為順暢，以往一個個獨立的畫面彷彿連成了一幅完整的畫卷。這正是蕭衍對晉宋詩歌結構的發展。這一特點同樣還體現在其《首夏泛天池詩》中：

〔註53〕《文選》卷二十八。
〔註54〕《先秦漢魏晉南北朝詩‧宋詩》卷二。

　　　　薄遊朱明節，泛漾天淵池。舟楫互容與，藻萍相推移。碧沚紅
　　菡萏，白沙青漣漪。新波拂舊石，殘花落故枝。葉軟風易出，草密
　　路難披。

首聯下半句寫泛遊天淵池，次聯上半句寫舟楫徐徐而動正是泛遊的具體舉動。次聯下半句寫藻萍，第三聯上半句寫荷花，都是水中的植物。第三聯下半句寫水中蕩起的漣漪，第四聯上半句寫拂過石頭的波浪，也都是同類之物。第四聯下半句寫枝頭落花，第五聯上半句寫風吹枝葉，銜接也非常自然。讀者的視線通過這些流暢的銜接能夠自然地流連於不同的景物之中。

　　蕭衍對晉宋詩風的繼承還體現在其鋪排辭藻方面。前文所引《登北顧樓詩》與《首夏泛天池詩》已可體現出蕭衍在鋪排辭藻方面對晉宋詩歌的繼承，而蕭衍在鋪排辭藻方面也有自己的特點。

　　首先，蕭衍對於對偶技巧頗為用心，較晉宋詩人有所發展，這主要體現在追求兩句之間和一句之內的雙重對偶。如《直石頭詩》中有「翠壁絳霄際，丹樓青霞上」一聯，兩句之間「翠壁」與「丹樓」、「絳霄」與「青霞」相互對仗，而一句之中「翠」與「絳」、「丹」與「青」又相互對偶，形成了雙重的呼應。同樣的用法還有《首夏泛天池詩》中「碧沚紅菡萏，白沙青漣漪」一聯，兩句之間「碧沚」與「白沙」、「紅菡萏」與「青漣漪」分別對仗，一句之中「碧」與「紅」、「白」與「青」相互對偶。又「新波拂舊石，殘花落故枝」一聯，兩句之間「新波」與「殘花」、「舊石」與「故枝」之間相互對仗，一句之中「新」與「舊」、「殘」與「故」又相互呼應，形成了雙重對偶。在這雙重對偶中，兩句之間的「新」與「殘」是反對，而「舊」與「故」則是正對；一句之間的「新」與「舊」是反對，「殘」與「故」是正對。正對與反對交替使用，有錯綜變化之致。

　　其次，蕭衍描寫時尤其重視通過景物色彩間的映襯來營造鮮明的視覺效果，而上述對偶技巧對此有很大的幫助。如「翠壁絳霄際，丹樓青霞上」一聯通過雙重對偶，將四種景物置於同一視野內，彼此交相輝映，色彩鮮明，給人以強烈的視覺感受。「碧沚紅菡萏，白沙青漣漪」則將四種顏色不同的意象並置在一起，突出了碧、紅、白、青四種色澤對比，同樣給人以豐富鮮亮的視覺感受。此外《如炎詩》中「金波揚素沫，銀浪翻綠萍」，《乾闥婆詩》中「青城接丹霄，金樓帶紫煙」等也都體現著這樣的特點。

　　如前所述，永明體不重鋪排，在辭采上注重精心鍛鍊，在結構上追求凝

煉跳躍。蕭衍詩歌的這些特點顯然與永明體有著較大的差異。

　　蕭衍詩歌的第二個特點是對漢魏古詩相關技巧的學習，這首先表現在蕭衍有不少模擬漢魏古詩的作品。如《擬青青河畔草》：

> 幕幕繡戶絲，悠悠懷昔期。昔期久不歸，鄉國曠音輝。音輝空結遲，半寢覺如至。既寤了無形，與君隔平生。月以雲掩光，葉以霜摧老。當途競自容，莫肯為妾道。

這首詩模擬的是漢相和歌《飲馬長城窟行》的上半部分：

> 青青河邊草，綿綿思遠道。遠道不可思，夙昔夢見之。夢見在我傍，忽覺在他鄉。他鄉各異縣，輾轉不可見。枯桑知天風，海水知天寒。入門各自媚，誰肯相為言。〔註55〕

原詩中利用疊詞、頂真、比興等技法都在擬作中得到了很好的體現，擬作句式、結構也基本與原作保持了一致。因此儘管蕭衍在遣詞造句上較原作雅致，但還是很好地保留了原作的主要特點。可見蕭衍的模擬並非像陸機模擬《古詩十九首》那樣更多展現自己華美的文采，而的確是在努力把握、學習古詩的主要特點與技巧。

　　除了直接模擬漢魏古詩外，蕭衍還常常在其他詩作中或是化用古詩意象、成句，或是使用古詩中常見手法。如《有所思》中「衣上芳猶在，握裏書未滅」便是化用《古詩十九首》中「孟冬寒氣至」裏的「置書懷袖中，三歲字不滅」〔註56〕；《河中之水歌》中「莫愁十三能織綺，十四採桑南陌頭。十五嫁為盧家婦，十六生兒字阿侯」與《古詩為焦仲卿妻作》中「十三能織素，十四學裁衣。十五彈箜篌，十六誦詩書。十七為君婦，心中常苦悲」〔註57〕的句式相似；《搗衣詩》中「文成雙鴛鴦」則化用了《古詩十九首》中「客從遠方來」裏「文采雙鴛鴦」之意。《代蘇屬國婦詩》中「良人與我期，不謂當過時」暗合《古詩十九首》「冉冉孤生竹」中「過時而不採，將隨秋草萎」之意；而「忽聽西北雁，似從寒海湄。果銜萬里書，中有生離辭。惟言長別矣，不復道相思」的情節則與《飲馬長城窟行》中「客從遠方來，遺我雙鯉魚。呼兒烹鯉魚，中有尺素書。長跪讀素書，書中竟何如。上有加餐食，下有長相憶」一段類似，只不過蕭衍將帶來書信者由遠方的客人改為西北的鴻雁以突出蘇武的處境。

〔註55〕《文選》卷二十七。
〔註56〕《文選》卷二十九。
〔註57〕《玉臺新詠》卷一。

　　蕭衍對古詩常用手法的借鑒主要體現在頂真、諧音雙關、比興等技巧的運用。關於頂真的運用如《芳樹》〔註58〕：

　　　　綠樹始搖芳，芳生非一葉。一葉度春風，芳華自相接。雜色亂
　　參差，眾花紛重疊。重疊不可思，思此誰能愜。

前三句和後三句之間都運用了頂真的手法，這造成了音節上的迴環複沓和詩意上的連綿。以前四句為例，首句寫綠樹上隨風搖擺的花兒。第二句則通過句間「芳」字的重複，將讀者的注意力沿著花兒指向了其生長之處——「葉」。第三句寫春風吹過花葉，卻將「一葉」提前，以與上一句銜接，使讀者的注意力能自然的從花葉過渡到春風。第四句寫春風吹過之後眾花搖擺相接之狀，其中「芳」字與第一句的「芳」字相呼應，完成了詩意的一個迴環。

　　關於諧音雙關的運用如《有所思》「腰中雙綺帶，夢為同心結」一聯中「同心結」既指腰中綺帶所結成的形狀，又暗指自己與所思之人同心相結。又如《織婦詩》「良人在萬里，誰與共成匹」一聯中的「匹」字，既可解為「布匹」之意，以對應上一聯的「調梭」、「鳴機」；又可解為「配偶」之意，以對應上一句的「良人在萬里」。

　　比興手法的運用可以《古意詩》二首為例：

　　　　飛鳥起離離，驚散忽差池。啾嘈繞樹上，翩翩集寒枝。既悲征
　　役久，偏傷壟上兒。寄言閨中妾，此心詎能知。不見松蘿上，葉落
　　根不移。

　　　　當春有一草，綠花復垂枝。云是忘憂物，生在北堂陲。飛飛雙
　　蛺蝶，低低兩差池。差池低復起，此芳性不移。飛蝶雙復隻，此心
　　人莫知。

前者先以飛鳥起興，通過描寫飛鳥之「繞樹木」、「集寒枝」反襯壟上兒征役在外，不能回家之悲。最後又以松蘿葉落根不移為喻，表達自己與「閨中妾」愛情之堅貞。後者則分別以萱草和蛺蝶比興，以蛺蝶之「雙復隻」喻自己與所思之人時聚時散，以萱草之芳香不移表現自己對愛情的忠貞不二。

〔註58〕儘管錢志熙《齊梁擬樂府賦題法初探——兼論樂府詩寫作方法之流變》一文指出這種以賦題法擬樂府的方式是永明詩人的創新，並且永明詩人之間經常以此相互唱和，但蕭衍此詩的語言風格與沈約、謝朓、王融等人的同題之作完全不同，也正體現出了蕭衍詩歌與永明體的差異。《齊梁擬樂府賦題法初探——兼論樂府詩寫作方法之流變》，北京大學學報（哲學社會科學版），1995年第4期。

值得一提的是，蕭衍對古詩技法的學習並非為了單純的再現古詩風貌，而是將之化為己用，融合進自己文人化的詩歌創作中——前面提到《擬青青河畔草》中遣詞造句較原作精緻典雅正說明了這一點。而《芳樹》中頂真技巧的使用也暗含著蕭衍的巧思。首先，此詩前三句和後三句都使用了頂真的手法，而第五句和第六句沒有。這使得全詩在結構上形成了對稱。其次，在最後三句中，作者通過字面的連綿暗藏了一個詩意的跳躍：第六句末的「重疊」指的是花葉的重疊，而第七句開頭的「重疊」則指的是思緒的紛亂。作者由所見之眾花重疊而引發了自己紛亂的思緒，詩歌也由此從狀物走向抒情。這其中之轉折由於頂真手法的運用而顯得婉轉自然，更添含蓄的風致。這種精巧的構思是古詩中沒有的。

又如《搗衣詩》則是在精緻細膩的描寫中化用古詩意象，使得詩歌在綺麗華美中又有著古樸流暢的一面。最為典型的就是「金風徂清夜」以下十四句描寫主人公搗衣的過程：前十句描寫精工細膩，辭藻華美。如「金風」聯描寫搗衣時的夜景，被許學夷贊為「齊梁佳句」；「參差」聯描寫主人公搗衣時的動作與心情，細緻工整；「輕羅」聯與「朱顏」聯描寫主人公搗衣時的衣飾與神態，文采綺麗。而後四句則化用古詩中的意象、句法，在綺麗的描寫中注入了古樸自然的意味。古詩的意象、技巧與蕭衍本身的詩歌創作就此融為一體。

蕭衍詩歌的第三個特點在於其詩歌創作強烈的遊戲性、娛樂性。首先，如前所述，在蕭衍的詩歌中有許多像《戲作詩》、《賜謝覽王暕詩》、《賜張率詩》、《戲題劉孺手板詩》這樣的遊戲之作，這些詩歌既不是為了抒情言志，也不是為了寫景狀物，只是純粹的戲謔之作。

其次，在蕭衍的詩歌中，詩人自身的形象較為淡薄。蕭衍詩歌中比重最大的是以表現男女相思之情為主的言情詩。在這類詩作中，蕭衍通常為女性代言，抒發她們對遠方情人的思念。抒情雖然細緻生動，但與自身的生活和情感關係不大。他的遊覽詩側重描寫景物的外在特徵，很少抒發自己的情感。其餘的詠物詩、佛理詩、遊仙詩及上面提到的遊戲之作中更是鮮有詩人自身的鮮明形象。唯有《直石頭詩》、《答任殿中宗記室王中書別詩》、《撰孔子正言竟述懷詩》等寥寥數首中抒發了蕭衍自己的情志。可見蕭衍並不將詩歌作為抒寫性情的載體，而是更多的將之作為風雅的遊戲與娛樂。

綜上所述，蕭衍在蕭子良幕下地位不高，也沒有積極參與蕭子良集團的文學活動，因此在永明文學中地位不高。而他入梁後卻組織了大量文學活動

並體現出對文采繁富的長篇大體的喜愛和對四聲理論的排斥。可見他對永明體不感興趣。就他的詩歌創作而言，蕭衍繼承並發展晉宋詩歌鋪排辭藻，文采繁富風格的同時又學習古詩的創作技巧以化為己用，使其詩歌在綺麗中有了自然古樸的意味。蕭衍詩歌創作中自我形象的淡薄則體現了他不將詩歌作為抒寫性情的載體，更多重視其遊戲性、娛樂性的詩歌思想。

第三節　蕭衍與梁代前期詩歌的演變

　　蕭衍的詩歌思想與創作同梁代前期詩歌發展狀況有著密切的關係，本節對這種關係略作探討。在這之前，首先有必要對「梁代前期」這一概念作一個簡要的說明。因為這一概念與梁代詩壇的分期問題密切相關，梁代詩壇的分期問題則實質上關係著對梁代不同時期詩歌發展狀況的認識。目前學界對於梁代詩壇分期問題的看法主要有「三期說」和「兩期說」兩種。前者的代表意見以天監十二年之前為前期，這一時期是永明文學的延續；天監十二年沈約死到中大通三年蕭統死為中期，是蕭統集團佔據詩壇中心，興起　股復古思潮的時期；中大通三年蕭綱被立為太子開始為後期，是宮體詩思潮主導詩壇的時期〔註59〕。後者則是將宮體詩思潮的興起作為標誌將梁代詩壇劃分為前後兩期，但具體的斷限時間有所不同。如葛曉音先生《八代詩史》據《隋書・文學傳序》「梁自大同之後，雅道淪缺，漸乖典則，爭馳新巧。簡文、湘東，啟其淫放，徐陵、庾信，分路揚鑣」之說，將大同年間作為斷限，並認為「梁代前期詩風大致承襲齊代」。而林大志先生則以中大通三年蕭統死，蕭綱立為太子斷限，認為「以蕭衍、蕭統為領袖的梁代前中期文學具有延續性和穩定性的特徵，他們都基本傾向於文學應當發展的主張，贊同在繼承的前提下有所變化。概括而言，或許不妨將其稱之為『漸變派』。」〔註60〕

　　總體而言，筆者認為「兩期說」比較符合梁代詩歌發展的實際，不過梁代前期當以大同五年為斷限。因為雖然蕭統在中大通三年去世，蕭綱被立為太子，但宮體詩的新變思潮要在大同五年後才產生較大影響〔註61〕，蕭統集團在中大通三年至大同五年的影響力雖然有所下降，但其餘緒仍佔據了詩壇

〔註59〕參見劉躍進《中古文學文獻學》192頁，江蘇古籍出版社，1997年。
〔註60〕林大志《四蕭文學研究》，94頁。
〔註61〕可參見劉林魁《梁簡文帝蕭綱〈與湘東王書〉繫年考》，《西北大學學報（哲學社會科學版）》，2006年第2期。

的主導地位。天監年間是蕭衍作為詩壇領袖直接影響詩歌發展的時期，天監末年至中大通三年則是蕭統集團佔據詩壇中心，產生重大影響的時期，這三個時期主流的詩歌思想與創作風格比較一致，共同構成了梁代詩歌發展的前期。這段時期的詩歌發展雖然有不少繼承和吸取齊代的地方，但較之齊代也發生了一些比較明顯的變化，籠統地說這段時期的詩風承襲齊代並不十分準確。這些變化當與蕭衍的影響密切相關。目前學界關於蕭衍對梁代詩歌影響的研究主要偏重於通過梳理蕭衍組織的各種文學活動及獎掖提拔文士的舉措，指出其為梁代詩歌的發展提供了寬鬆的外圍環境，促進了梁代詩歌創作的繁榮等方面〔註62〕，對於梁代前期詩歌的發展較之前代有著怎樣的變化，這種變化與蕭衍的詩歌思想和創作風格有著怎樣的關係等問題卻缺少充分的探討。而理清這些問題對於更為清晰準確地把握蕭衍在齊梁詩歌發展中所起到的作用無疑是十分重要的。

一

蕭衍在登基之後，以帝王之尊篤好文學，積極組織、參與宴集賦詩等文學活動，招攬獎掖文才之士，對梁代前期文學尤其是詩歌的發展產生了很大的影響。如：

《南史·文學傳序》：「自中原沸騰，五馬南度，綴文之士，無乏於時。降及梁朝，其流彌盛。蓋由時主儒雅，篤好文章，故才秀之士，煥乎俱集。於時武帝每所臨幸，輒命群臣賦詩，其文之善者賜以金帛。是以縉紳之士，咸知自勵。」

《梁書·文學傳序》：「高祖聰明文思，光宅區宇，旁求儒雅，詔採異人，文章之盛，煥乎俱集。每所御幸，輒命群臣賦詩，其文善者，賜以金帛，詣闕庭而獻賦頌者，或引見焉。其在位者，則沈約、江淹、任昉，並以文采妙絕當時。至若彭城到沆、吳興丘遲、東海王僧孺、吳郡張率等，或入直文德，通宴壽光，皆後來之選也。」

《梁書·劉峻傳》：「高祖招文學之士，有高才者，多被引進，擢以不次。」

《梁書·劉苞傳》：「自高祖即位，引後進文學之士，苞及從兄孝綽、從弟孺、同郡到溉、溉弟洽、從弟沆、吳郡陸倕、張率並以文藻見知，多預宴

〔註62〕如錢汝平《蕭衍研究》、陳慶元《梁武帝蕭衍的文學活動及其文學觀》等都就這一問題有所論述。

坐，雖仕進有前後，其賞賜不殊。」

這種影響一方面正如上引《南史》、《梁書》所言，極大促進了梁代前期詩歌創作的繁榮，另一方面也使得梁代前期的詩歌思想與創作風格在相當程度上受到了蕭衍喜好的左右。這是因為蕭衍作為這些文學活動組織者的同時還常常會對參與者作品的優劣作出自己的評判，如《梁書·王僧孺傳》：「是時高祖制《春景明志詩》五百字，敕在朝之人沈約已下同作，高祖以僧孺詩為工」的記載就是一個例子。如果作品受到蕭衍的認可，則可能得到特別的褒賞。

如《梁書·到沆傳》：「時高祖宴華光殿，命群臣賦詩，獨詔沆為二百字，三刻使成。沆於坐立奏，其文甚美。俄以洗馬管東宮書記、散騎省優策文。」

《梁書·謝朓傳》：「覽為人美風神，善辭令，高祖深器之。嘗侍座，受敕與侍中王暕為詩答贈。其文甚工。高祖善之，仍使重作，復合旨。乃賜詩云：『雙文既後進，二少實名家；豈伊止棟隆，信乃俱國華。』」

《梁書·張率傳》：「率又為《待詔賦》奏之，甚見稱賞。手敕答曰：『省賦殊佳。相如工而不敏，枚皋速而不工，卿可謂兼二子於金馬矣。』又侍宴賦詩，高祖乃別賜率詩曰：『東南有才子，故能服官政。余雖慚古昔，得人今為盛。』率奉詔往返數首。其年，遷秘書丞，引見玉衡殿。高祖曰：『秘書丞天下清官，東南胄望未有為之者，今以相處，足為卿譽。』」

《梁書·劉孝綽傳》：「及高祖為《籍田詩》，又使勉先示孝綽。時奉詔作者數十人，高祖以孝綽尤工，即日有敕，起為西中郎湘東王諮議。」

《梁書·王規傳》：「（普通）六年，高祖於文德殿餞廣州刺史元景隆，詔群臣賦詩，同用五十韻，規援筆立奏，其文又美。高祖嘉焉，即日詔為侍中。」

《梁書·褚翔傳》：「中大通五年，高祖宴群臣樂遊苑，別詔翔與王訓為二十韻詩，限三刻成。翔於坐立奏，高祖異焉，即日轉宣城王文學，俄遷為友。時宣城友、文學加它王二等，故以翔超為之，時論美焉。」

《梁書·到溉傳》：「嘗從高祖幸京口，登北顧樓賦詩，（到）蓋受詔便就，上覽以示溉曰：『蓋定是才子，翻恐卿從來文章假手於蓋。』因賜溉《連珠》曰：『研磨墨以騰文，筆飛毫以書信。如飛蛾之赴火，豈焚身之可吝。必耄年其已及，可假之於少蓋。』」

《南史·王彧傳》：「（王勱）又從登北顧樓賦詩，辭義清典，帝甚嘉之。」

到沆等人由於詩作受到蕭衍的賞識，或是得到了物質上的直接賞賜，或

是得到了官職上的破格提拔。即使像謝覽、張率、到蓋、王勵等人沒有得到直接的實質性封賞，但能得到蕭衍的親口讚譽，對於他們聲望的提高乃至之後仕途的發展也都有著極大的幫助。如張率能夠打破常規，擔任「東南冑望未有為之者」的秘書丞，正與其文才深受蕭衍的賞識密切相關。總而言之，詩作得到蕭衍的認可，對於作者來說有著巨大的好處。因此梁代文士在踴躍創作詩歌的同時，很多情況下會去努力迎合蕭衍的喜好以求贏得他的青睞，這是可以想見的。

蕭衍在這類文學活動上作出的評判還往往會對時人的詩歌批評產生相當的影響。如《梁書·柳惲傳》：「至是預曲宴，必被詔賦詩。嘗奉和高祖《登景陽樓》中篇云：『太液滄波起，長楊高樹秋。翠華承漢遠，雕輦逐風遊。』深為高祖所美。當時咸共稱傳。」蕭衍在一次文學活動中對柳惲的四句詩表示了極高的評價，使得這四句詩在當時受到了廣泛的好評，這正是蕭衍的態度影響當時詩歌批評的一個例子。又劉孝綽在梁代詩壇有著很高的聲望。《梁書·劉孝綽傳》：「孝綽辭藻為後進所宗，世重其文，每作一篇，朝成暮遍，好事者咸諷誦傳寫，流聞絕域。」而劉孝綽獲得這樣的聲望顯然與蕭衍的推重密切相關。《梁書·劉孝綽傳》：「高祖雅好蟲篆，時因宴幸，命沈約、任昉等言志賦詩，孝綽亦見引。嘗侍宴，於坐為詩七首，高祖覽其文，篇篇嗟賞，由是朝野改觀焉。」由此可見時人原本對劉孝綽的詩歌並未有特別的重視，蕭衍在一次宴集賦詩的活動中大力讚賞了劉孝綽的詩作，才使得時人對劉孝綽詩歌的看法隨之改觀。這是蕭衍的態度影響當時詩歌批評的又一個例子。

在蕭衍之前的宋齊之世，喜好和提倡文學，積極招攬文士的帝王宗室也並不少見，如《南史·王儉傳》：「宋孝武好文章，天下悉以文采相尚。」《宋書·劉義慶傳》：「（劉義慶）招聚文學之士，遠近必至。太尉袁淑，文冠當時，義慶在江州，請為衛軍諮議參軍；其餘吳郡陸展、東海何長瑜、鮑照等並為辭章之美，引為佐史國臣。」南齊時更是有竟陵王蕭子良招攬文士，形成了著名的西邸文學集團。不過他們自身的文學水平大都比較一般，主要依靠政治上的地位比較間接地影響文學的發展，當時真正引領文學發展方向的還是謝靈運、沈約、王融、謝朓等才華出眾的文士。與宋齊之世的這些帝王宗室相比，蕭衍在齊代參與蕭子良的西邸文學集團，與沈約、王融、謝朓等當世一流文士交遊唱和，並與他們同為「八友」，是齊梁詩壇的重要人物，且對詩歌有著自己獨到的看法。自身較高的文學素養加上崇高的政治地位，並常常評論詩人作品的優劣，

這無疑使蕭衍的影響不僅僅侷限於促進詩歌創作的繁榮這種比較表面的層次，而是能更進一步地影響詩歌思想與創作風格的發展方向。

二

蕭衍的影響主要表現在文采繁富，典重華美的長篇古體詩在梁代前期詩壇重新受到了推重，而清巧凝練的永明新體詩地位有所下降。在梁代前期新體詩與古體詩的力量對比中，支持古體的力量佔據了一定的優勢。

這種變化在梁代初年就開始出現，入梁之後任昉詩壇地位的提高正是其表現之一。《南史・任昉傳》：「（任昉）既以文才見知，時人云『任筆沈詩』。昉聞甚以為病。晚節轉好著詩，欲以傾沈，用事過多，屬辭不得流便，自爾都下士子慕之，轉為穿鑿，於是有才盡之談矣。」

《詩品・中品・任昉》：「彥升少年為詩不工，故世稱『沈詩任筆』，昉深恨之。晚節愛好既篤，文亦遒變。善銓事理，拓體淵雅，得國士之風，故擢居中品。但昉既博學，動輒用事，所以詩不得奇。少年士子，效其如此，弊矣。」從這兩段材料中我們可以看到，任昉本个以詩歌見長，但到了晚年卻起了在詩歌上與沈約爭勝的心思而著力作詩。任昉卒於天監七年，而他現存詩歌大多作於入梁之後，建梁到他去世這七年大概就是《南史》和《詩品》所謂的「晚節」。任昉在這段時間的詩歌創作產生了相當的影響，令年輕的學子競相學習，後進文士多以任昉為宗。如《南史・到溉傳》：「梁天監初，昉出守義興，要溉、洽之郡，為山澤之遊。昉還為御史中丞，後進皆宗之。時有彭城劉孝綽、劉苞、劉孺，吳郡陸倕、張率，陳郡殷芸，沛國劉顯及溉、洽，車軌日至，號曰蘭臺聚。」《南史・陸倕傳》有相似的記載，稱之為「龍門之遊」。任昉的詩歌用事繁富，典重深厚，與沈約等永明體詩人清巧凝練的風格不同，卻與陸機、顏延之等古體詩人多有相通之處。這一點在前人的研究中已多有提及〔註63〕。任昉在永明時詩名不顯，卻在入梁後為後進所宗，甚至打算超過以詩歌聞名的沈約；與之相比，作為永明體詩人代表的沈約雖然聲望地位

〔註63〕如楊賽《任昉研究》：「五言詩沈、謝之外，還有任昉一體。此體肇端於曹植的富贍典正，至陸機詩，則衍為繁綺。到了傅咸、應璩，使事更為雅致，屬對愈加繁密。顏延之和謝莊繼承這種風格。到了任昉、王僧孺輩，非對不發，同時用典也有了新變化。」（上海師範大學博士學位論文，2006 年）又曹道衡《論任昉在文學史上的地位》亦指出任昉詩祖述陸機、顏延之。（《齊魯學刊》，1994 年第 4 期）

仍然很高，但在梁代前期詩壇卻並不十分活躍，其現存詩作大都作於入梁之前，入梁後也沒有像任昉那樣為後進所宗的聲勢，而有「知音者稀，真賞殆絕」〔註64〕的感歎。這正反映出新體與古體在梁代前期地位的消長變化。

「揚都論者」對劉孝綽與何遜詩歌的比較、評價更加充分地反映出梁代前期詩壇對永明新體與長篇古體的態度。《顏氏家訓・文章》：「何遜詩實為清巧，多形似之言；揚都論者，恨其每病苦辛，饒貧寒氣，不及劉孝綽之雍容也。」何遜卒於天監十八年〔註65〕，則這樣的比較當是天監年間之事。何遜長於新體詩創作，其詩歌深得永明詩人范雲、沈約的讚賞。《梁書・何遜傳》：「南鄉范雲見其對策，大相稱賞，因結忘年交好。自是一文一詠，雲輒嗟賞，謂所親曰：『頃觀文人，質則過儒，麗則傷俗；其能含清濁，中今古，見之何生矣。』沈約亦愛其文，嘗謂遜曰：『吾每讀卿詩，一日三復，猶不能已。』」何遜詩歌清巧的特點正是永明體詩歌比較普遍的特徵。但在天監年間的「揚都論者」看來，這樣的詩歌卻是有「苦辛」、「貧寒氣」的缺點，比不上劉孝綽的雍容。「雍容」有舒緩、從容不迫之意，《文選・班固〈兩都賦〉序》：「雍容揄揚，著於後嗣。」呂向注：「雍，和；容，緩。」這裡所謂「劉孝綽之雍容」當與其前期的詩歌篇幅較長，節奏舒緩有關，而這正是文采繁富，典重華美的長篇古體詩的特徵。這似乎意味著在梁代前期京師的主流意見中，對繁富的長篇古體的喜愛超過了永明新體。蕭綱《與湘東王書》中對當時京師文體的批評從另一個方面佐證了這一點：「比見京師文體，懦鈍殊常，競學浮疏，急為闡緩。……學謝則不屆其精華，但得其冗長。」〔註66〕「懦鈍」、「闡緩」、「冗長」與「雍容」實際上指的都是這種古體詩篇幅較長，節奏緩慢的特點，只不過前者是就其缺點而言，後者是就其優點而言。從這裡我們也可以知道，直到蕭綱寫作《與湘東王書》的大同年間，這種「雍容」或者說是「闡緩」的長篇古體詩仍佔據了京師詩壇的主流地位。

蕭綱《與湘東王書》中提到當時京師文體多有學謝靈運體者。關於梁代前期詩壇學習謝靈運體的情況，還有兩則材料，可以讓我們進一步瞭解當時推重長篇古體詩風的情況。《梁書・伏挺傳》：「及長，有才思，好屬文，為五

〔註64〕《梁書》卷三十三《王筠傳》。
〔註65〕見李伯齊《何遜集校注》附錄四《何遜行年考》。《何遜集校注》，中華書局2010年，372～373頁。
〔註66〕《梁書》卷四十九《庾肩吾傳》。

言詩，善效謝康樂體。父友人樂安任昉深相歎異，常曰：『此子目下無雙。』」
《南史·王籍傳》：「籍好學，有才氣，為詩慕謝靈運。至其合也，殆無愧色。
時人咸謂康樂之有王籍，如仲尼之有丘明，老聃之有嚴周。」據《梁書·伏挺
傳》，伏挺在蕭衍義兵至新林時十八歲。王籍雖然生卒年不詳，但《梁書·王
籍傳》有「及長，好學博涉，有才氣，樂安任昉見而稱之。嘗於沈約坐賦得
《詠燭》，甚為約賞」之語，可見他與沈約、任昉有交往，且是沈約、任昉的
晚輩。又就其仕歷來看，他在齊末「為冠軍行參軍，累遷外兵、記室」，天監
中「為輕車湘東王諮議參軍，隨府會稽郡」，並在此時作有被贊為「文外獨絕」
的《至若邪溪詩》。如此看來，伏挺、王籍創作活躍的時間當都主要在天監、
普通年間。

　　天監年間推重繁富典雅的長篇古體詩風的還有鍾嶸。《詩品·上品序》：
「故知陳思為建安之傑，公幹、仲宣為輔。陸機為太康之英，安仁、景陽為
輔。謝客為元嘉之雄，顏延年為輔。斯皆五言之冠冕，文詞之命世也。」被鍾
嶸當作各個時代代表的曹植、陸機、謝靈運三人的詩風都呈現出繁富典雅的
面貌。如《詩品》稱曹植「骨氣奇高，詞采華茂。情兼雅怨，體被文質」；陸
機「才高辭贍，舉體華美」、「然其咀嚼英華，厭飫膏澤，文章之淵泉也」；謝
靈運「富豔難蹤」、「麗曲新聲，絡繹奔發」。鍾嶸對謝靈運的評價尤能體現他
對這種繁縟詩風的喜愛：

> 　　其源出於陳思，雜有景陽之體。故尚巧似，而逸蕩過之，頗以
> 繁蕪為累。嶸謂若人學多才博，寓目輒書，內無乏思，外無遺物，
> 其繁富宜哉！然名章迥句，處處間起；麗曲新聲，絡繹奔發。譬猶
> 青松之拔灌木，白玉之映塵沙，未足貶其高潔也。

鍾嶸在這裡與蕭綱一樣指出了謝靈運詩歌「繁蕪」（也就是蕭綱所謂的「闡緩」、
「冗長」）的缺點。但在對待這一缺點時，鍾嶸與蕭綱的態度並不完全相同。
蕭綱將謝靈運詩歌的優點和缺點區分得非常清楚：「謝客吐言天拔，出於自
然，時有不拘，是其糟粕」〔註67〕，肯定其優點的同時也批評了其缺點。而
鍾嶸則認為如果像謝靈運這樣才華過人，能使詩中「名章迥句，處處間起；
麗曲新聲，絡繹奔發」，那麼「繁蕪」也就不成為缺點，甚至可以轉化為優點，
因為這種寫法帶來的好處遠遠超過了其不足。在鍾嶸與蕭綱的這種對比中，
鍾嶸對繁縟詩風的喜好是顯而易見的。

〔註67〕《梁書》卷四十九《庾肩吾傳》。

　　鍾嶸欣賞文采繁富的長篇古體，但對永明新體詩的評價卻不是很高。入選上品的十二位詩人（包括古詩）中無一永明詩人，號為「當世辭宗」的沈約，在齊梁時享有盛名的謝朓都僅僅被置於中品。而永明體的另一位代表詩人王融以及被譽為西邸後進領袖的劉繪更是只被列入下品。此外，在《下品序》最後列舉的被鍾嶸贊為「篇章之珠澤，文采之鄧林」的歷代「五言之警策者」中，也並沒有任何永明詩人的作品入選。

　　從天監後期到大同年間，蕭統集團佔據了詩壇中心，產生了很大的影響。作為領袖的蕭統在《答湘東王求〈文集〉及〈詩苑英華〉書》中提到了自己欣賞的詩風：「夫文典則累野，麗亦傷浮。能麗而不浮，典而不野，文質彬彬，有君子之致。吾嘗欲為之，但恨未逮耳。」〔註68〕又《答玄圃園講頌啟令》讚揚蕭綱之作「辭典文豔，既溫且雅」〔註69〕，雖然不是針對詩歌，但也體現了蕭統文學上的審美趣味。從中可見，蕭統與鍾嶸一樣推重富豔繁縟而又典正雅致的古體詩風，這在他《文選》對於歷代詩歌的選錄中體現得更為鮮明。翁嵩年在《采菽堂古詩選序》中說：「古體之選，莫昭明若矣」，指出蕭統《文選》選詩，尤重古體。《文選》中選錄詩歌最多的是陸機52首，其次為謝靈運40首，之後是江淹32首，曹植25首。這裡除了江淹較為特殊外〔註70〕，另外三人正是被鍾嶸當作各個時代代表的三位。與此相對的是，《文選》中對於永明詩人作品的收錄則相對較少。永明體的主要詩人中收錄的只有謝朓21首，沈約13首，范雲2首，其餘如王融、劉繪等均無詩作入選。即使在入選的永明體詩人的詩作中，仍然以長篇古體為主。陳慶元先生在《蕭統對永明聲律說的態度並不積極——〈文選〉登錄齊梁詩剖析》一文中考察《文選》收錄齊梁新體詩〔註71〕的情況，指出《文選》選錄的齊梁新體詩只有謝朓、沈約兩家7首，僅占入選齊梁詩歌總數的9.1%，沈約之後的梁代新體詩無一入選〔註72〕。蕭統對永明新體與長篇古體的態度在這裡體現得相當清楚。

〔註68〕《全梁文》卷二十。

〔註69〕《全梁文》卷十九。

〔註70〕江淹入選32首，主要是由於他的組詩《雜體詩》30首全部入選，這主要體現的是蕭統對他在「雜擬」這一類中成就的肯定，並不意味著蕭統認為江淹的整體成就足以與陸機、謝靈運、曹植相比，因為陸機等人的入選詩歌都分布在多個門類之中（謝靈運10類，陸機、曹植均8類，位於所有入選詩人的前三位），顯示了他們全面的詩歌成就。

〔註71〕陳文中的齊梁新體詩依據的是王闓運《八代詩選》中的「齊以後新體詩」。

〔註72〕收入《文選學新論》，中州古籍出版社，1997年。

三

詩歌思想上的這種變化在創作實踐中也有所反映，其最直接的表現就是梁代前期詩人的詩作中，長篇古體的比例較之前代有明顯的上升。筆者選取謝朓、王融、范雲、沈約、任昉、何遜、劉孝綽、蕭統八位詩人，統計他們現存五言詩的篇幅情況。這八位詩人中前四位是永明詩人的代表，其中謝朓、王融都沒有入梁，他們的全部作品都作於齊代；范雲卒於天監二年，也基本可以算是齊代詩人；沈約雖然卒於天監十二年，但正如前文所言，他在梁代詩壇並不活躍，其創作高峰也主要在齊代。後四人是梁代前期最具影響力的詩人，任昉「都下士子慕之」、「後進皆宗之」；劉孝綽「辭藻為後進所宗，世重其文，每作一篇，朝成暮遍，好事者咸諷誦傳寫，流聞絕域」；蕭統貴為太子，並且以他為核心的文學集團佔據了天監後期到大同年間詩壇的中心；何遜雖然在「揚都論者」眼中不及劉孝綽，但他在當時的聲望也很高，乃至可以和劉孝綽相提並論，《梁書‧何遜傳》：「遜文章與劉孝綽並見重於世，世謂之『何劉』。」統計結果如下表。

	10 句以內（比例）	12 句（比例）	14 句及以上（比例）	總　　計
謝朓	99（69.8%）	11（7.7%）	32（22.5%）	142
王融	52（76.5%）	9（13.2%）	7（10.3%）	68
范雲	34（82.9%）	2（4.9%）	5（12.2%）	41
沈約	112（72.7%）	6（3.9%）	36（23.4%）	154
總計	297（73.3%）	28（6.9%）	80（19.8%）	405
任昉	9（50%）	3（16.7%）	6（33.3%）	18
何遜	73（62.9%）	13（11.2%）	30（25.9%）	116
劉孝綽	44（65.7%）	2（3%）	21（31.3%）	67
蕭統	16（61.5%）	0	10（38.5%）	26
總計	142（62.6%）	18（7.9%）	67（29.5%）	227

永明新體詩的篇幅通常在十句以內，而從表中數據可以看到，梁代前期的四位詩人十句以內五言詩的比例要明顯低於四位永明詩人，梁代前期詩人中即使是十句以內五言詩比例最高的劉孝綽仍然比不上永明詩人中比例最低的謝朓。與之相應，梁代前期詩人十二句以上的古體詩比例則要明顯高於永

明詩人。在古體詩的比較中，十二句式這種新體與古體之間過渡體式的比例，兩者相差並不明顯，而十四句以上的長篇之作，則明顯在梁代前期詩人那裡佔有更大的比例。梁代前期詩人中十四句以上五言詩比例最低的正是詩風清巧，長於新體詩創作的何遜，但即使如此，何遜十四句以上五言詩的比例依然高於永明詩人中比例最高的沈約。長篇古體詩在梁代前期重新受到了詩人們的青睞，由此可見一斑。

蕭統和劉孝綽是梁代前期地位最高、影響力最大的詩人，與他們相比，任昉由於去世較早（天監七年），影響時間相對有限；何遜雖與劉孝綽並稱「何劉」，但一方面他在「揚都論者」眼中不及劉孝綽，另外一方面他的政治地位也一直較低，更是曾因觸怒蕭衍而遭到疏遠〔註73〕，其影響力顯然不及蕭統、劉孝綽。因此梁代前期的詩歌創作可以蕭統和劉孝綽為代表，他們的詩歌創作情況基本可以代表梁代前期詩歌創作的主流。

《梁書·昭明太子傳》稱蕭統：「每遊宴祖道，賦詩至十數韻」，結合上表的統計，說明蕭統喜歡並擅長長篇之作。蕭子範《求撰昭明太子集表》稱其「緣情體物，繁絃綷錦，縱橫豔思，籠蓋辭林」〔註74〕；王筠《昭明太子哀冊文》稱其「屬詞婉約，緣情綺靡」、「學窮優洽，辭歸繁富」〔註75〕；劉孝綽《昭明太子集序》稱其「典而不野，遠而不放，麗而不淫，約而不儉，獨擅眾美」〔註76〕；雖不乏阿諛之辭，但也都指出了蕭統繁富典雅的特點。劉孝綽除了「揚都論者」「雍容」的評價之外，許學夷《詩源辨體》：「劉（孝綽）長篇有轉韻體最工，下流至薛道衡，初唐諸子，遂為青蓮長物」指出了他與蕭統一樣長於長篇之作。陳祚明《采菽堂古詩選》：「孝綽詩秀雅優閒，體工才稱，如匠石經營，因岩築基，傍壑疏沼，修廊高館，迥合林巒，自成幽勝」則指出了他雅致工整的特點。總體來看，蕭統和劉孝綽均長於長篇古體詩的創作，繼承並發展了晉宋古詩文采繁富、典重華美的特點。如蕭統《開善寺法會詩》：

〔註73〕《南史·何遜傳》：梁天監中，兼尚書水部郎，南平王引為賓客，掌記室事，後薦之武帝，與吳均俱進幸。後稍失意，帝曰：「吳均不均，何遜不遜。未若吾有朱異，信則異矣。」自是疏隔，希復得見。
〔註74〕《全梁文》卷二十三。
〔註75〕《全梁文》卷六十五。
〔註76〕《全梁文》卷六十。

棲鳥猶未翔，命駕出山莊。詰屈登馬嶺，回互入羊腸。稍看原
藹藹，漸見岫蒼蒼。落星埋遠樹，新霧起朝陽。陰池宿早雁，寒風
催夜霜。茲地信閒寂，清曠唯道場。玉樹琉璃水，羽帳鬱金床。紫
柱珊瑚地，神幢明月璫。牽蘿下石磴，攀桂陟松梁。澗斜日欲隱，
煙生樓半藏。千祀終何邁，百代歸我皇。神功照不極，睿鏡湛無方。
法輪明暗室，慧海渡慈航。塵根久未洗，希沾垂露光。〔註77〕

　　此詩首二句簡要交待出行前的準備。之後十八句以行蹤為線索，鋪排辭藻，
在時空的變化中描寫沿途所見之景。這部分又可以分為兩層：前八句寫前往
開善寺途中所見之景，後十句寫開善寺之景。最後八句讚頌佛法，表示自己
希望得到佛法的教誨。這種包含敘述、描寫、抒情等多重內容，層次分明，結
構鋪展的寫法顯然是繼承了晉宋古詩的特點而與永明體凝練跳躍的結構不
同。在鋪排辭采的景物描寫中，蕭統也繼承發展了晉宋古詩深密、雕琢，追
求形似的寫實性語言。如「落星埋遠樹，新霧起朝陽」聯不僅一字一義，語義
密集，而且通過詩眼的鍛鍊，頗有想像力地描繪出星光逐漸消失，好似埋藏
在遠方的密林中；霧氣冉冉升起，似乎托起了朝陽這一清晨的景象。又如「玉
樹琉璃水，羽帳鬱金床。紫柱珊瑚地，神幢明月璫」兩聯全由名詞排列組合
而成，密集地排列了八個意象，給人以豐富的視覺感受。而「澗斜日欲隱，煙
生樓半藏」聯則通過視覺上空間的錯位，將遠處的山澗和太陽，山中煙霧與
樓閣兩組意象組合在一起，並通過擬人化的筆調形象生動地描繪出太陽在遠
山的遮蔽下好似要隱入山澗，樓閣在煙霧中若隱若現好像藏了起來這一清幽
的山中圖景。這種鋪排辭采，追求形似的寫實性寫法同樣與永明詩歌追求內
涵豐富、情景交融的辭采經營方式不同，而正與蕭衍對晉宋詩風的繼承方式
一致，在整體上形成了文采繁富、典雅華美的風格。除了這首詩之外，蕭統
《和武帝遊鍾山大愛敬寺詩》、《鍾山解講詩》、《玄圃講詩》等長篇之作也大
都具有類似的特點。陳祚明曰：「晉宋以來，古風未泯。齊梁作者，漸即穠華。
然觀梁武、昭明，尚是雅音，纖麗不極。」〔註78〕這正指出了蕭統與蕭衍在
繼承晉宋古詩上的一致。

　　又如劉孝綽《春日從駕新亭應制詩》：

〔註77〕《先秦漢魏晉南北朝詩‧梁詩》卷十四。
〔註78〕陳祚明《采菽堂古詩選》卷二十二。

　　　　旭日與輪動，言追河曲遊。紆餘出紫陌，逶邐度青樓。前驅掩
　　　蘭徑，後乘歷芳洲。春色江中滿，日華岩上留。江風傳葆吹，岩華
　　　映採斿。臨渦起睿作，駟馬暫停軺。侍從榮前阮，雍容慚昔劉。空
　　　然等彈翰，非徒嗟未遒。〔註79〕

此詩同樣有著層次分明，結構鋪展的晉宋古詩特徵：首二句總寫遊覽的起始；
之後八句以行蹤為線索敘述遊覽的經歷，同時穿插了沿途所見之景；最後六
句轉向敘述，用阮瑀和劉毅的典故說明自己深受皇恩，待遇勝過阮瑀，卻不
能像劉毅那樣雍容剛直，對朝廷有所補益，並自謙詩歌也作得不好。中間八
句鋪寫景物是表現辭采的主要部分。前四句偏重於交待遊覽的行蹤，描寫了
車駕所經之紫陌、青樓、蘭徑、芳洲，既有鮮亮的色彩搭配突出視覺上的效
果，又有暗示香氣的彌漫而給人嗅覺上的感受。「春色」句通過江中倒影寫滿
眼春色，「日華」句寫日光「留」在山岩上的投影，曲折生動地描繪出明媚鮮
活的春日山水。之後兩句從聽覺和視覺兩個方面寫帝王的車駕儀仗，並將之
與周邊的自然景色融為一體，與前六句一起構築出了一幅春日出遊的圖卷。
這樣的描寫同樣側重於視覺、聽覺、嗅覺等感官感受的外在呈現，仍然是對
晉宋古體的繼承和發展。此外劉孝綽《歸沐呈任中丞昉詩》、《上虞鄉亭觀濤
津渚學潘安仁河陽縣詩》、《奉和昭明太子鍾山解講詩》、《三日侍安成王曲水
宴詩》等作於天監、普通年間的詩作也大都有著相似的風貌。

　　總而言之，從詩歌批評和創作實踐兩個方面看，文采繁富，典重華美的
長篇古體詩在梁代前期重新受到了推重，其地位甚至蓋過了自永明以來盛行
的新體詩。這種情況當與蕭衍的影響密切相關。如上節所述，蕭衍喜好鋪排
辭藻，文采繁富的長篇大體，對永明新體不感興趣，而這一態度曾多次在公
開場合明確地表達出來，如對沈約聲律理論的批評和對曹植、陸機等人的讚
譽都是例證。更為重要的是，蕭衍在入梁後組織的各種文學活動中多次體現
出這一態度，如前文所舉蕭衍與群臣宴集賦詩的作品中絕大多數都是長篇之
作，而且現存的蕭衍《登北顧樓詩》和《籍田詩》也都呈現出典重華美的晉
宋古體風貌，此外蕭衍還稱讚王勵的從登北顧樓詩「辭義清典」。前文已經
提到，在這種文學活動上得到蕭衍的賞識對梁代文士聲望的提高乃至之後仕
途的發展有著極大的幫助，那麼蕭衍的這種態度自然會對梁代前期詩壇產生
較大的影響。

〔註79〕《先秦漢魏晉南北朝詩‧梁詩》卷十六。

四

　　值得一提的是，有學者指出齊代建武年間詩風就已開始發生變化，新體詩的創作熱情有所下降，古體詩的創作重新興起〔註80〕。如此看來，梁代前期詩壇的這種情況就未必是受蕭衍的影響而是對齊末詩風的延續。但是這裡有幾個問題值得注意：

　　首先，建武以來詩風變化與政治環境的變化關係密切。永明新體詩主要興起於詠物、贈別、閨情等題材，創作方式多是多人同題唱和的集體創作。永明年間政治局面比較安定，又有像蕭子良這樣的皇室成員在上提倡，聚集文士，為新體詩的創作提供了良好的外部環境。而從永明末年到建武年間，政治形勢變得比較動盪：蕭鸞通過激烈殘酷的政治鬥爭奪取帝位，王融、蕭子良、蕭子隆等先後身死，沈約外放，謝朓雖然受到重用，但內心始終充滿著矛盾，作為永明年間詩壇主力的蕭子良文學集團就此瓦解。面對著險惡嚴酷的政治環境，詩人們內心情感之複雜深沉也無疑要遠超以往，這在謝朓的身上體現得尤為明顯。如曹融南先生在《謝宣城集校注前言》中寫道：

　　　　在他的後期詩作中，抒發最多的則是由於仕途艱險、政爭殘酷而萌發的縈心祿位又寄想棲隱的矛盾心情。如經歷皇室內難、出守宣城時，他的想法是「既歡懷祿情，復協滄州趣」（《之宣城郡出新林浦向板橋》）。守郡之際，也時時發出「方棄汝南諾，言稅遼東田」（《宣城郡內登望》）、「既乏琅琊政，方憩洛陽社」（《落日悵望》）的詠唱。甚至在直中書省時，也毫不掩飾地寫出「信美非吾室，中園思偃仰」（《直中書省》）。抒發這種感情時，都低佪婉轉，引起人們的同情，也使人們加深對他所處社會現實的認識。〔註81〕

這種複雜深沉的情感之表達顯然更適合於結構鋪展，內容豐富的古體而非淺淨含蓄的新體。如這裡曹融南先生所列舉的幾首詩均為十句以上的古體詩，且除了《之宣城郡出新林浦向板橋》為十二句之外，其餘三首都是十四句以上的長篇古體。與之相應，此時的謝朓恐怕也不再有條件和心情過多地創作那些多人唱和，較為閒適的應酬之作。這種情況在謝朓的創作實踐中也確實得到了反映，主要表現在建武以後詠物、贈別、閨情類詩歌的數量大幅下降。

〔註80〕如見傅剛《試論梁代天監、普通年間文學思想與創作》，《文學遺產》，1998年第5期。

〔註81〕曹融南《謝宣城集校注》，上海古籍出版社，1991年，第9頁。

不過值得注意的是，在建武以後不多的詠物、贈別、閨情類詩歌中，仍然以新體為主，如《同賦雜曲名・秋竹曲》、《送江兵曹檀主簿朱孝廉還上國詩》等即是如此。如此看來，建武以來詩風的變化很大程度上是由於詩歌題材選擇的變化，而詩歌題材選擇的變化則與政治形勢的變化密切相關。然而，建武以來險惡動盪的政治環境導致了新體詩創作熱情的下降和古體詩創作的重新興起，但是到了梁代前期政治局面重新變得安定，又有蕭衍作為帝王在上提倡，這種環境與永明時期非常相似而與建武年間大不一樣。在這種情況下，長篇古體詩卻愈發得到推重，就不能僅僅將之看作對齊末詩風的延續而忽視蕭衍的影響。

其次，永明詩人雖然在建武以後創作新體詩的熱情有所下降，但從未改變過對新體詩之體式風格的肯定與追求，這可以沈約為代表。《南史・王筠傳》：「（沈）約嘗啟上，言晚來名家無先筠者。又於御筵謂王志曰：『賢弟子文章之美，可謂後來獨步。謝朓常見語云，「好詩圓美流轉如彈丸。」近見其數首，方知此言為實。』」「圓美流轉如彈丸」指的正是新體詩圓潤精美、輕便流轉的風格。謝朓以此作為評價好詩的標準並常常提起，沈約顯然對此也非常贊同，而且到了天監年間他依然以這一標準來評價王筠的詩歌。也正是由於王筠的詩歌很好地符合了這一標準，沈約對他十分賞識，不僅極力向蕭衍推薦，還「每見筠文，諮嗟吟詠，以為不逮也。」並「嘗謂筠：『昔蔡伯喈見王仲宣稱曰：「王公之孫也，吾家書籍，悉當相與。」僕雖不敏，請附斯言。自謝朓諸賢零落已後，平生意好，殆將都絕，不謂疲暮，復逢於君。』」〔註82〕由此可見，沈約對圓美流轉之詩風的肯定與追求是一以貫之的，即使在梁代前期的詩歌批評領域出現了重視雍容厚重之古體詩的傾向，沈約依然沒有改變自己的看法。

再次，永明詩人創作的很多古體詩在相當程度上吸收了新體詩情景交融、內涵豐富的描寫方式，與之前晉宋古體的鋪排辭采有所不同，這同樣以謝朓最具代表性。如著名的《暫使下都夜發新林至京邑贈西府同僚詩》首二句「大江流日夜，客心悲未央」，寫眼前江水之浩浩蕩蕩，奔流不息的同時又暗喻詩人客心之悲如這江水一般起伏奔湧，浩蕩不止。陳祚明《采菽堂古詩選》評此二句曰：「『大江流日夜』，浩然而來，以景中有情，故佳。……此詩胸中愁緒，固有滔滔莽莽、其來無端者。寓目大江，與之俱永。」方植之曰：「一起興象千古，非徒工起調云爾也。若云悲之未央，似江流無已時，比而興也，互

〔註82〕《梁書》卷三十三《王筠傳》。

文也。」〔註83〕都指出了這一特點。又「金波麗鳷鵲，玉繩低建章」極寫京室宮觀之巍峨高壯，彷彿與月光相連，星星也低垂其下。若與前句之「引領見京室」相結合，詩人內心之嚮往蘊含其中。孫月峰謂此詩「氣格亦漸近唐」〔註84〕，恐怕正與其對新體詩描寫方式的吸取有關。此詩雖然作於永明十一年，但詩人此時面對的政治環境與自身之心境和建武年間已十分相似，同時比較典型地體現了謝朓在長篇古詩中吸取新體詩表現手法的情況。而這種情況在謝朓建武以後的長篇古詩中也常常出現。如在建武二年任中書郎時所作的《直中書省詩》中著名的「紅藥當階翻，蒼苔依砌上」寫晚風吹來，階前一片華美的芍藥在風中翻來倒去，俯仰不定；而不起眼的蒼苔卻牢牢地緊貼石砌，向上蔓延。這樣的描寫不僅細緻生動地描繪出紅藥、蒼苔在風中一動一靜的不同姿態，結合之後的「茲言翔鳳池，鳴佩多清響。信美非吾室，中園思偃仰」，還可看出更深層的含義：芍藥華貴美麗，生於宮廷，但遇風卻俯仰不定，正如投身權力核心，雖然顯貴，但宦海風波險惡，身不由己；而蒼苔雖然平凡不起眼，亦非宮廷特植，但卻能臨風不動，兩者對比之下，詩人希求歸隱之情顯然可見〔註85〕。又如作於宣城太守任上的《落日悵望》和《郡內高齋閒望答呂法曹詩》均長於通過獨特的景物選擇與組合表達內心之情感：如前者以「落日餘清陰，高枕東窗下。寒槐漸如束，秋菊行當把」勾勒出一幅清寒寂寥的圖景，透露出詩人心中淡淡的惆悵；後者「日出眾鳥散，山暝孤猿吟」被陳祚明評曰：「鳥散猿孤，興離群之感，極佳。」〔註86〕

　　從以上三點來看，建武以來詩風的變化並不意味著永明新體詩地位的下降，出現這種情況主要是由於政治環境的變化而帶來的題材選擇的變化，而且在建武以後的長篇古詩中還常常吸取了新體詩的描寫方式，這與梁代前期詩壇推重長篇古體詩的情況並不一樣。因此不能忽視蕭衍的影響而簡單地將梁代前期詩壇視為齊末詩風的延續。

五

　　儘管蕭衍喜好文采繁富，典重華美的長篇古體，也多次在公開場合乃至各種文學活動中表露這一態度。但是他在文學方面的態度是比較包容開放的，

〔註83〕《謝宣城集校注》，209 頁。
〔註84〕《謝宣城集校注》，207 頁。
〔註85〕參見魏耕原《謝朓詩論》，中國社會科學出版社，2004 年，94～96 頁。
〔註86〕陳祚明《采菽堂古詩選》卷二十。

並不因為自己的喜好去壓制其他風格的發展，也很少因為文學觀念上的分歧打壓別人。因此雖然在蕭衍的影響下文采繁富，典重華美的長篇古體在梁代前期詩壇的地位得到極大提升，甚至超過了新體詩，但新體詩不僅仍然有著相當的影響力，而且還有進一步的發展。

這種發展最突出的表現就是聲律的講求較之永明時代更為嚴謹細緻，這點即使是在以古體詩見長的任昉、蕭統、劉孝綽那裡同樣有所體現。永明新體詩在創作實踐中主要依據的是沈約的病犯理論，主要保存於《文鏡秘府論·西卷·文二十八種病》所引劉善經《四聲指歸》中。前文已經提到，沈約論及平頭、上尾、蜂腰、鶴膝、小紐、大紐等病犯，很有可能說到大韻、小韻〔註87〕，其中又以前四病更為重要。從前四病的犯病情況來看，任昉詩共 218 句，雙平 8 句，3.7%；上尾 2 句，0.9%；蜂腰 30 句，13.8%；鶴膝 56 句，25.7%。而據盧盛江先生的統計，沈約四至十二句五言詩共 868 句，雙平 88 句，10.1%；上尾 8 句，0.9%；蜂腰 130 句，15%；鶴膝 192 句，22.1%。謝朓四至十二句五言詩共 752 句，雙平 142 句，18.9%；上尾 12 句，1.6%；蜂腰 157 句，20.9%；鶴膝 372 句，49.5%。王融四至十二句五言詩共 580 句，雙平 50 句，8.6%；上尾 12 句，2.1%；蜂腰 94 句，16.2%；鶴膝 204 句，35.2%。從中不難看出，任昉雙平、蜂腰均明顯低於永明三人；上尾與沈約持平，低於謝朓、王融；僅鶴膝略高於沈約但同樣低於謝朓、王融。可以說任昉五言詩聲律水平總體而言較之永明詩人要更進一步。這種情況在蕭統、劉孝綽的詩歌中同樣可見。蕭統四至十二句五言詩共 118 句，雙平 8 句，6.8%；上尾 2 句，1.7%；蜂腰 22 句，18.6%；鶴膝 18 句，15.3%。其中雙平、鶴膝明顯低於永明三人；上尾高於沈約，與謝朓相當；蜂腰略高於沈約、王融，低於謝朓。總體來看聲律水平較之永明詩人也有所進步。劉孝綽可以他的侍宴、應詔詩為例。筆者統計其《侍宴詩》二首、《侍宴餞張惠紹應詔詩》、《餞張惠紹應令詩》、《三日侍華光殿曲水宴詩》、《春日從駕新亭應制詩》、《侍宴餞庾於陵應詔詩》七首共 90 句，雙平 10 句，11.1%；上尾無；蜂腰 10 句，11.1%；鶴膝 6 句，6.7%。其中上尾、蜂腰、鶴膝都明顯低於永明三人，僅雙平高於王融，與沈約相當，低於謝朓。值得注意的是，劉孝綽這幾首詩都是應蕭衍之命而作，而蕭衍「不好四聲」。即便如此，劉孝綽仍然表現出了相當高的聲律水平，其五言詩總體聲律水平顯然也要比永明詩人更進一步。長於古體的詩人尚且如此注重詩歌

〔註87〕參見盧盛江《文鏡秘府論研究》，人民文學出版社，2013。第 420 頁。

聲病的避忌，梁代前期新體詩講求聲律之精嚴也就可以想見了。

梁代前期新體詩創作以何遜、王筠為代表，在當時亦頗具影響力。前面已提到，何遜雖然在「揚都論者」眼中不及劉孝綽，但當時也有何劉並稱之說。王筠不僅深受沈約的賞識，且是蕭統文學集團中的核心人物。《梁書・王筠傳》：「昭明太子愛文學士，常與筠及劉孝綽、陸倕、到洽、殷芸等遊宴玄圃，太子獨執筠袖撫孝綽肩而言曰：『所謂左把浮丘袖，右拍洪崖肩。』其見重如此。」他們的詩歌在繼承永明詩人情景交融、內涵豐富的表現方式的同時，描寫更細緻鮮活，內涵更曲折豐富，顯示出在辭采經營方面較之永明詩歌的進步。

首先是描寫之細緻鮮活。何遜、王筠均善於細緻深入地捕捉細微物象微妙的動感，以傳達鮮活生動的感受。如何遜《酬范記室雲詩》：「風光蕊上輕，日色花中亂」〔註 88〕將風光日色這樣廣大而又難以捉摸的虛幻意象集中投射到極細微的花蕊上，以花蕊極細膩之「輕」、「亂」傳遞出微妙而鮮活的動感，正體現出「探景每入幽微」的特點。又如王筠《春月》其一：「游塵隨影入，弱柳帶風垂。」〔註 89〕前句「游塵」本是肉眼難辨之細微之物，而「影」之意象更是虛幻不定。細微之「游塵」隨著虛幻不定之「影」而無孔不入，筆觸極為細膩。次句「弱」柳帶「風」卻依然低垂，既極寫風之輕柔微弱，更讓人聯想到弱柳在這微風中幾乎難以察覺的細微動態。除了景物描寫外，對人物形象的刻畫也體現出上述特點。如何遜《詠舞妓詩》：「凝情眄墮珥，微睇託含辭」〔註 90〕寫舞妓舞蹈時凝神斜視墮珥卻又目光微動，眼波流轉之細微而又鮮活的神情變化，盡顯女子含情未吐，欲語還休的嬌媚情態。而王筠《五日望採拾詩》：「含嬌起斜盼，斂笑動微嚬」〔註 91〕則通過對眉目之間細微變化的捕捉，鮮活生動地表現出女子一笑一顰間的不同情態。

其次是表現內涵之曲折豐富。這一特點在何遜羈旅、送別類的詩歌中表現得最為明顯，如《下方山詩》：「寒鳥樹間響，落星川際浮。繁霜白曉岸，苦霧黑晨流」〔註 92〕描繪出了一幅荒涼、幽暗的圖景：濃濃的霜色使拂曉的河岸變得一片慘白，似乎帶著苦澀的霧氣將清澈的河流染成了黑色。一黑一白

〔註 88〕《先秦漢魏晉南北朝詩・梁詩》卷八。
〔註 89〕《先秦漢魏晉南北朝詩・梁詩》卷二十四。
〔註 90〕《先秦漢魏晉南北朝詩・梁詩》卷九。
〔註 91〕《先秦漢魏晉南北朝詩・梁詩》卷二十四。
〔註 92〕《先秦漢魏晉南北朝詩・梁詩》卷八。

這兩種對比強烈的色調構成了毫無生機的畫面，而一隻帶著寒意的孤鳥在樹間悲鳴，則似乎是詩人自己的化身。景物的描寫之下所蘊含的思鄉愁情得到了深入的表達。《望新月示同羇詩》：「初宿長淮上，破鏡出雲明。今夕千餘里，雙蛾映水生。的的與沙靜，灩灩逐波輕」〔註93〕對月亮意象的經營極其曲折而豐富：前四句寫初宿長淮之時，月如破鏡；如今人已在千里之外，月亦已如蛾眉，其中暗示時間的流逝，包含著今夕之歎。而「雙蛾映水生」更是以空中新月與水中倒影相互映襯，將之比作人之雙娥，曲折新奇而富有想像力。之後兩句中「的的」狀月光之明亮，卻與沙同靜；「灩灩」寫水波之閃動，卻逐波而輕。在表現月光明亮的視覺效果的同時又營造出月光籠罩下靜謐輕柔的意境，淡淡的思鄉之情蘊含其中。《從鎮江州與遊故別詩》：「夜雨滴空階，曉燈暗離室」〔註94〕通過對環境的描寫表達離情：前句通過「夜雨」、「空階」的意象組合以及雨滴聲之單調枯燥，營造出一個陰冷、孤寂的氛圍，時間之流逝亦隱藏其中。後句以一個「暗」字統攝全句，不僅表現出燈光在時間的流逝和天色變化的對比下變得昏暗，更昭示出終夜未眠而離別之期將近時心情之壓抑、昏暗。《相送詩》：「客心已百念，孤遊重千里。江暗雨欲來，浪白風初起。」〔註95〕前兩句通過「百念」、「千重」的遞進對比突出客心之孤苦，後兩句以風雨欲來之江暗浪起作結，其凝重之氛圍不僅與客心之孤苦沉重相通，且其後將隨之而來狂風暴雨更預示著客子離別之後旅途之艱辛，抒情含蓄而有悠遠不盡之意。

　　而王筠則以其閨情類詩歌為代表。如《有所思》：「丹墀生細草，紫殿納輕陰。曖曖巫山遠，悠悠湘水深。」〔註96〕首句通過華美的石階已長出細草這一細節的捕捉暗示久已無人來過。次句則營造出清冷空寂的氛圍。之後兩句的「巫山遠」、「湘水深」既可能是對所思之人行役在外，路途遙遠艱苦之想像，又似是暗指與心上人之美好歡會已經過去很久了，而自己的愛意與思念仍如湘水一樣深長，給予了讀者充分品味想像的空間。四句組合在一起，思婦心中之空虛寂寞而又一往情深蘊含其中。又如《雜曲》其一：「鳥還夜已逼，蟲飛曉尚賒。桂月徒留影，蘭燈空結花。」〔註97〕前兩句寫鳥還蟲飛，

〔註93〕《先秦漢魏晉南北朝詩‧梁詩》卷九。
〔註94〕《先秦漢魏晉南北朝詩‧梁詩》卷九。
〔註95〕《先秦漢魏晉南北朝詩‧梁詩》卷九。
〔註96〕《先秦漢魏晉南北朝詩‧梁詩》卷二十四。
〔註97〕《先秦漢魏晉南北朝詩‧梁詩》卷二十四。

夜幕降臨之景，但一個「逼」字和一個「賒」字透露出黑夜之漫長可厭。後兩句以「桂月」、「蘭燈」之美好反襯出「徒留影」、「空結花」之清冷寂寥，主人公之孤寂空虛在這樣的氛圍營造中得到了含蓄而深入的表達。

由此可見，梁代前期新體詩地位雖然有所下降，但在聲律之講求和辭采之經營方面較之永明詩歌仍然有了一定的發展，而這種發展則為之後宮體詩的興起作好了一定的準備。

綜上所述，蕭衍在登基之後，以帝王之尊篤好文學，積極組織、參與宴集賦詩等文學活動，招攬獎掖文才之士，他的喜好對梁代前期的詩歌批評與創作產生了相當的影響。這主要體現在文采繁富，典重華美的長篇古體詩重新受到了推重，而清巧凝練的永明新體詩地位有所下降，在新體詩與古體詩的力量對比中，支持古體的力量佔據了一定的優勢。但同時蕭衍在文學上包容開放的態度也給永明新體詩留下了進一步發展的空間。梁代前期新體詩在聲律之講求和辭采之經營方面比之永明時期都有了一定的發展，這種發展為之後宮體詩的興起作出了鋪墊。

第四節　蕭衍與梁代後期詩歌的演變

《隋書・文學傳序》：「梁自大同之後，雅道淪缺，漸乖典則，爭馳新巧。簡文、湘東，啟其淫放，徐陵、庾信，分路揚鑣。其意淺而繁，其文匿而采，詞尚輕險，情多哀思。格以延陵之聽，蓋亦亡國之音乎！」大同以後，蕭綱逐步確立了自己詩壇領袖的地位，其主導的宮體詩新變思潮開始產生較大影響。蕭衍的喜好固然與宮體詩之新變思潮不同，但這並不意味他對梁代後期詩歌的發展毫無影響。蕭衍自天監末年開始一直極力宣揚佛教信仰，尤其在大通元年之後崇佛之舉愈加積極。佛教的影響力在梁代中後期達到高峰，同時也成為時人詩歌創作的重要思想背景。在蕭衍影響下，佛教信仰自然也在身為皇子的蕭綱身上留下了深刻的印記，佛教的理論和思維方式對他的詩歌創作產生了相當的影響〔註98〕。蕭衍正是通過這種方式間接地影響著梁代後期詩歌的發展。

〔註98〕關於佛教與宮體詩之間的關係，較有代表性的研究有汪春泓《論佛教與梁代宮體詩的產生》（《文學評論》1991 年第 10 期）和許雲和《欲色異相與梁代宮體詩》（《文學評論》1996 年第 5 期）。前者主要認為佛經中關於女色的描寫對宮體詩的形成有著直接影響，後者則認為宮體詩極寫欲色異相目的在於效仿佛經以佛法化俗。歸青《宮體詩與佛教關係新探》（《學術月刊》，

一

　　蕭衍從天監末年開始大力宣揚佛教信仰，對梁代社會逐漸產生了重大影響，這種影響隨著蕭衍在大通元年之後崇佛之舉日盛進入高峰。

　　根據現存材料，蕭衍大力宣揚佛教信仰大約始於天監十六年左右。據《梁書‧武帝紀》，蕭衍在天監十六年讓宗廟祭祀去牲並改用蔬果，這可以看作他將佛教從個人信仰推及全國的標誌。這一舉措在當時引發了巨大爭議，《南史‧梁本紀》稱當時「公卿異議，朝野喧囂」。然而蕭衍的態度十分堅決，親自作有《斷酒肉文》、《唱斷肉經制》、《與周捨論斷肉敕》等堅持自己的立場。又據《梁書‧諸夷傳》，蕭衍在此年兩次舉辦無礙大會，一次親自禮拜，一次讓「皇太子王侯朝貴等」奉迎舍利，這是關於蕭衍組織法會的最早記載。蕭衍在天監十六年左右大力弘揚佛教的記載還見於《梁書‧昭明太子傳》：「高祖大弘佛教，親自講說；太子亦崇信三寶，遍覽眾經。乃於宮內別立慧義殿，專為法集之所。招引名僧，談論不絕。」據俞紹初先生考證，蕭統招引名僧之事正在天監十六年〔註 99〕。在蕭衍的極力宣揚之下，佛教信仰逐漸開始在梁代社會產生重大影響。《梁書‧韋叡傳》：「（天監）十七年，……高祖方銳意釋氏，天下咸從風而化；叡自以信受素薄，位居大臣，不欲與俗俯仰，所行略如他日。」天監十八年，蕭衍正式在無礙殿受菩薩戒，並發布《敕捨道事佛》，號召「公卿百官，侯王宗室，宜反偽就真，捨邪入正」〔註 100〕，由此引發了朝野上下啟求受戒之風。據《續高僧傳》卷五《釋法雲傳》、卷六《釋慧約傳》的記載，在蕭衍受戒之後，「王侯朝士，法俗傾都」，「皆望風奄附，啟受戒法」；「皇儲以下爰至王姬，道俗士庶咸希度脫」。又《梁書‧江革傳》：「時高祖盛於佛教，朝賢多啟求受戒，革精信因果，而高祖未知，謂革不奉佛教，乃賜革《覺意

2007 年 7 月）則對以上兩種觀點提出了質疑，認為在宮體詩的形成過程中，佛教的作用是次要的。以上諸文在論及宮體詩時，主要將之限定在「豔詩」的範疇，並在此基礎上探討其與佛教的關係。而田曉菲《烽火與流星──蕭梁王朝的文學與文化》（中華書局，2010 年）一書中則脫開了題材的限制，探討宮體詩在觀照和表現世界的方式上與佛教的關係，觀點新穎而富有啟發性。

〔註 99〕見《昭明太子集校注》附錄三俞紹初《蕭統年譜》，中州古籍出版社，2001 年，292～293 頁。

〔註 100〕關於蕭衍「捨道事佛」之時間與真偽，歷來頗有爭議，此據趙以武《梁武帝及其時代》第七章《關於「捨道事佛」的時間及其原因》之說，鳳凰出版社，2006 年。

詩》五百字，……以此告江革，並及諸貴遊。……革因啟乞受菩薩戒。」可見蕭衍甚至親自鼓動朝臣受戒信佛。

　　在蕭衍的極力宣揚下，自天監末年起，佛教就開始對梁代社會產生重大影響，主要表現為朝野上下開始接受佛教，競相受戒。然而在天監、普通年間，蕭衍尚未有大量組織佛教活動。自大通元年開始，蕭衍的崇佛之舉愈發積極，佛教的影響力也由此達到高峰。在大通元年到太清元年這二十一年的時間裏，蕭衍先後於大通元年、中大通元年、中大同元年、太清元年四次捨身同泰寺，又親自講解佛經、主持各種佛家法會二十餘次〔註 101〕，朝野各階層都積極參與其中，整個梁代社會都籠罩在佛教強大的影響之下。蕭子顯《御講摩訶般若經序》對中大通五年蕭衍講解《摩訶般若經》時的盛況有所記載，有助於我們瞭解這些佛教活動盛大的規模和超乎尋常的影響力：

　　　　自皇太子、王侯已下，侍中、司空袁昂等六百九十八人，其僧
　　　　正慧令等義學僧鎮座一千人，晝則同心聽受，夜則更述制意。其餘
　　　　僧尼及優婆塞、優婆夷、眾男冠道士、女冠道士、白衣居士、波斯
　　　　國使、于闐國使、北館歸化人。講肆所班，供帳所設，三十一萬九
　　　　千六百四十二人，又二宮武衛宿直之身，植葆戈，駐金甲，並蒙講
　　　　饌。別錫泉府，複數萬人，不在聽眾之例。〔註 102〕

蕭綱正生活在這種濃厚的崇佛氛圍之中。儘管蕭衍在天監十六年左右才開始極力宣揚佛教，但他個人對於佛教的信仰卻由來已久〔註 103〕。生於齊中興元年的蕭統小字維摩，顯然來自於佛教經典《維摩詰經》；生於天監二年的蕭綱小字六通，則是佛教神境通、天眼通、天耳通、他心通、宿命通、漏盡通六種神通之名，這樣的取名顯然意味著蕭衍希望他們能夠在佛教方面有所建樹。結合之後蕭衍極力鼓動江革信佛的舉動來看，蕭綱自兒時起就應當受到了良好的佛學教育與薰陶。

　　天監八年，年僅七歲的蕭綱出任雲麾將軍，領石頭戍軍事，蕭衍以徐摛為蕭綱侍讀。徐摛精擅佛理。據《梁書·徐摛傳》，中大通三年，徐摛由於「宮體」之號的興起而引發了蕭衍的怒火。蕭衍親自責問，「因問《五經》大義，

〔註 101〕具體可參見柏俊才《梁武帝佞佛事蹟考》，收入《梁武帝蕭衍考略》，上海古
　　　　籍出版社，2008 年。
〔註 102〕《廣弘明集》卷十九。
〔註 103〕關於蕭衍在天監十六年之前崇佛之舉，可參見趙以武《梁武帝及其時代》第
　　　　八章第二節「由崇佛進而事佛」。

次問歷代史及百家雜說，末論釋教」。然而徐摛「商較縱橫，應答如響」，表現出對包括佛學在內的各種學說的熟悉。徐摛自天監八年起長期追隨蕭綱左右，並一直深受器重，是蕭綱最重要的僚屬之一，他對蕭綱的成長當有著不可忽視的影響。

　　天監十三年，蕭綱離開京師出任荊州刺史，又於天監十四年轉任江州刺史。天監十五年，江革出任雲麾晉安王長史、尋陽太守、行江州府事。此時蕭綱年僅十四歲，實際上就是由江革代其處理政事，他在蕭綱府中的地位與影響由此可見一斑。據前引《梁書‧江革傳》，江革亦「精信因果」，這對蕭綱當也有一定影響。正是在任江州刺史期間，蕭綱已經開始表現出崇佛的一面。據吳光興先生考證，蕭綱在江州時曾在廬山建造佛寺，又作有極力讚頌佛法的《唱導文》〔註104〕。又據《梁書‧劉慧斐傳》，蕭綱在江州時對崇信佛法的處士劉慧斐頗為禮遇〔註105〕。又據《梁書‧張孝秀傳》，常年隱居廬山東林寺的張孝秀卒後，蕭綱「甚傷悼焉，與劉慧斐書，述其貞白雲」，則蕭綱在江州時亦當與張孝秀頗有來往，而張孝秀同樣「專精釋典」，在佛法上頗有造詣。蕭綱在成為太子後所作的《相宮寺碑》中寫道：「皇太子蕭緯〔註106〕，自昔蕃邸，便結善緣。」〔註107〕這裡的「自昔蕃邸」，恐怕就要追溯到他出鎮江州之時。

　　天監十六年，蕭綱返回京師，並於天監十七年徵為西中郎將、領石頭戍軍事，尋復為宣惠將軍、丹陽尹，加侍中，直到普通二年才再次出為南徐州刺史。如前所述，這段時間正是蕭衍大力弘揚佛教，佛教影響力開始風靡全國之時，此時身在京師的蕭綱自然也深受影響。天監十七年〔註108〕，昭明太子蕭統在玄圃園講經，講解佛教二諦義和法身義，並回答聽講者的諮問。蕭綱參與了講席並針對二諦義的相關內容提出了自己的疑問，又在事後作有《上皇太子玄圃講頌啟》、《玄圃講頌》。蕭綱在之後的《與廣信侯書》中回憶在京的這段時光時說道：

〔註104〕吳光興《蕭綱蕭繹年譜》，社會科學文獻出版社，2006年，65頁。

〔註105〕《梁書‧劉慧斐傳》：「慧斐尤明釋典，工篆隸，在山手寫佛經二千餘卷，常所誦者百餘卷。晝夜行道，孜孜不息，遠近欽慕之。太宗臨江州，遺以几杖。」

〔註106〕「緯」疑為「諱」，當是梁代避蕭綱名諱。

〔註107〕《藝文類聚》卷七十六。

〔註108〕此據俞紹初《蕭統年譜》。

伏承淨名法席，親承金口，辭珍鹿苑，理愜鷲山，微密秘藏，
於斯既隆，莊嚴道場，自茲彌闡，豈止心燈夜炳，亦乃意蕊晨飛。
況兄慧思弘明，本長內教，今陪十善之車，開八正之路，流般若之
水，洗意識之塵，以此春翹，方為秋實。王每憶華林勝集，亦叨末
位，終朝竟夜，沐浴妙言，至於席罷日餘，退休旁省，攜手登臨，
兼展談笑，仰望九層，俯窺百尺，金池動月，玉樹含風，當於此時，
足稱法樂。〔註109〕

可見登臨遊覽，談論佛義正是蕭綱京師生活的重要內容，蕭綱對此也頗為
留戀。

　　普通二年至中大通二年，蕭綱再次離開京師，先後出任南徐州刺史和雍
州刺史，期間亦時有崇佛之舉。蕭衍在普通二年立同泰寺〔註110〕，又於普通
三年於大愛敬寺建七層靈塔。蕭綱雖然不在京師，但仍作有《答同泰寺立剎
啟》和《大愛敬寺剎下銘》。又蕭綱在南徐州時，曾與王囧、陸罩、孔燾、王
臺卿、鮑至等僚屬同遊虎窟山寺，並有同題唱和的《往虎窟山寺詩》，詩中描
寫自然風光的同時也闡發佛理。蕭綱在《與廣信侯書》中表現出對京師登臨
遊覽，談論佛義生活的留戀並表示「兼下車已來，義言蓋少，舊憶已盡，新解
未餐」，這類遊覽佛寺的活動正可看作是蕭綱到南徐州後對京師遊覽談佛生活
的繼續。蕭綱於普通四年轉任雍州刺史，大型佛教類書《法寶聯璧》的編纂
正在這一時期開始〔註111〕。另據吳光興先生所考，蕭綱在雍州時還曾為釋法
聰造禪居寺、靈泉寺，並作有《謝敕使監善覺寺起剎啟》、《謝御幸善覺寺看
剎啟》、《謝敕賚銅供造善覺寺塔露盤啟》、《上菩提樹頌啟》、《菩提樹頌》、《為
諸寺檀越願疏》、《與僧正教》等文〔註112〕，可見佛教在蕭綱的藩府生涯中佔
據了舉足輕重的地位。

　　蕭綱於中大通二年還都任揚州刺史，並於中大通三年蕭統去世後被立為

〔註109〕《藝文類聚》卷七十七。
〔註110〕柏俊才《梁武帝佞佛事蹟考》據《六朝事蹟類編》、《梁京寺記》等記載認為
　　　　同泰寺建於大同元年，然據《梁書‧武帝紀》，蕭衍自大通元年起就多次駕
　　　　臨同泰寺，則不當建於大同元年。吳光興《蕭綱蕭繹年譜》據《三寶紀》認
　　　　為同泰寺建於普通二年，這裡依從吳說。
〔註111〕《南史‧陸杲傳》：「初，簡文在雍州，撰《法寶聯璧》，罩與群賢並抄掇區
　　　　分者數歲。中大通六年而書成，命湘東王為序。其作者有侍中國子祭酒南蘭
　　　　陵蕭子顯等三十人，以比王象、劉邵之《皇覽》焉。」
〔註112〕吳光興《蕭綱蕭繹年譜》，109、148、149、154頁。

太子。蕭衍自大通元年起頻繁組織大型佛教活動，佛教的影響力開始進入高峰。中大通三年前由於蕭綱遠在雍州，對此鮮有參與。然而在被立為太子後，他立刻表現出對蕭衍崇佛之舉的積極響應。據蕭綱《答湘東王書》，蕭綱於中大通三年九月正式受菩薩戒，並作有《蒙華林園戒詩》，庾肩吾、釋惠令有應和之作。在此之前，蕭綱還前往東城私懺，並作有《蒙預懺直疏詩》，蕭衍、王筠都有應和之作。此外蕭綱還有《六根懺文》、《悔高慢文》，亦當為此所作。蕭綱受戒之後，崇佛日篤。《續高僧傳》卷一《釋寶唱傳》便稱：「及簡文之在春坊，尤耽內教。」在他被立為太子的第二年，就請求蕭衍至同泰寺開講說法，這正是蕭綱對蕭衍頻繁組織大型佛教活動的積極回應。蕭綱有《請幸同泰寺開講啟》、《重謝上降為開講啟》。其中《重謝上降為開講啟》有「敕旨垂許，來歲二月，開《金字波若經》題」〔註113〕之語。據《梁書・武帝紀》，蕭衍正於中大通五年二月至同泰寺講《金字般若經》，即前引蕭子顯《御講摩訶般若經序》所載之事。又蕭綱《謝開講般若經啟》有「伏承輿駕臨同泰寺，開《金字般若波羅密經》題」〔註114〕之語，蕭衍回應之文中亦提及「省啟具之，為汝講《金字般若波羅密經》。」〔註115〕可見蕭綱《請幸同泰寺開講啟》正作於中大通四年，在蕭衍答應之後又作《重謝上降為開講啟》答謝。此次講法之規模與影響，已見前引蕭子顯《御講摩訶般若經序》。蕭綱在法席圓滿後作有《大法頌》上呈蕭衍，其中鋪張辭藻，極力讚頌佛法。蕭衍在《敕答皇太子所上大法頌》中贊之曰：「詞義兼美，覽以欣然。」〔註116〕蕭綱除了此次請求蕭衍開講之外，又與蕭紀、蕭綸一起有《請幸重雲寺開講啟》、《重請開講啟》、《三請開講啟》。蕭衍一再拒絕之後終於答應〔註117〕，蕭綱《謝上降為開講啟》即為此而作，其中「謹宣今敕，馳報綸紀」之語即可為證。據《謝上降為開講啟》，蕭衍此次講法在「來歲正月，開說《三慧經》」。據陸雲公《御講般若經序》，蕭衍在大同七年講《金字般若波羅蜜三慧經》於華林園之重雲殿，或即是此事。《序》中談到此次法會「自皇太子王侯，宗室外戚，及尚書令何敬容，百辟卿士，虜使主崔長謙使副陽休之，及外域雜使一千三百六十人，皆路逾九驛，途遙萬里，……又有外國僧眾，不可勝數，並眾所不識，同集法

〔註113〕《廣弘明集》卷十九。
〔註114〕《廣弘明集》卷十九。
〔註115〕《廣弘明集》卷十九。
〔註116〕《廣弘明集》卷二十。
〔註117〕蕭衍拒絕之語見《答皇太子請御講敕》，《廣弘明集》卷十九。

座」〔註118〕，其規模與影響可見一斑。天監末年，蕭衍始弘佛教，昭明太子蕭統亦招引名僧，講經說法，與之配合。大通元年以後，蕭衍積極組織佛教活動，將崇佛之風推向高峰，此時成為太子的蕭綱同樣積極響應，推波助瀾。

　　綜上所述，在蕭衍極力提倡所營造出的強大佛教背景之下，蕭綱一生都深受其影響。佛教既是其日常生活中的重要內容，又在其思想中留下了深刻的印記。對於蕭綱的詩歌創作來說，這種佛教信仰正是其重要的思想背景。

二

　　在這種強大的佛教背景之下，梁代詩人在詩歌中也開始較多地表現佛教內容。在這方面，蕭衍同樣具有代表意義。現存蕭衍詩歌中有關佛教的有《遊鍾山大愛敬寺詩》、《和太子懺悔詩》、《會三教詩》、《十喻詩》五首等。其中《十喻詩》五首分別以如幻、如夢、如炎、靈空、乾闥婆（即海市蜃樓）為喻，闡述佛教「諸法皆空」的道理。如《幻詩》：「揮霍變三有，恍惚隨六塵。蘭園種五果，雕案出八珍。對見不可信，熟視事非真。空生四嶽想，從勞七識神。著幻是幻者，知幻非幻人。」大量運用佛教術語說理，目的完全在於宣揚佛教教義。

　　在此影響之下，蕭綱詩歌中也多有表現佛教內容的，如其《十空詩》六首分別以「如幻」、「水月」、「如響」、「如夢」、「如影」、「鏡象」六種現象為例闡述佛教「空」義，顯然是受到蕭衍《十喻詩》的影響。不過較之蕭衍多直接用佛教術語說理，蕭綱詩中雖亦不乏佛教術語說理，但往往會先對月、影、鏡等「相」展開描寫，在描寫中突出其虛幻不實，瞬息變化的特徵，從而得到「諸法皆空」的佛法體悟。如《水月詩》：

　　　　圓輪既照水，初生亦映流。溶溶如漬璧，的的似沈鉤。非關顧
　　　兔沒，豈是桂枝浮。空令誰雅識，還用喜騰猴。萬累若消蕩，一相
　　　更何求。〔註119〕

此詩首先展現水中映月種種不同之形態：前四句寫圓輪滿月照水如同玉璧浸潤水中，初生新月映流亦如銀鉤沉水。之後兩句又分別以傳說中月中的玉兔、桂枝代指月亮，又為水中之映月賦予了玉兔、桂枝的形象。月亮既然能呈現出玉璧、銀鉤、玉兔、桂枝這些種種不同之相，就已經體現出其變化無常的

〔註118〕　《廣弘明集》卷二十二。
〔註119〕　《先秦漢魏晉南北朝詩·梁詩》卷二十一。

特徵，更何況這月亮乃是水中倒影，這就更增添了一份虛幻不實的色彩。而
「非關顧兔沒，豈是桂枝浮」則直接指出了「顧兔」、「桂枝」的形象不過是虛
妄假相，並非真實。佛教認為世間一切現象都是因緣和合而起，剎那生滅，
變動不居，並沒有一個常住不變的永恆實體，因此人們平時所見所想皆虛妄
不實，也就是《金剛經》所謂「一切有為法，如夢幻泡影，如露亦如電」、「凡
所有相，皆是虛妄」。而在超脫這種種虛相之後，方能領悟「空」這一世間萬
有的真實本相。因此蕭綱在展現了水中映月之種種虛相之後，以「萬累若消
蕩，一相更何求」作結，這是說玉璧、銀鉤、玉兔、桂枝等等虛幻不實之相是
人們認識世間萬有之真實本相的負累，而在這諸相消蕩之後卻並沒有一個常
住不變的永恆實體，「萬累」之外更無「一相」可求，「諸法皆空」的佛理由此
呈現。又如《如影詩》：

> 朝光照皎皎，夕漏轉駸駸。晝花斜色去，夜樹有輕陰。並能興
> 眼入，俱持動惑心。息形影方止，逐物慮恒侵。若悟假名淺，方知
> 實相深。〔註120〕

此詩前六句寫朝夕光影變化中花色樹陰亦隨之變幻迷離，惑人心眼，其虛幻
不實，變化多端的特徵表露無遺。後四句在此基礎上闡述佛理：「影」既依賴
於光，又取決於形，形息則影止，其自身並無恒常自性，因此不過是無實體
之虛幻假名。不僅「影」是如此，世間萬物都不過是淺陋之假名，因此追逐物
象則必然導致「慮恒侵」的後果。只有悟透這些假名之淺陋，方能領會「諸法
皆空」之實相。

　　蕭綱將這一表現方式擴展到了佛理詩之外的其他題材中。這些詩歌雖然
並不直接闡述「諸法皆空」之理，但往往在描寫中突出對象虛幻不實的特徵，
給全詩蒙上一層迷離變幻的色彩，帶給人們關於真、幻、虛、實等問題的思
考，正體現出佛教思想的影響。如《水中樓影詩》：

> 水底罘罳出，萍間反宇浮。風生色不壞，浪去影恒留。〔註121〕

真實之樓宇在水中映出倒影，然而這虛幻的倒影卻能風生不壞，浪去恒留，
彷彿這虛影才是永恆不變之真實。不過虛影畢竟只是虛影，虛影之永恆不變
正說明了永恆不變不過是一場虛空。雖然沒有直接的闡述，「諸法皆空」的佛
理正蘊含其中。又如《詠朝日詩》：

〔註120〕 《先秦漢魏晉南北朝詩・梁詩》卷二十一。
〔註121〕 《先秦漢魏晉南北朝詩・梁詩》卷二十二。

　　　　　圍圍出天外，煜煜上層峰。光隨浪高下，影逐樹輕濃。〔註122〕

此詩描寫朝日，卻注重光與影的變幻不定：日光無形，附著於水，隨著浪花高下起伏，變化無方；隨之而生的影更是虛幻不實，依賴於樹木而顯得或輕或濃。在這樣的描寫中，朝日之實體並未得到細緻的刻畫，卻突出了其變化迷離、虛幻不實的特徵。

　　類似的描寫在蕭綱的詩歌中並不鮮見。如《詠梔子花詩》：「日斜光隱見，風還影合離」〔註123〕，西斜的日光透過花間的縫隙時隱時現，回風輕拂之下花影離合不定，梔子花在這樣的描寫中給人一種虛幻迷離之感。《餞盧陵內史王修應令詩》：「疏槐未合影，仄日暫流光」〔註124〕，寫日光穿過槐葉的縫隙投下陰影，卻從樹影入手，將槐葉這一實體化為虛幻之影。「光」本無形，「流光」更是給人以急速變化之感，暗含著時間的流逝。這樣的描寫同樣給全詩蒙上了一層虛幻不定的色彩。《餞別詩》：「窗陰隨影度，水色帶風移」〔註125〕，兩句中涉及的陰影、水色、風等意象幾乎都具有虛幻不定的特徵，而波光在風的吹拂下彷彿水色漂移，更是人們虛幻的錯覺。同時在這樣的描寫中，又包含著時間的快速流逝，迷離變幻之感由此得到了進一步加強。《開霽詩》：「偃蹇暮山虹，遊揚峰下日。水紋城上動，城樓水中出」〔註126〕，在昏暗的夕陽之下，遠遠望去城樓彷彿生在水中，而水紋的波動好似在城牆之上。不過這畢竟是人們的錯覺，全詩也由此給人一種虛幻不實之感。

　　蕭綱詩歌的這一特點並不侷限於景物描寫，在他關於女性的詩歌中亦有體現。如《夜遣內人還後舟詩》：

　　　　　錦幔扶船列，蘭橈拂浪浮。去燭猶文水，餘香尚滿舟。〔註127〕

舟船離去後留下一片燭光倒映在水中，兩種虛幻的意象疊加在一起，愈發給人以虛幻不實之感。只有那彌漫的餘香暗示著「內人」的存在，不過香氣同樣是難以捉摸之物。全詩由此籠罩在一種如夢似幻、恍惚迷離的氛圍之中。又如《詠美人看畫詩》：

〔註122〕《先秦漢魏晉南北朝詩‧梁詩》卷二十二。
〔註123〕《先秦漢魏晉南北朝詩‧梁詩》卷二十二。
〔註124〕《先秦漢魏晉南北朝詩‧梁詩》卷二十一。
〔註125〕《先秦漢魏晉南北朝詩‧梁詩》卷二十二。
〔註126〕《先秦漢魏晉南北朝詩‧梁詩》卷二十二。
〔註127〕《先秦漢魏晉南北朝詩‧梁詩》卷二十二。

　　　　殿上圖神女，宮裏出佳人。可憐俱是畫，誰能辨偽真。分明淨

　　眉眼，一種細腰身。所可持為異，長有好精神。〔註 128〕

圖畫中的神女和宮裏的佳人在詩人眼中「可憐俱是畫，誰能辨偽真。分明淨
眉眼，一種細腰身」，真實與虛幻在這裡彷彿混而為一，難以區分。然而現實
中的美人畢竟韶華易逝，圖畫中的神女卻能永葆青春。這樣的寫法正類似於
《水中樓影詩》的「風生色不壞，浪去影恒留」，以虛像之永恆說明了常住不
變不過是一場虛空。

　　佛教認為「一切事物或一切現象的生起，都是相待（相對）的互存關係
和條件，離開關係和條件，就不能生起任何一個事物或現象」〔註 129〕，這也
就是所謂諸法因緣而生。蕭綱的詩歌除了常常表現出虛幻不實，變化迷離的
色彩之外，還往往注重表現一句中兩個意象之間的這種「相待」關係。如《照
流看落釵》：「流搖妝影壞，釵落鬢花空」〔註 130〕，「妝影壞」是由於水流的搖
動，而「釵落」則自然導致了「鬢花空」的結果，這兩句的前兩字與後三字之
間由此建立了一種因果相待的關係。又如《賦得入階雨詩》：「漬花枝覺重，
濕鳥羽飛遲」〔註 131〕，花朵、飛鳥由於沾上了雨水，自然導致重量的增加，
從而使得「枝覺重」、「羽飛遲」；《詠薔薇詩》：「燕來枝益軟，風飄花轉光」
〔註 132〕，燕子落在枝頭，自然使得樹枝彎曲而顯得柔軟，花朵的飄轉也正是
由於風兒的吹拂；《秋夜詩》：「簷重月沒早，樹密風聲饒」〔註 133〕，屋簷重重
遮蔽了月光，從而顯得「月沒早」，樹木繁密，風聲也就顯得格外響亮。這些
詩句中意象之間的因果相待關係同樣顯而易見。

三

　　蕭綱的詩歌創作同時還受到當時「真俗二諦義」思想的影響〔註 134〕。前
面已經提到蕭統天監十七年在玄圃園講解佛教「真俗二諦義」，並解答聽講者

〔註 128〕　《先秦漢魏晉南北朝詩·梁詩》卷二十二。
〔註 129〕　趙樸初《佛教常識答問》，北京出版社，2003 年，22 頁。
〔註 130〕　《先秦漢魏晉南北朝詩·梁詩》卷二十二。
〔註 131〕　《先秦漢魏晉南北朝詩·梁詩》卷二十二。
〔註 132〕　《先秦漢魏晉南北朝詩·梁詩》卷二十二。
〔註 133〕　《先秦漢魏晉南北朝詩·梁詩》卷二十一。
〔註 134〕　劉林魁《佛教二諦思想與宮體文學理論》談到了蕭統二諦義對蕭綱「立身之
　　　　　道與文章異」這一觀念的影響，但並未論及與蕭綱具體詩歌創作的關係，見
　　　　　《咸陽師範學院學報》，2007 年 2 月。

的提問。蕭綱參與了這次聽講並提出了自己的問題。此次講法的主要內容見於蕭統《令旨解二諦義》〔註135〕。蕭統的二諦義思想有以下三點值得注意：

首先，真諦、俗諦有明顯的高下之分。蕭統在《令旨解二諦義》中說到：

> 所言二諦者，一是真諦，二名俗諦。真諦亦名第一義諦，俗諦亦名世諦。真諦、俗諦，以定體立名。第一義諦、世諦，以褒貶立目。……真者是實義，即是平等，更無異法，能為雜間；俗者即是集義，此法得生，浮偽起作。……真諦審實是真，俗諦審實是俗；真諦離有離無。俗諦即有即無，即有即無，斯是假名；離有離無，此為中道。真是中道，以不生為體；俗既假名，以生法為體。

真諦、俗諦又名第一義諦、世諦，從名稱上就是「以褒貶立目」。而真諦是真實、是平等、是中道，俗諦是浮偽、是假名，可見真諦全面高於俗諦。這也就意味著為了追求真諦，完全可以超越俗諦。

其次，真諦和俗諦是「就境明義」，兩者判然有別卻又是一體。蕭統在《令旨解二諦義》中說到：

> 至於二諦，即是就境明義。……真既不因俗而有，俗亦不由真而生，正可得言一真一俗。……第一義者，就無生境中，別立美名，言此法最勝最妙，無能及者。世者，以隔別為義，生滅流動，無有住相。《涅槃經》云：出世人所知，名第一義諦；世人所知，名為世諦。

這是說出家人領悟無生境，也就是「空」境所見之理為真諦，世俗人從世俗的角度出發，所見的日常之理為俗諦。這兩者截然不同，並不存在相互依存的關係。然而真諦和俗諦又是不同境界者對同一現象界觀照所得的不同之理，因此兩者又是統一的，都是現象界的反映。《令旨解二諦義》載南澗寺慧超諮曰：

> 浮偽起作，名之為俗；離於有無，名之為真。未審浮偽為當與真一體，為當有異？令旨答曰：世人所知，生法為體；出世人所知，不生為體。依人作論，應如是說。若論真即有是空，俗指空為有，依此義名，不得別義。

> 又諮：真俗既云一體，未審真諦亦有起動？為當起動，自動不關真諦？令旨又答，真理寂然，無起動相，凡夫惑識，自橫見起動。又諮，未審有起動而凡夫橫見，無起動而凡夫橫見？令旨又答：若

〔註135〕《廣弘明集》卷二十四。

有起動，則不名橫見。以無動而見動，所以是橫。

又諮：若法無起動，則唯應一諦。令旨又答：此理常寂，此自一諦。橫見起動，復是一諦，唯應有兩，不得言一。

真諦與俗諦的關係在這一系列問答中有著清楚的體現。出家人領悟「空」境，能夠看透世間萬有背後「空」的本質，這就是真諦。而凡夫俗子多有「惑識」、「橫見」，無法看到這世間的本質，只能「指空為有」、看到世間「起動」之假相，這就是俗諦。就世間的本質真相而言，只有「真諦」一諦，然而由於凡夫之橫見，又衍生出了俗諦。真諦和俗諦都是現象界的反映，只是認識的深淺境界有所不同，因此兩者又是一體。

第三，對真諦的領悟乃是漸進的，而俗人若是心懷「空解」，亦可領悟類似於真諦的「相似解」：

光宅寺敬脫諮曰：未審聖人見真，為當漸見，為當頓見？令答曰：漸見。

又諮：無相虛懷，一見此理，萬相併寂；未審何故見真，得有由漸？令答：自凡之聖，解有淺深；真自虛寂，不妨見有由漸。

即便是聖人對真諦的領悟亦是由淺及深，漸進而行的。而且這種漸進是「見有由漸」，也就是從對「有」的認識開始而逐步推進的。又：

莊嚴寺僧旻諮曰：世俗心中所得空解，為是真解，為是俗解？令答：可名相似解。

又諮：未審相似為真為俗？令旨答：習觀無生，不名俗解；未見無生，不名真解。

又諮：若能照之智，非真非俗；亦應所照之境，非真非俗。若是非真非俗，則有三諦。令答：所照之境，既即無生；無生是真，豈有三諦？

又諮：若境即真境，何不智即真智？令答：未見無生，故非真智。何妨此智未真，而習觀真境。豈得以智未真智，而使境非真境？

俗人心懷「空解」，雖然因為「未見無生，故非真智」，但並不妨礙其習觀無生之真境，從而領悟類似於真諦的「相似解」。

蕭綱詩歌創作的某些特點正可以從這三個角度進行理解。首先，俗諦是世俗人從世俗的角度出發所見的日常之理。由於「凡夫惑識」，俗諦是浮偽、是假名，是對現象界片面不實的認識，因此沒有必要拘泥於世俗所見之理。

為了追求真諦，完全可以而且應該超越俗諦。蕭綱在詩歌創作中常常違背人們日常所知的景物關係，根據詩歌內容與情感的表現需要重新組織安排。這些固然是出於文學性的想像，但佛教對真俗二諦關係的認識為這種想像提供了有力的支持，因為人們日常所知的景物關係在佛教看來正是浮偽之俗諦，本沒有必要拘泥堅持。

如《從軍行》：「魚雲望旗聚，龍沙隨陣開。」〔註136〕就常理而言，天空之雲、地面之沙本與軍旗、戰陣並無關聯，然而這種「常理」正是凡夫從世俗的角度出發所見的浮偽「俗諦」，本無必要拘泥。更何況在這裡，戰爭氣氛、場面的描寫是詩歌表現的核心內容，其地位正類似於「真諦」。為了表現這一「真諦」，在蕭綱的筆下，重雲彷彿像遊魚一般朝著軍旗聚攏，黃沙如同長龍一般隨著戰陣展開，似乎這戰場的氣勢、氛圍引動著重雲、黃沙都圍繞其變動，人們日常所知的景物關係這一「俗諦」得到了超越，戰爭氣氛之凝重、場面之闊大由此得到了很好的渲染。又如《明君詞》：「秋簪照漢月，愁帳入胡風」〔註137〕。同樣，就常理而言，「月」、「風」本無所謂「漢」、「胡」，不過月亮能勾起人們的鄉關之思，故為「漢月」；秋風只能帶給人們淒清寒涼之感，正如人在胡地倍感淒涼，故為「胡風」。昭君久處胡地的愁苦以及對故鄉的長久思念得到了深入的體現。為追求人物內心情感表現之「真諦」，人們日常所知的「月」、「風」、「漢」、「胡」之間的關係這一「俗諦」同樣得到了超越。類似的例子在蕭綱的詩歌中還有不少。如《玄圃納涼詩》：「螢翻競晚熱，蟲思引秋涼」〔註138〕、《春日詩》：「桃含可憐紫，柳發斷腸青。落花隨燕入，游絲帶蝶驚」〔註139〕、《九日賦韻詩》：「簷芝逐月啟，帷風依夜清」〔註140〕、《倡婦怨情詩十二韻》：「風散同心草，月送可憐光」〔註141〕等均是如此。

其次，由於真諦和俗諦同為一體，是對現象界不同程度的認識。同時對真諦的領悟又是漸進的，更是從對「有」，也就是現象界之萬相的認識開始的，因此對真諦的領悟離不開對世間萬有，種種現象細緻而深入的觀照。蕭綱的詩歌正體現出對外物極為細膩微妙的把握。

〔註136〕《先秦漢魏晉南北朝詩・梁詩》卷二十。
〔註137〕《先秦漢魏晉南北朝詩・梁詩》卷二十。
〔註138〕《先秦漢魏晉南北朝詩・梁詩》卷二十二。
〔註139〕《先秦漢魏晉南北朝詩・梁詩》卷二十二。
〔註140〕《先秦漢魏晉南北朝詩・梁詩》卷二十二。
〔註141〕《先秦漢魏晉南北朝詩・梁詩》卷二十一。

　　如《晚日後堂詩》:「岸柳垂長葉,窗桃落細跗。花留蛺蝶粉,竹翳蜻蜓珠」〔註142〕,在首句的遠景之後,作者將目光轉向窗邊桃花瞬間墜落的細微花蕚、花瓣上殘留的蛺蝶粉末以及遮住了蜻蜓細小頭部的竹影,這些細微之景的組合將讀者帶入了一個極其細膩的微觀世界。對於這種細微景物的關注在蕭綱的詩歌中屢見不鮮,如《納涼詩》:「遊魚吹水沫,神蔡上荷心」〔註143〕;《晚景納涼詩》:「橫階入細筍,蔽地濕輕苔」〔註144〕;《梁塵詩》:「依帷濛重翠,帶日聚輕紅」〔註145〕;《豔歌曲》:「細隙引塵光」〔註146〕;《晚景出行詩》:「細樹含殘影」〔註147〕;《送別詩》:「水苔隨纜聚」、「石菌生懸葉」〔註148〕等。除了對細微景物的濃厚興趣,蕭綱對人物形象的描寫也常從細微處入手。如《晚景出行詩》:「微汗粉中光」、《櫂歌行》:「濺妝疑薄汗」〔註149〕、《詠內人晝眠詩》:「簟文生玉腕」〔註150〕等,女子身上輕薄的微汗、手腕上席子細密的紋印這些難以察覺的痕跡都得到了清晰的呈現。這些正可以體現蕭綱對現象界的深細觀照。

　　蕭綱對現象界的深細觀照還體現在常能留意一些不易為人察覺的微妙動態。如《上巳侍宴林光殿曲水詩》:「林花初墮蒂,池荷欲吐心」〔註151〕,其關注點不僅在於極細微的「花蒂」、「荷心」,更捕捉其「初墮」、「欲吐」的瞬間微動。類似的例子還有《詠芙蓉詩》:「圓花一蒂卷,交葉半心開」〔註152〕,描繪出「一蒂」、「半心」的細微空間中「卷」、「開」的細小動態。此外如《秋夜詩》:「花心風上轉,葉影樹中移」〔註153〕,將「花心」、「葉影」在風中的輕細微動置於秋夜的黑暗背景之下,令人更加難以察覺。《夜遊北園》「暗花舒不覺」〔註154〕同樣如此,花朵綻放的動態本就緩慢細微,更何況是在夜幕

〔註142〕　《先秦漢魏晉南北朝詩・梁詩》卷二十二。
〔註143〕　《先秦漢魏晉南北朝詩・梁詩》卷二十一。
〔註144〕　《先秦漢魏晉南北朝詩・梁詩》卷二十一。
〔註145〕　《先秦漢魏晉南北朝詩・梁詩》卷二十二。
〔註146〕　《先秦漢魏晉南北朝詩・梁詩》卷二十。
〔註147〕　《先秦漢魏晉南北朝詩・梁詩》卷二十二。
〔註148〕　《先秦漢魏晉南北朝詩・梁詩》卷二十二。
〔註149〕　《先秦漢魏晉南北朝詩・梁詩》卷二十。
〔註150〕　《先秦漢魏晉南北朝詩・梁詩》卷二十一。
〔註151〕　《先秦漢魏晉南北朝詩・梁詩》卷二十一。
〔註152〕　《先秦漢魏晉南北朝詩・梁詩》卷二十二。
〔註153〕　《先秦漢魏晉南北朝詩・梁詩》卷二十二。
〔註154〕　《先秦漢魏晉南北朝詩・梁詩》卷二十二。

下悄然舒展。除了景物描寫之外，人物動作、神態的細微變化也在蕭綱的筆下有著清晰的體現。如《美女篇》「密態隨流臉」〔註155〕表現出豐富多變的面部表情，《楚妃歎》「薄笑夫為欣，微歎還成戚」〔註156〕則注意到從「薄笑」到「微歎」的細微變化。在這樣的描寫中，似乎世間一切幽隱細微的現象都在蕭綱這種細緻而深入的觀照之下無所遁形地顯露出來。

第三，為了追求真諦，對現象界的觀照並非一般的觀照，而是心懷「空解」的觀照。也就是說在對現象界的觀照過程中心懷「諸法皆空」之念，認識到一切事物都是剎那生滅，變化無常的，才能不為現象界的種種浮偽假相所迷惑。前文已經提到，蕭綱的詩歌在描寫中往往突出對象虛幻不實、變化迷離的特徵，同時又善於捕捉種種剎那細微的動態，這正是蕭綱對現象界的觀照過程中心懷「空解」的具體表現。

四

最後還需要簡單一提的是，除了蕭綱之外，蕭繹等其他宮體詩人的詩歌創作同樣深受佛教思想的影響。如蕭繹有《望江中月影詩》：

> 澄江涵皓月，水影若浮天。風來如可泛，流急不成圓。秦鈎斷
> 復接，和璧碎還聯。裂紈依岸草，斜桂逐行船。即此春江上，無俟
> 百枝然。〔註157〕

此詩可與前引蕭綱《水月詩》相比，雖未直接闡述佛理，但對於水中月影虛幻不實，變化無常特徵的表現較之《水月詩》還要更進一步。蕭綱《水月詩》為水中映月設立了玉璧、銀鈎、玉兔、桂枝等種種不同之相以凸顯其虛幻不實，變化無常的特徵，但這些形象都是靜態呈現的。而蕭繹此詩在為水中映月設立了秦鈎、和璧、裂紈、斜桂等相的同時，則進一步突出了它們隨著水波的流動而不停變化，並不呈現出一種穩定的狀態，水中月影之虛幻不實，變化無常也由此得到了進一步的體現。又如《古意詠燭詩》：

> 花中燭，焰焰動簾風。不見來人影，回光持向空。〔註158〕

此詩詠燭卻沒有描寫蠟燭的外觀形制，而是努力營造出一種虛幻迷離的氛圍：燭火在風中搖曳，變幻迷離，在這明暗不定的曖昧環境中，持燭者似乎也變

〔註155〕《先秦漢魏晉南北朝詩‧梁詩》卷二十。
〔註156〕《先秦漢魏晉南北朝詩‧梁詩》卷二十。
〔註157〕《先秦漢魏晉南北朝詩‧梁詩》卷二十五。
〔註158〕《先秦漢魏晉南北朝詩‧梁詩》卷二十五。

得難辨真幻：恍惚間似乎有人進來，然而燭光照耀之下卻依然是一片虛空。
如果將此詩與蕭衍的《詠燭詩》相比較，這一特點就體現得更加明顯：

> 堂中綺羅人，席上歌舞兒。待我光泛灩，為君照參差。

蕭衍雖然篤信佛教，但其詩歌創作仍然較為傳統，並未融入佛教的思維方式。
就這首《詠燭詩》而言，突出的是燭光明亮的特徵，並與歌兒舞女聯繫在一
起，充滿著俗世享受的意味。又如庾肩吾《三日侍宴詠曲水中燭影詩》：

> 重焰垂花比芳樹，風吹水動俱難住。春枝拂岸影上來，還杯繞
> 客光中度。〔註159〕

燃燒的燈燭猶如春天盛開的芳樹倒映在水中，卻由於風吹水動而難以保持常
住之態。第三句的「春枝」語帶雙關，既可指岸上樹木的枝條，亦可指如芳樹
一般的燈燭伸出的枝幹在水中的倒影，真實與虛幻的界限變得模糊。而在岸
上燭光和水中波光的交相輝映之下，曲水上的酒杯好像在一片飄渺不定的流
光中穿行，這就更為全詩增添了一分夢幻的色彩。

此外如蕭繹《詠細雨詩》：「風輕不動葉，雨細未沾衣」〔註160〕、徐陵《侍
宴詩》：「嫩竹猶含粉，初荷未聚塵」〔註161〕、庾信《山齋詩》：「圓珠墜晚菊，
細火落空槐」〔註162〕等對外物細膩微妙的把握；庾肩吾《山池應令詩》：「荷
低芝蓋出，浪湧燕舟輕」〔註163〕、劉孝威《釣竿篇》：「船交橈影合，浦深魚
出遲」〔註164〕、陰鏗《晚泊五洲詩》：「水隨雲度黑，山帶日歸紅」〔註165〕等
對一句中兩個意象之間因果相待關係的體現；蕭繹《芳樹》：「落英逐風聚，
輕香帶蕊翻」〔註166〕、徐陵《出自薊北門行》：「天雲如地陣，漢月帶胡秋」
〔註167〕、陰鏗《開善寺詩》：「鶯隨入戶樹，花逐下山風」〔註168〕等對人們日
常所知景物關係的超越，亦與蕭綱詩歌類似。

〔註159〕 《先秦漢魏晉南北朝詩‧梁詩》卷二十三。
〔註160〕 《先秦漢魏晉南北朝詩‧梁詩》卷二十五。
〔註161〕 《先秦漢魏晉南北朝詩‧陳詩》卷五。
〔註162〕 《先秦漢魏晉南北朝詩‧北周詩》卷三。
〔註163〕 《先秦漢魏晉南北朝詩‧梁詩》卷二十三。
〔註164〕 《先秦漢魏晉南北朝詩‧梁詩》卷十八。
〔註165〕 《先秦漢魏晉南北朝詩‧陳詩》卷一。
〔註166〕 《先秦漢魏晉南北朝詩‧梁詩》卷二十五。
〔註167〕 《先秦漢魏晉南北朝詩‧陳詩》卷五。
〔註168〕 《先秦漢魏晉南北朝詩‧陳詩》卷一。

　　總而言之，蕭衍對梁代後期詩歌發展的影響主要在於他極力營造的佛教背景。蕭衍在大通元年之後頻繁組織大型佛教活動，將佛教的影響力推向高峰，整個梁代社會都籠罩在這一背景之下。在這一思想背景的深刻影響下，佛家諸法皆空、真俗二諦等觀念為蕭綱等宮體詩人普遍接受，並在他們的詩歌創作中反映出來。

第三章　蕭衍與齊梁清商樂府的演變

　　上一章探討蕭衍與齊梁詩歌的演變，主要是就不入樂的徒詩而言。在南朝文學的發展過程中，以吳聲、西曲為代表的清商樂府的繁盛也是一個重要現象。蕭衍在清商樂府的發展過程中扮演了極為重要的角色。他不僅自身創作了大量清商曲辭，還將其吸收進宮廷禮樂建設，編定、創制了許多用於宮廷中表演的清商樂節目，使清商樂完成了從民間俗樂到宮廷雅樂的轉變。本章主要在梳理東晉南朝清商樂府發展軌跡的基礎上，通過探討蕭衍宮廷禮樂建設中對清商樂府的接受與改造，把握蕭衍的音樂觀及其在齊梁清商樂府發展中的地位與作用。

第一節　清商樂府的發展與繁盛

　　《南齊書・蕭惠基傳》：「自宋大明以來，聲伎所尚，多鄭衛淫俗。雅樂正聲，鮮有好者。惠基解音律，尤好魏三祖曲及《相和歌》，每奏，輒賞悅不能已。」又《南齊書・王僧虔傳》：「以朝廷禮樂多違正典，民間競造新聲雜曲，時太祖輔政，僧虔上表曰：……自頃家競新哇，人尚謠俗，務在嗌殺，不顧音紀，流宕無崖，未知所極，排斥正曲，崇長煩淫。士有等差，無故不可去樂，禮有攸序，長幼不可共聞。故喧醜之制，日盛於廛里；風味之響，獨盡於衣冠。」這裡的「鄭衛淫俗」、「新聲雜曲」、「新哇」、「謠俗」等指的正是以吳聲、西曲為代表的清商樂府，這種清商樂府在宋齊之際受到了社會各階層的廣泛喜愛，其影響力到了齊梁之世依然不衰。在探討蕭衍與齊梁清商樂府的演變之前，首先有必要對之前清商樂府的發展歷程作一個總結，以便我們更清晰地把握蕭衍在清商樂府發展中的地位和作用。

一

在清商樂府中，吳聲歌曲興起較早。《樂府詩集》「吳聲歌曲」題解引《晉書‧樂志》：「吳歌雜曲，並出江南。東晉已來，稍有增廣。其始皆徒歌，既而被之管絃。蓋自永嘉渡江之後，下及梁、陳，咸都建業，吳聲歌曲起於此也。」可知吳聲歌曲本為吳地的民歌，經歷了從較為原始的「徒歌」到被上層社會接受而「被之管絃」的過程。據《樂府詩集》「懊憹歌」題解引《古今樂錄》，西晉初年，石崇為其愛妾綠珠作有一首《懊憹歌》〔註1〕，當是現存最早的關於上層貴族創作吳聲歌曲的記載。到了東晉以後，吳聲歌曲的影響力逐漸增強，這一方面表現在新曲題的不斷出現，也就是所謂的「東晉已來，稍有增廣」。在現存的吳聲曲調中，《前溪歌》、《阿子歌》、《歡聞歌》、《歡聞變歌》、《子夜歌》、《碧玉歌》、《桃葉歌》、《團扇郎》、《長史變歌》等均產生於東晉，而且在這些曲調中，除了《子夜歌》和同出一源的《阿子歌》、《歡聞歌》、《歡聞變歌》是由民謠演變而來的以外，其餘均為貴族文人的獨立創作：如《前溪歌》是晉車騎將軍沈充所作，《碧玉歌》是孫綽所作，《桃葉歌》是王獻之所作，《團扇郎》是晉中書令王珉嫂婢謝芳姿所歌，《長史變歌》是晉司徒左長史王廞臨敗所製。〔註2〕另一方面，吳聲歌曲得到了上層貴族比較普遍的喜愛。這種風氣可以在《世說新語‧言語》篇「桓玄問羊孚：『何以共重吳聲？』羊曰：『當以其妖而浮』」的記載中得到印證。又《晉書‧王恭傳》：「道子嘗集朝士，置酒於東府。尚書令謝石因醉為委巷之歌。恭正色曰：居端右之重，集藩王之第，而肆淫聲，欲令群下何所取則？」這裡的「委巷之歌」指的就是吳歌。《北堂書鈔》卷五十九引《晉中興書‧太原王錄》亦載此事，「委巷之歌」即作「吳歌」。謝石出身於陳郡謝氏，是當時最為顯赫的豪門，他自己也是位高權重。他對吳歌的熟悉與喜愛也充分體現了吳歌在上層社會的影響力。然而值得注意的是，儘管東晉時吳聲歌曲已經得到了上層貴族的普遍喜愛，但仍然還沒有得到完全的認可。上引《世說新語‧言語》和《晉書‧王恭傳》的兩段材料固然可見上層貴族對吳聲的接受程度，但同時也體現出了主流價值觀對其的排斥：羊孚「妖而浮」的評價固然暗含貶義，王恭直斥其為「淫聲」更是展現出了激烈的批評態度。在東晉，吳聲歌曲只是上層貴族私下娛樂休

〔註1〕《樂府詩集》卷四十六：「《懊憹歌》者，晉石崇綠珠所作，唯『絲布澀難縫』一曲而已。」
〔註2〕詳見《樂府詩集》卷四十四、四十五各曲題題解。

閒的消費品，既難登大雅之堂，更沒有官方的正式認可。

到了劉宋時期，吳聲歌曲的影響力進一步擴大，同時西曲也開始進入上層貴族的視野。上至帝王，下至普通文士都對吳聲西曲十分喜愛，尤其是劉宋皇室表示出了對以吳聲、西曲為代表的清商樂府的強烈興趣，極大提高了清商樂府的地位。首先對清商樂府發生興趣的是宋少帝劉義真。據《樂府詩集》「懊儂歌」題解引《古今樂錄》，宋少帝劉義真制有《懊儂歌》新歌三十六首。〔註3〕又「華山畿」題解引《古今樂錄》：「《華山畿》者，宋少帝時懊惱一曲，亦變曲也。」《華山畿》是宋少帝時《懊惱》（即《懊儂》）一曲的變曲，則《華山畿》似乎也與宋少帝有關。此外據北宋初樂史《太平寰宇記》，宋少帝還作有《前溪歌》七曲。〔註4〕這樣大規模的創作吳聲歌曲在之前的記載中是不曾有過的。宋孝武帝劉駿對於清商樂府的發展也起了重要作用。他作有《丁督護歌》五首，而且有可能是這一曲調的創始者。更為重要的是，他將同屬清商樂的「《鞞》、《拂》雜舞合之鍾石，施於殿庭」〔註5〕，正式將清商樂府引入宮廷，大大提高了其地位。從前引《南齊書・蕭惠基傳》的記載來看，正是在宋孝武帝的大明年間起，清商樂府開始風靡朝野，以至「雅樂正聲鮮有好者」。

除了帝王之外，劉宋的宗室諸王也表現出了對清商樂府的極大的興趣，主要表現為將西曲由民謠發展為貴族樂曲，使其正式進入上層社會的娛樂生活。《樂府詩集》「西曲歌」題解引《古今樂錄》：「西曲歌出於荊、郢、樊、鄧之間，而其聲節送和與吳歌亦異，故因其方俗而謂之西曲云。」可見西曲本為長江中游和漢水流域一帶的民歌。東晉時，吳聲歌曲已經得到了上層貴族的普遍喜愛，逐漸脫離了較為原始的「徒歌」狀態而成為「被之管絃」的樂曲以供上層貴族消遣娛樂，但西曲卻還沒有進入上層貴族的視野，當還處於原始的民謠階段。到了劉宋時期，不少出鎮外藩的劉宋諸王出於對清商樂府的喜愛，吸取當地的民謠，發展創制出了新的西曲曲題。如《樂府詩集》「襄陽樂」題解引《古今樂錄》：「《襄陽樂》者，宋隨王誕之所作也。誕始為襄陽郡，元嘉二十六年仍為雍州刺史，夜聞諸女歌謠，因而作之，所以歌和中有『襄陽來夜樂』之語也。」

〔註3〕《樂府詩集》卷四十六：「《懊儂歌》者，晉石崇綠珠所作，唯『絲布澀難縫』一曲而已。後皆隆安初民間訛謠之曲。宋少帝更制新歌三十六曲。」
〔註4〕見王運熙《劉宋王室與吳聲西曲的發展》，《樂府詩述論》，上海古籍出版社，2006年，488～489頁。
〔註5〕《宋書》卷十九《樂志》。

可見西曲曲題《襄陽樂》就是隨王劉誕在任雍州刺史時根據當地的歌謠發展而來的。此外還有臨川王劉義慶在任南兗州刺史時作有《烏夜啼》〔註6〕，南平穆王劉鑠在任豫州刺史時作有《壽陽樂》〔註7〕等。

在劉宋皇室的大力提倡下，一般的官僚與文士對清商樂府的創作也投入了極大的熱情。如竟陵內史臧質作有《石城樂》。《舊唐書‧樂志》：「《石城樂》者，宋臧質所作也。石城在竟陵，質嘗為竟陵郡，於城上眺矚，見群少年歌謠通暢，因作此曲。」從這段記載看，臧質創作《石城樂》的情況與劉誕創作《襄陽樂》的情況類似，都是出於對當地民謠的興趣而將之發展為樂曲。而沈攸之創作《西烏夜飛》的情況與此有所不同。《樂府詩集》「西烏夜飛」題解引《古今樂錄》：「《西烏夜飛》者，宋元徽五年，荊州刺史沈攸之所作也。攸之舉兵發荊州，東下，未敗之前，思歸京師，所以歌。和云：『白日落西山，還去來。』送聲云：『折翅烏，飛何處，被彈歸。』」沈攸之的《西烏夜飛》是在出征在外，思歸京師的情況下創作的，其目的就不僅僅是用來娛樂消遣，而是以西曲的曲調體式抒發自己內心的情感，有了一定「言志」的意味。這一時期的詩歌創作也深受清商樂府的影響，這比較典型地體現在湯惠休和鮑照身上，以至於顏延之謂人曰：「惠休制作，委巷中歌謠耳，方當誤後生。」〔註8〕並將鮑照與之相比而立「休鮑之論」〔註9〕。

〔註6〕《樂府詩集》卷四十七：《唐書‧樂志》曰：「《烏夜啼》者，宋臨川王義慶所作也。元嘉十七年，徙彭城王義康於豫章。義慶時為江州，至鎮，相見而哭。文帝聞而怪之，徵還，慶大懼，伎妾夜聞烏夜啼聲，扣齋閣云：『明日應有赦。』其年更為南兗州刺史，因此作歌。故其和云：『夜夜望郎來，籠窗窗不開。』今所傳歌辭，似非義慶本旨。」《教坊記》曰：「《烏夜啼》者，元嘉二十八年，彭城王義康有罪放逐，行次潯陽；江州刺史衡陽王義季，留連飲宴，歷旬不去。帝聞而怒，皆囚之。會稽公主，姊也，嘗與帝宴洽，中席起拜。帝未達其旨，躬止之。主流涕曰：『車子歲暮，恐不為陛下所容！』車子，義康小字也。帝指蔣山曰：『必無此，不爾，便負初寧陵。』武帝葬於蔣山，故指先帝陵為誓。因封餘酒寄義康，且曰：『昨與會稽姊飲，樂，憶弟，故附所飲酒往，遂宥之。』使未達潯陽，衡陽家人扣二王所囚院曰：『昨夜烏夜啼，官當有赦。』少頃使至，二王得釋，故有此曲。」按史書稱臨川王義康為江州，而云衡陽王義季，傳之誤也。

〔註7〕《樂府詩集》卷四十九：《古今樂錄》曰：「《壽陽樂》者，宋南平穆王為豫州所作也。」

〔註8〕《南史》卷三十四《顏延之傳》。

〔註9〕《詩品‧下品》「齊惠休上人 齊道猷上人 齊釋寶月」條：惠休淫靡，情過其才。世遂匹之鮑照，恐商、周矣。羊曜璠云：「是顏公忌照之文，故立休、鮑之論。」

《宋書・樂志》：「隨王誕在襄陽，造《襄陽樂》；南平穆王為豫州，造《壽陽樂》；荆州刺史沈攸之又造《西烏飛哥曲》，並列於樂官。哥詞多淫哇不典正。」儘管這些出自民間的清商樂府在正統士人眼裏仍然顯得淫哇不典正，但畢竟已經得到了官方的認可而列入了樂官，這意味著以吳聲、西曲為代表的清商新樂開始正式取代漢魏以來相和歌和清商三調歌的地位成為宮廷中的娛樂音樂。《樂府詩集》在論及《讀曲歌》的由來時引用了一段《古今樂錄》的材料：「《讀曲歌》者，元嘉十七年袁后崩，百官不敢作聲歌，或因酒宴，止竊聲讀曲細吟而已，以此為名。」《讀曲歌》是吳聲歌曲，百官因為袁后的喪事不敢「作聲歌」，只能在酒宴時「讀曲細吟」，這正說明在平時的酒宴上演奏吳聲歌曲正是習以為常的事情。

到了齊代，此風依舊不減。蕭齊帝王對清商樂府的喜好並不遜於劉宋皇室，宮廷之中演奏吳聲、西曲之事屢見記載。《南齊書・王儉傳》：「上（齊高帝）曲宴群臣數人，各使效伎藝。褚淵彈琵琶，王僧虔彈琴，沈文季歌《子夜》，張敬兒舞，王敬則拍張。」又《金樓子・箴戒篇》：「齊武帝嘗與王公大臣共集石頭烽火樓，令長沙王晃歌《子夜》之曲。」可見像《子夜歌》這樣的清商樂府不僅堂而皇之的出現在宮廷御宴之上，而且歌唱《子夜歌》已經成為了貴族展現才藝的一種方式。除了在宴會上演奏清商樂府以娛樂消遣之外，時人還常常以之表達自己心中的情感。《樂府詩集》「讀曲歌」題解：「南齊時，朱碩仙善歌吳聲《讀曲》。武帝出遊鍾山，幸何美人墓。碩仙歌曰：『一憶所歡時，緣山破芿茬。山神感儂意，磐石銳鋒動。』帝神色不悅，曰：『小人不遜，弄我。』時朱子尚亦善歌，復為一曲云『暖暖日欲冥，觀騎立蜘蝎。太陽猶尚可，且願停須臾。』於是俱蒙厚賚。」又《南史・王敬則傳》：「江左有蔡邕焦尾琴在主衣庫，上（齊明帝）敕五日一給仲雄（王敬則之子）。仲雄在御前鼓琴，作《懊儂曲》，歌曰：『常歎負情儂，郎今果行許。』又曰：『君行不淨心，那得惡人題。』帝愈猜愧。」前者齊武帝讓朱碩仙、朱子尚歌《讀曲》是為了表達自己對逝去貴妃的思念，後者王仲雄作《懊儂曲》則是含蓄地表達自己對蕭鸞的不滿。可見清商樂府已經完全融入到上層貴族的日常生活之中了。儘管反對的聲音依然存在，如上引《南齊書・王儉傳》的那段記載之後緊接著的就是：「儉曰：『臣無所解，唯知誦書。』因跪上前誦相如《封禪書》。」王儉在這種場合下朗誦司馬相如的《封禪書》顯然是對之前「歌《子夜》」等行為的不滿。

然而這樣的反對較之之前王恭對謝石「肆淫聲」的直斥已經微弱了許多。

二

　　清商樂府之所以在宋齊以來得到極大的發展主要由於以下三個原因。

　　第一，社會的穩定和經濟的繁榮為清商樂府的發展提供了良好的基礎。《宋書・孔季恭傳論》：

> 江南之為國，盛矣。……自元熙十一年司馬休之外奔，至於元嘉末，三十有九載，兵車勿用，民不外勞，役寬務簡，氓庶繁息，至餘糧栖畝，戶不夜扃，蓋東西之極盛也。……自晉氏遷流，迄於太元之世，百許年中，無風塵之警，區域之內，晏如也。……自此以至大明之季，年踰六紀，民戶繁育，將曩時一矣。地廣野豐，民勤本業，一歲或稔，則數郡忘飢。會土帶海傍湖，良疇亦數十萬頃，膏腴上地，畝直一金，鄠、杜之間，不能比也。荊城跨南楚之富，揚部有全吳之沃，魚鹽杞梓之利，充仞八方；絲綿布帛之饒，覆衣天下。

從這段記載中我們可以看到，東晉以來，政治局面相對穩定，江南經濟得到了較快發展，到了劉宋時期，荊、揚二州已經成為了全國最為富庶繁華的地區，故《宋書・何尚之傳》稱：「荊、揚二州，戶口半天下」。安定的社會環境和較為富足的物質生活使得人們有著比較良好的條件去追求音樂歌舞之娛樂。如《宋書・良吏傳序》：「凡百戶之鄉，有市之邑，歌謠舞蹈，觸處成群，蓋宋世之極盛也。」又《南齊書・良政傳序》：「永明之世十許年中，百姓無雞鳴犬吠之警，都邑之盛，士女富逸，歌聲舞節，袨服華妝，桃花綠水之間，秋月春風之下，蓋以百數。」這兩則材料分別體現了宋齊之世繁華的都市生活中人們追求聲色歌舞的風氣之盛。而在現存的吳聲、西曲中就多有對這種繁華行樂生活的歌唱。如《石城樂》：「陽春百花生，摘插環髻前。捥指蹋忘愁，相與及盛年」〔註10〕；《江陵樂》：「不復蹀躞人，蹑地地欲穿。盆隘歡繩斷，蹋壞絳羅裙」〔註11〕；《翳樂》：「人言揚州樂，揚州信自樂。總角諸少年，歌舞自相逐」〔註12〕等描寫的都是人們歌舞歡樂的熱鬧場面。此外《石城樂》和《襄陽樂》是由這兩大城市中少年男女行樂的歌謠發展而來，《子夜四時歌》

〔註10〕《樂府詩集》卷四十七。
〔註11〕《樂府詩集》卷四十九。
〔註12〕《樂府詩集》卷四十九。

是《子夜歌》演變而來，由「後人更為四時行樂之詞」，這些都體現出了清商樂府之興盛與宋齊時穩定富裕的社會經濟環境之間的關係。

與此同時，經濟的繁榮帶來了商業的發展。《隋書·食貨志》稱宋齊梁陳以來「人競商販，不為田業」，作為當時都城的建業「淮水北有大市百餘，小市十餘所」，可見當時商業之發達。作為全國最為富庶的兩個地區，荊州與揚州之間的商貿往來極為頻繁。《南史·蕭映傳》：「（蕭映）嘗致錢還都買物，有獻計者，於江陵買貨，至都還換，可得微有所增。映笑曰：『我是賈客邪，乃復求利』」，正是這種情況的寫照。這種商旅的頻繁往來同樣促進了清商樂府的發展，吳聲、西曲之中有不少都是商旅之歌。如《樂府詩集》「三洲歌」題解引《唐書·樂志》：「《三洲》，商人歌也。」又引《古今樂錄》：「《三洲歌》者，商客數遊巴陵三江口往還，因共作此歌。」可見《三洲歌》正是商人們在旅途往返中所作之歌。《估客樂》就曲題來看顯然也是歌詠商旅之事，《舊唐書·樂志》曰：「梁改其名為《商旅行》」更說明了這一點。其他曲題中反映商旅生活，尤其是荊、揚兩地商旅往來的內容也有很多。如《樂府詩集》「那呵灘」題解引《古今樂錄》：「其和云：『郎去何當還。』多敘江陵及揚州事。那呵，蓋灘名也。」所謂「江陵及揚州事」當是指商旅往來於江陵揚州間事。根據其和聲可知是女子為送別情人前往揚州或江陵所作。現存曲辭中「聞歡下揚州，相送江津彎。願得篙櫓折，交郎到頭還」〔註13〕等也體現了這一點。此外如《懊儂歌》：「江陵去揚州，三千三百里。已行一千三，所有二千在」〔註14〕，《襄陽樂》：「江陵三千三，西寨陌中央。但問相隨否，何計道里長」〔註15〕，《莫愁樂》：「聞歡下揚州，相送楚山頭。探手抱腰看，江水斷不流」〔註16〕等都是往來於荊、揚之間商旅生活、情感的寫照。可以說，商業的繁榮既是清商樂府重要的表現內容，也是促使其發展興盛的動力之一。

第二，清商樂府在宋齊之際的繁榮興盛與當時士庶關係的變化有關。宋齊兩朝的開國君主劉裕和蕭道成都出身寒素，以武力軍功起家，改變了東晉士族專權的局面。傳統士族在宋齊兩朝雖然仍有很高的地位，但實際的權力已經開始逐漸落入寒門庶族手中。如宋齊皇室往往以寒人掌機要，「既

〔註13〕《樂府詩集》卷四十九。
〔註14〕《樂府詩集》卷四十六。
〔註15〕《樂府詩集》卷四十八。
〔註16〕《樂府詩集》卷四十八。

總重權，勢傾天下」〔註17〕的中書舍人和「威行州部，權重藩君」〔註18〕的典簽往往都由寒人擔任，以至王儉曾感歎：「我雖有大位，權寄豈及茹公。」〔註19〕

　　寒門子弟往往不像傳統士族那樣受到正統思想的強烈束縛，而是更多地表現出對民間生活、市井文化的熟悉與喜愛。如宋少帝劉義真在大量創作吳聲歌曲的同時，還常常「於華林園為列肆，親自酤賣。又開瀆聚土，以象破岡埭，與左右引船唱呼，以為歡樂」〔註20〕，表現出對市井商人生活的喜愛。類似的情況還出現在南齊的鬱林王蕭昭業和東昏侯蕭寶卷身上。《南齊書·鬱林王本紀》稱蕭昭業「丹屏之北，為酤鬻之所，青蒲之上，開桑中之肆」，並且還說：「左右主帥，動見拘執，不如作市邊屠酤富兒百倍矣。」《南齊書·東昏侯本紀》稱蕭寶卷：「又於苑中立市，太官每旦進酒肉雜肴，使宮人屠酤。潘氏為市令，帝為市魁，執罰，爭者就潘氏決判。」齊武帝蕭賾創制《估客樂》更是出於自身的親身經歷。《樂府詩集》「估客樂」題解引《古今樂錄》：「《估客樂》者，齊武帝之所製也。帝布衣時，嘗遊樊、鄧。登祚以後，追憶往事而作歌。使樂府令劉瑤管絃被之教習，卒遂無成。有人啟釋寶月善解音律，帝使奏之，旬日之中，便就諧合。敕歌者常重為感憶之聲，猶行於世。」可見《估客樂》是蕭賾追憶自己當年遊於樊、鄧的經歷而作，並且特別要求「歌者常重為感憶之聲」。《估客樂》從其曲題來看，顯然也是出於商旅歌謠，則蕭賾的早年經歷當亦與商旅之事有關。

　　正是由於這種對民間生活、市井文化的熟悉與喜愛，寒門子弟往往對清商樂府表現出更大的興趣。前文提到的臧質、沈攸之、沈文季、王仲雄、湯惠休和鮑照等人都出身寒門。臧質伯父臧熹「貧約自立」又「以母老家貧，與弟熹（即臧質之父）俱棄人事，躬耕自業，約已養親者十餘載。」〔註21〕臧質自己「少好鷹犬，善蒲博意錢之戲」，又長期擔任武職，並多有領軍征戰的經歷。〔註22〕沈攸之和沈文季都出身於吳興沈氏，宋齊之時為武力強宗，並非

〔註17〕　《南史》卷七十七《恩倖傳》。
〔註18〕　《南史》卷七十七《恩倖傳》。
〔註19〕　《南史》卷七十七《恩倖傳》。
〔註20〕　《宋書》卷四《少帝紀》。
〔註21〕　《宋書》卷五十五《臧熹傳》。
〔註22〕　《宋書》卷七十四《臧質傳》。

高門。《南齊書‧沈文季傳》言「司徒褚淵當世貴望，頗以門戶裁之，文季不為之屈。」由此可見一斑。王仲雄是南齊大將王敬則之子。王敬則母為女巫，自己亦「不大識書」，顯然也是寒門將種。〔註23〕湯惠休早年曾為僧人，鮑照使鍾嶸有「才秀人微」之歎，可見也都出身寒微。寒門庶族的政治地位在宋齊時期得到了較大提升，深受他們喜愛的清商樂府的地位和影響力自然也會隨之提高。

第三，清商樂府在宋齊之際的繁榮興盛還與漢魏時期宮廷娛樂音樂的衰微有關。《隋書‧音樂志》：「《清樂》其始即《清商三調》是也，並漢來舊曲。樂器形制，並歌章古辭，與魏三祖所作者，皆被於史籍。屬晉朝遷播，夷羯竊據，其音分散。符永固平張氏，始於涼州得之。宋武平關中，因而入南，不復存於內地。」《清商三調》就是漢魏以來宮廷中用於宴會娛樂的音樂，但在經歷五胡之亂後有著較為嚴重的散佚，雖然劉裕北伐後有所搜集整理，但仍然有不少缺失。王僧虔在上表論清商三調歌時說：「又今之《清商》，實由銅雀，魏氏三祖，風流可懷，京、洛相高，江左彌重。諒以金縣干戚，事絕於斯。而情變聽改，稍復零落，十數年間，亡者將半。」〔註24〕這些散佚的情況在《樂府詩集》所引《古今樂錄》的相關材料中還能略窺一二。〔註25〕如「平調曲」題解引《古今樂錄》：

王僧虔《大明三年宴樂技錄》，平調有七曲：一曰《長歌行》，二曰《短歌行》，三曰《猛虎行》，四曰《君子行》，五曰《燕歌行》，六曰《從軍行》，七曰《鞠歌行》。《荀氏錄》所載十二曲，傳者五曲。

又「清調曲」題解引《古今樂錄》：

王僧虔《技錄》，清調有六曲：一《苦寒行》，二《豫章行》，三《董逃行》，四《相逢狹路間行》，五《塘上行》，六《秋胡行》。《荀氏錄》所載九曲，傳者五曲。

又「瑟調曲」題解引《古今樂錄》：

王僧虔《技錄》，瑟調曲有《善哉行》、《隴西行》、《折楊柳行》、《西門行》、《東門行》、《東西門行》、《卻東西門行》、《順東西門行》、

〔註23〕《南齊書》卷二十里《王敬則傳》。
〔註24〕《宋書》卷十九《樂志》。
〔註25〕喻意志《樂府詩集成書研究》（上海師範大學博士論文，2002 年）對《古今樂錄》的情況有著較為詳細的考察，可以參看。

《飲馬行》、《上留田行》、《新成安樂宮行》、《婦病行》、《孤子生行》、《放歌行》、《大牆上蒿行》、《野田黃爵行》、《釣竿行》、《臨高臺行》、《長安城西行》、《武舍之中行》、《雁門太守行》、《豔歌何嘗行》、《豔歌福鍾行》、《豔歌雙鴻行》、《煌煌京洛行》、《帝王所居行》、《門有車馬客行》、《牆上難用趨行》、《日重光行》、《蜀道難行》、《棹歌行》、《有所思行》、《蒲阪行》、《採梨橘行》、《白楊行》、《胡無人行》、《青龍行》、《公無渡河行》。《荀氏錄》所載十五曲，傳者九曲。

《荀氏錄》是西晉荀勗編纂的收錄魏晉時演唱的清商三調歌的著作，從上引三段材料中我們可以看到，荀勗所錄平調、清調、瑟調共三十六曲，到了劉宋大明年間只剩下了十九曲，正符合王僧虔所謂「亡者將半」的說法。傳統的娛樂樂曲日漸衰微，自然需要有新鮮的音樂來填補這一空缺。發源於南方民間的吳聲、西曲因此得以進入宮廷，逐漸取代了漢魏清商三調歌的地位。

三

宋齊之時的清商樂府主要以民歌以及文人模擬民歌風味的作品為主，曲辭風格真率自然、鮮活生動，具體而言表現為以下四個特點。

第一，多以第一人稱的視角，通過直線式的、時間性的敘述，直接抒發情感，以達到溝通「我」、「你」，傳達情感與意義的目的。

葛兆光先生在《漢字的魔方》中借用羅曼·雅各布森的理論，「把詩歌語言按照它與它所涉及的『我』（說話者）、『你』（聽話者）、『它』（內容或事物）三方面的不同『焦距』」分成了兩類：「當詩歌語言的功能焦距集中在『我』與『你』之間的時候，它的目的是『表達』」，「在於溝通『我』與『你』之間的信息渠道，把情感和意義傳遞給對方。」而「當語言的焦距集中於『我』與『它』之間的時候，說話人無須顧忌交流的暢通與否，而只關心描摹內心中所感覺到的『內容或事物』，因此它構成一種感覺的『表現』功能，它的目的只是在於表現那個感覺中的世界。」〔註26〕據此，民歌類清商曲辭偏重於前一種的「表達功能」。最足以說明這一點的就是其中男女唱和贈答的詩篇：

> 落日出門前，瞻矚見子度。冶容多姿鬢，芳香已盈路。
>
> （《子夜歌》）

〔註26〕葛兆光《漢字的魔方》，復旦大學出版社，2008年，198頁。

芳是香所為，冶容不敢當。天不奪人願，故使儂見郎。

（《子夜歌》）〔註27〕

顯而易見，這兩首詩是男女之間互表情意的唱和之作。詩歌作者作詩的目的就在於通過詩歌來向對方傳達自己心中的情意。因此，其詩歌語言的功能焦距是集中在「我」與「你」之間，其目的在於溝通「你」「我」。

正因為這種民歌類的清商曲辭有著強烈的溝通「你」「我」的目的性，其歌辭中使用了大量的人稱代詞如「郎」、「歡」、「儂」等。上引兩首相互唱和的《子夜歌》已經說明了這一點，而這種現象在民歌類的清商曲辭中是普遍存在的，這裡再略舉數例：

儂本是蕭草，持作蘭桂名。芬芳頓交盛，感郎為《上聲》。

（《上聲歌》）

歡來不徐徐，陽窗都銳戶。耶婆尚未眠，肝心如推櫓。

（《歡聞變歌》）

碧玉小家女，不敢攀貴德。感郎千金意，慚無傾城色。

（《碧玉歌》）〔註28〕

儂心常慊慊，歡行由預情。霧露隱芙蓉，見蓮詎分明。

（《讀曲歌》）〔註29〕

惡見多情歡，罷儂不相語。莫作烏集林，忽如提儂去。

（《襄陽樂》）〔註30〕

這種情況使得詩中存在著一個明確的、固定的敘述主體，詩歌作者與這個敘述主體的身份、口吻趨向一致，而詩歌的敘述視角即是這個敘述主體（作者）的視角，讀者思緒隨著作者思緒的發展而發展，讀者視角隨著作者視角的變化而變化。

民歌類清商曲辭真率自然的語言風格與這一現象是密切相關的。強烈的溝通「你」「我」的目的性要求信息傳達線路的暢通，固定的敘述視角則削弱了讀者自行想像的空間。因此使得這類曲辭在抒情方式上多採用直接抒發而

〔註27〕以上二首見《樂府詩集》卷四十四。
〔註28〕以上三首見《樂府詩集》卷四十五。
〔註29〕《樂府詩集》卷四十六。
〔註30〕《樂府詩集》卷四十八。

非含蓄暗示，多直線式的、時間性的敘述而非空間式的、富有畫面感的描寫刻畫。其主要關注點多集中在情感和事件上，很少對環境和景物進行描寫刻畫，通過環境和景物含蓄的表現情感。就以上所引七首詩而言，僅兩處涉及描寫（「冶容多姿鬢，芳香已盈路」；「霧露隱芙蓉，見蓮詎分明」）。前者是為了通過對心上人的讚美以表明自己的愛意，其主要作用仍然在於傳遞情感與意義；後者的目的則在於引出下一句的雙關語，表達「歡」對自己的憐愛「不分明」之意。由此可見，這類曲辭對客觀事物的描寫刻畫並沒有太大的興趣，而是以直接的抒情敘事為主。

第二，多用虛詞，句式靈活多變，從而造成詩歌節奏的活潑輕快。可以說，這個特點在相當程度上是由第一個特點決定的。

在語言當中，實詞主要表示現象世界裏有聲有色可觸摸的事物，而虛詞則更有利於站在觀察者的角度說明事物的方位、時間、因果、狀態等，清晰準確地傳遞敘述主體自己的判斷與感受。在上引的七首詩中，就可以看到如「已」、「本」、「頓」、「尚」、「如」、「常」、「詎」等眾多虛詞，而在其他民歌類的清商曲辭中，也都可以看到大量的虛詞的使用。這裡略舉數例：

> 若不信儂語，但看霜下草。（《子夜歌》）
>
> 桃花落已盡，愁思猶未央。（《讀曲歌》）
>
> 但問相隨否，何計道里長。（《襄陽樂》）

第一例中上句的「若」是如果的意思，下句的「但」有就，徑直的意思。這裡兩個虛詞的使用在語氣上起到了一個強調的作用，更清晰地體現出作者「少年當及時」的感受。第二例中上句的「已」字表示狀態，強調桃花已經全部落盡，以傳達時節已過，時間已久之意。下句的「猶」字則產生了轉折的效果：雖然時節已過，時間已久，但「我」的愁思依然沒有終極。這兩個虛詞的使用突出了「我」的愁思之深，強化了抒情效果。第三例中上句的「但」字為只、僅僅的意思，表現出了對「相隨否」這一因素的重視。下句的「何」意為哪裏，含有否定的意味，表現出對「道里長」這一因素的輕視，從而進一步反襯了上句「相隨否」的重要，更為清晰地體現作者渴望與情人相伴的願望。

由於民歌類清商曲辭中多用虛詞，從而導致其句式的靈活多變和節奏的活潑輕快。詩歌發展到南朝，意象越來越密集，對偶越來越工整，這使得在文人詩中大量出現了「實字雙疊，虛字單使」的句式。即一句詩的五個字中

包含兩個由兩個字組成的意象（或小分句），並用一個字的動詞或形容詞來和它們組合在一起，從而構成以「二一二」和「二二一」為主的兩種句型。如：

> 曉霜楓葉丹，夕曛嵐氣陰。（謝靈運《晚出西射堂詩》）〔註31〕

> 魚戲新荷動，鳥散餘花落。（謝朓《遊東田詩》）

> 草色斂窮水，木葉變長川。（江淹《秋至懷歸詩》）〔註32〕

> 日出照紐黛，風過動羅紈。（沈約《登高望春詩》）〔註33〕

由於這種相對固定句式的大量出現，使得詩歌變得整飭，節奏也顯得相對穩重固定。而在民歌類的清商曲辭中，並沒有形成這種固定的句式，其原因就在於民歌類清商曲辭多以溝通「你」「我」，傳遞情感與意義為目的，大量使用虛詞，使其語言接近於日常的、自然的語言，句子中沒有什麼固定的程序，完全依照意義表達的需要來展開。這種靈活多變的句式組合在一起也自然就造成了詩歌整體節奏的活潑輕快。

　　第三，常常運用一些特殊的修辭技巧。其中最具代表性的無疑是諧音雙關的使用，這種技巧使得民歌類清商曲辭在真率自然中增添了一份含蓄的韻致。關於這一點已經有了大量的研究成果，探討的頗為清楚，其中以王運熙先生《論吳聲西曲與諧音雙關語》一文最具代表性，〔註34〕因此這裡並不想就此問題再作更多的討論。

　　除了諧音雙關的修辭手法外，民歌類清商曲辭還經常使用反覆的修辭手法。有的時候上句句尾和下句開頭處詞語重複，相互勾聯，則形成了頂真的修辭手法。如：

> 遣信歡不來，自往復不出。金銅作芙蓉，蓮子何能實。
>
> （《子夜歌》）

> 初時非不密，其後日不如。回頭批櫛脫，轉覺薄志疏。
>
> （《子夜歌》）

> 春林花多媚，春意鳥多哀。春風復多情，吹我羅裳開。
>
> （《子夜春歌》）〔註35〕

〔註31〕《先秦漢魏晉南北朝詩‧宋詩》卷二。
〔註32〕《先秦漢魏晉南北朝詩‧梁詩》卷三。
〔註33〕《先秦漢魏晉南北朝詩‧梁詩》卷六。
〔註34〕王運熙《樂府詩述論》，上海古籍出版社，2006年，118頁。
〔註35〕《樂府詩集》卷四十四。

　　　　憐歡敢喚名，念歡不呼字。連喚歡復歡。兩誓不相棄。

（《讀曲歌》）

　　　　朝發襄陽城，暮至大堤宿。大堤諸女兒，花豔驚郎目。

（《襄陽樂》）

　　　　繫條採春桑，採葉何紛紛。採桑不裝鉤，牽壞紫羅裙。

（《採桑度》）〔註36〕

在這種反覆手法的運用中，或在兩句的同一位置使用反覆：如兩首《子夜歌》均在一、二句的第四字都用「不」，《子夜春歌》前三句的第四字都用「多」字；或是同一字的多次反覆：如《讀曲歌》的「歡」字和《採桑度》的「採」字；或是形成頂真格，如《襄陽樂》的二、三句。這種反覆手法的運用使得詩歌迴環複沓，上下呼應，加強了音節的和諧流美。

　　第四，民歌類清商曲辭的結構也頗具特色。民歌類清商曲辭雖然大都為五言四句，篇幅短小，但不少詩歌都有一個相似的模式：前兩句敘實事實情，後兩句通過比興或諧音雙關對前兩句的情況作進一步說明。如：

　　　　今夕已歡別，合會在何時？明燈照空局，悠然未有期。

（《子夜歌》）

　　　　儂年不及時，其於作乖離。素不如浮萍，轉動春風移。

（《子夜歌》）

　　　　碧玉破瓜時，郎為情顛倒。芙蓉陵霜榮，秋榮故尚好。

（《碧玉歌》）

第一例前兩句言與情人離別，不知何時會面，第三句目的在於引出第四句的雙關語，第四句以「未有棋」諧「未有期」，說明會面遙遙無期，不知何時。這是六朝清商曲辭運用諧音雙關的常用格式。第二、三例的前兩句同樣是對實事實情的敘述：前者說明自己四處漂泊，常與情人離別；後者說明碧玉與情人感情親密。但後兩句卻沒用使用雙關的技巧，而是通過比興來對前兩句的內容作進一步說明：前者以風吹浮萍喻自己身世飄零；後者以芙蓉經秋猶榮喻愛情的堅貞。這一類的結構模式在民歌類清商曲辭中普遍存在，是民歌類清商曲辭結構上的一個顯著特點。

〔註36〕《樂府詩集》卷四十八。

總而言之，宋齊之時，由於社會的穩定和經濟的繁榮以及庶族政治地位的上升，再加上傳統宮廷娛樂樂曲的衰微，以吳聲、西曲為代表的清商樂府得到了極大的發展，逐漸得到了上層貴族的普遍認可，成為了他們娛樂生活中不可分割的一部分。這些曲辭大都保持了民歌真率自然、鮮活生動的風貌，對齊梁文學的發展產生了深遠的影響。

第二節　禮樂建設與蕭衍的音樂觀

蕭衍在齊梁清商樂府的發展過程有著舉足輕重的作用，但學界對蕭衍音樂觀的認識不無分歧。不少學者認為蕭衍的音樂觀中存在著喜好古樂，注重音樂政教功用的保守一面，並以此作為蕭衍文學思想中含有類似裴子野一派復古文學思想的理由之一。〔註37〕而蕭衍對於清商樂府的喜愛及其對吳聲、西曲的改造也得到了學界的普遍關注。本節以梁代宮廷禮樂建設為背景，專門探討蕭衍的音樂觀，認為蕭衍對於雅樂的提倡僅限於宮廷禮儀，施用範圍非常有限，而且具體實踐中亦多有不合雅正要求之處，而這正與他對俗樂的興趣相關。

一

認為蕭衍提倡雅樂，注重音樂政教功用的最主要的依據是他在天監元年曾下詔訪集古樂。《隋書·音樂志》載：

> 梁氏之初，樂緣齊舊。武帝思弘古樂，天監元年，遂下詔訪百僚曰：「夫聲音之道，與政通矣，所以移風易俗，明貴辨賤。而《韶》、《護》之稱空傳，《咸》、《英》之實靡托，魏晉以來，陵替滋甚。遂使雅鄭混淆，鍾石斯謬，天人缺九變之節，朝宴失四懸之儀。朕昧旦坐朝，思求厥旨，而舊事匪存，未獲釐正，寤寐有懷，所為歎息。卿等學術通明，可陳其所見。」

這則材料所談的實際是新王朝音樂禮制的建設問題。梁朝建立之初，其朝廷音樂禮制沿襲齊代。但古代音樂禮制到南齊之時，已經有了極為嚴重的缺損。據《宋書·樂志》：「漢末大亂，眾樂淪缺。魏武平荊州，獲杜夔，善八音，嘗為漢雅樂郎，尤悉樂事，於是以為軍謀祭酒，使創定雅樂。……遠考經籍，近

〔註37〕前文在探討蕭衍的文學觀念時對此也略有涉及，但尚未充分展開。

採故事，魏復先代古樂，自夔始也。」〔註38〕可見至漢末之時，古樂已有缺失。杜夔等雖復先代古樂，但也難免有所疏漏。因此至西晉，「荀勗又作新律笛十二枚，以調律呂，正雅樂，正會殿庭作之，自謂宮商克諧，……後有田父耕於野，得周時玉尺，勗以校己所治鐘鼓金石絲竹，皆短校一米。」（見《晉書·樂志》）

到了東晉，古樂的損失更為嚴重。《宋書·樂志》云：「至江左初立宗廟，……太常賀循答云：『魏氏增損漢樂，以為一代之禮，未審大晉樂名所以為異。遭離喪亂，舊典不存，……舊京荒廢，今既散亡，音韻曲折，又無識者，則於今難以意言。』於時以無雅樂器及伶人，省太樂並鼓吹令。是後頗得登哥，食舉之樂，猶有未備。明帝太寧末，又詔阮孚等增益之。成帝咸和中，乃復置太樂官，鳩集遺逸，而尚未有金石也。初，荀勗既以新律造二舞，又更修正鐘磬，事未竟而勗薨。……尋值喪亂，遺聲舊制，莫有記者。庾亮為荊州，與謝尚共為朝廷修雅樂，亮尋薨。庾翼、桓溫專事軍旅，樂器在庫，遂至朽壞焉。晉氏之亂也，樂人悉沒戎虜。及胡亡，鄴下樂人，頗有來者。謝尚時為尚書僕射，因之以具鐘磬。太元中，破符堅，又獲樂工楊蜀等，閑練舊樂，於是四廂金石始備焉。……晉世曹毗、王珣等亦增造宗廟哥詩，然郊祀遂不設樂。」〔註39〕可見在經歷永嘉之亂後，東晉的朝廷音樂禮制已經十分簡陋，雖然數十年間有所修補，但仍然缺損嚴重，故劉宋劉宏曰：「自後晉東遷，日不暇給，雖大典略備，遺闕尚多。至於樂號廟禮，未該往正。」（見《宋書·樂志》）

到了劉宋孝武帝時，又「以《鞞》、《拂》雜舞合之鍾石，施於殿庭。」王僧虔上表云：「今總章舊伎二八之流，袿服既殊，曲律亦異，推今校古，皎然可知。又哥鍾一肆，克諧女樂，以哥為稱，非雅器也。大明中，即以宮縣合和《鞞》、《拂》，節數雖會，慮乖雅體。將來知音，或譏聖世。若謂鍾舞已諧，不欲廢罷，別立哥鍾，以調羽佾，止於別宴，不關朝享，四縣所奏，謹依雅則，斯則舊樂前典，不墜於地。」〔註40〕可見劉宋時已將施於別宴的雜舞與

〔註38〕《晉書·樂志》亦云：「漢自東京大亂，絕無金石之樂，樂章亡缺，不可復知。及魏武平荊州，獲漢雅樂郎河南杜夔，能識舊法，以為軍謀祭酒，使創定雅樂。時又有散騎侍郎鄧靜、尹商善訓雅樂，歌師尹胡能歌宗廟郊祀之曲，舞師馮肅、服養曉知先代諸舞，夔悉總領之。遠詳經籍，近採故事，考會古樂，始設軒懸鍾磬。」

〔註39〕《晉書·樂志》亦有類似的記載。

〔註40〕《南齊書》卷三十三《王僧虔傳》。

莊重典正的金石宮懸混雜在一起，施用於隆重的朝享典禮。齊代的音樂禮制大體繼承劉宋，而據《南齊書·樂志》，「永明二年，太子步兵校尉伏曼容上表，宜集英儒，刪纂雅樂。詔付外詳，竟不行。」可見南齊本有整理創立一代雅樂的打算，但最終卻沒有付諸實施。

正是在這樣的背景下，蕭衍發出了「魏晉以來，陵替滋甚。遂使雅鄭混淆，鍾石斯謬，天人缺九變之節，朝宴失四懸之儀」的感歎。他旦昧所求之旨正是希望使朝廷音樂雅鄭分明，鍾石得當，並恢復「天人九變之節」、「朝宴四懸之儀」。但由於「舊事匪存」，也就是古代音樂禮制相關資料的散佚，導致其沒有修正的依據。因此，蕭衍下詔求古樂，其所求的對象應該是古代音樂禮制的相關資料，其目的是根據這些資料來糾謬補闕，以制定梁代的音樂禮制。他在詔書的最後說到：「卿等學術通明，可陳其所見。」這裡的「學術」指的是儒家六經中的《樂經》之學。這從之後沈約的回答中可以清楚的看到：

> 於是散騎常侍、尚書僕射沈約奏答曰：「竊以秦代滅學，《樂經》殘亡。至於漢武帝時，河間獻王與毛生等，共採《周官》及諸子言樂事者，以作《樂記》。其內史丞王定，傳授常山王禹。劉向校書，得《樂記》二十三篇，與禹不同。向《別錄》，有《樂歌詩》四篇、《趙氏雅琴》七篇、《師氏雅琴》八篇、《龍氏雅琴》百六篇。唯此而已。《晉中經簿》無復樂書，《別錄》所載，已復亡逸。案漢初典章滅絕，諸儒捃拾溝渠牆壁之間，得片簡遺文，與禮事相關者，即編次以為禮，皆非聖人之言。《月令》取《呂氏春秋》，《中庸》、《表記》、《防記》、《緇衣》皆取《子思子》，《樂記》取《公孫尼子》，《檀弓》殘雜，又非方幅典誥之書也。禮既是行己經邦之切，故前儒不得不補綴以備事用。樂書事大而用緩，自非逢欽明之主，製作之君，不見詳議。漢氏以來，主非欽明，樂既非人臣急事，故言者寡。陛下以至聖之德，應樂推之符，實宜作樂崇德，殷薦上帝。而樂書淪亡，尋案無所。宜選諸生，分令尋討經史百家，凡樂事無小大，皆別纂錄。乃委一舊學，撰為樂書，以起千載絕文，以定大梁之樂。使《五英》懷慚，《六莖》興愧。」（《隋書·音樂志》）

沈約的奏答首先略述了秦代以來樂書的流傳存佚情況，最後總結道：「樂書淪亡，尋案無所。宜選諸生，分令尋討經史百家，凡樂事無小大，皆別纂錄。乃委一舊學，撰為樂書，以起千載絕文，以定大梁之樂。」沈約認為古代樂書皆

已淪亡散佚，無從求索，於是建議蕭衍讓人從經史百家的古籍中搜索與樂事相關的資料，並編纂成書，一則可以振起先聖絕學，二則可以據之制定梁代的音樂禮制。結合蕭衍的詔書和沈約的奏答，我們可以清楚地看到這次訪求古樂實際上是新王朝建立後「制禮作樂」的政治舉措，其方式主要是對前代各類典籍相關資料的整理，考驗的是諸位大臣對古代典章制度的熟悉程度。《隋書·音樂志》之後又記載到：

> 是時對樂者七十八家，咸多引流略，浩蕩其詞，皆言樂之宜改，不言改樂之法。帝既素善鍾律，詳悉舊事，遂自制定禮樂。又立為四器，名之為通。……因以通聲，轉推月氣，悉無差違，而還相得中。又制為十二笛：……用笛以寫通聲，飲古鐘玉律並周代古鐘，並皆不差。於是被以八音，施以七聲，莫不和韻。

除了沈約之外，當時應對的人還有很多。但他們大都像沈約一樣僅僅是論述秦代以來樂書的流傳情況，而未能提出切實可行的改樂之法。於是蕭衍憑藉自己的音律知識和對古代典籍的瞭解，親自制定了禮樂。據《隋書·音樂志》及《通典》等記載，蕭衍對梁代音樂禮制的建設除了下詔求古樂外，還就不同場合的奏樂、宮懸的設置、六代舞的施用、舞人的服飾、鐘磬等樂器的應用等具體問題進行了探討，確定了郊禮宗廟及朝會的禮樂，並創制了新的鼓吹曲。之後又相繼議定了皇太子元會出入所奏的舞樂、太廟奏樂的禮制等。故《隋書·音樂志》稱：「梁武帝本自諸生，博通前載，未及下車，意先風雅，爰詔凡百，各陳所聞。帝又自糾擿前違，裁成一代。」又在天監四年議定皇太子元會出入所奏的舞樂時稱「是時禮樂制度，粲然有序。」

二

蕭衍的朝廷音樂禮制建設與其他一系列朝廷禮制建設密切相關，是新王朝「制禮作樂」政治舉措的組成部分。據《梁書·徐勉傳》，徐勉在普通六年上《修五禮表》，其曰：

> 伏惟陛下睿明啟運，先天改物，撥亂惟武，經世以文。作樂在乎功成，制禮弘於業定。……天監元年……詔旨云：「禮壞樂缺，故國異家殊，實宜以時修定，以為永准。但頃之修撰，以情取人，不以學進；其掌知者，以貴總一，不以稽古，所以歷年不就，有名無實。此既經國所先，外可議其人，人定，便即撰次。」於是尚書僕

射沈約等參議，請五禮各置舊學士一人，人各自舉學士二人，相助抄撰。其中有疑者，依前漢石渠、後漢白虎，隨源以聞，請旨斷決。乃以舊學士右軍記室參軍明山賓掌吉禮，中軍騎兵參軍嚴植之掌凶禮，中軍田曹行參軍兼太常丞賀瑒掌賓禮，征虜記室參軍陸璉掌軍禮，右軍參軍司馬褧掌嘉禮，尚書左丞何佟之總參其事。佟之亡後，以鎮北諮議參軍伏暅代之。後又以暅代嚴植之掌凶禮。暅尋遷官，以《五經》博士繆昭掌凶禮。復以禮儀深廣，記載殘缺，宜須博論，共盡其致，更使鎮軍將軍丹陽尹沈約、太常卿張充及臣三人同參厥務。

臣又奉別敕，總知其事。末又使中書侍郎周捨、庾於陵二人復豫參知。

從這段材料可以看出，五禮的修訂與朝廷音樂禮制的建設其實有著非常密切的關係。首先，在蕭衍的詔旨中已經指出，梁朝建立之初面對的是「禮壞樂缺」的局面。而在普通六年上表之時，則是「作樂在乎功成，制禮弘於業定。」也就是說，蕭衍在建梁之後進行了禮、樂兩方面的建設，這兩者在天監初年就同時展開並相輔相成，共同構成了新王朝「制禮作樂」的政治舉措。

其次，有不少人員同時參與了五禮的編纂和音樂禮制的制定。如總領五禮編纂的何佟之與後期參與其事的周捨就曾在天監元年據《周禮》上言修改齊代迎神、皇帝出入、牲出入所奏的音樂。掌賓禮的賀瑒在天監四年曾請議皇太子元會出入所奏之樂，並議東宮所奏舞。沈約參與了蕭衍下詔求古樂的應對並撰寫了《皇雅》等雅樂歌、南北郊登歌、明堂登歌、宗廟登歌、《俊雅》等三朝雅樂歌、《鼓吹曲》、《大壯》、《大觀》舞歌等諸多雅舞樂歌。從中亦可看出禮、樂兩者建設中的諸多聯繫之處。

第三，梁代的禮樂建設是對南齊未成舉措的繼承與發揚。徐勉《修五禮表》：

伏尋所定五禮，起齊永明三年，太子步兵校尉伏曼容表求制一代禮樂，於時參議置新舊學士十人，止修五禮，諮稟衛將軍丹陽尹王儉，學士亦分住郡中，製作歷年，猶未克就。及文憲薨殂，遺文散逸，後又以事付國子祭酒何胤，經涉九載，猶復未畢。建武四年，胤還東山，齊明帝敕委尚書令徐孝嗣。舊事本末，隨在南第。永元中，孝嗣於此遇禍，又多零落。當時鳩斂所餘，權付尚書左丞蔡仲熊、驍騎將軍何佟之，共掌其事。時修禮局住在國子學中門外，東昏之代，頻有軍火，其所散失，又逾太半。

又《南齊書‧禮志》：

> 永明二年，太子步兵校尉伏曼容表定禮樂。於是詔尚書令王儉
> 制定新禮，立治禮樂學士及職局，置舊學四人，新學六人，正書令
> 史各一人，幹一人，秘書省差能書弟子二人。因集前代，撰治五禮，
> 吉、凶、賓、軍、嘉也。

可見伏曼容於永明二年上表，永明三年起以王儉為主開始著手修訂五禮。在
王儉死後，雖又歷經數人主掌，但最終未成，並散佚大半。梁初以曾於齊代
主管制禮的何佟之總參其事，正是對前代的繼承。此外，蕭衍自身就曾在王
儉府中任職並深受器重，且於永明二年參與了南郊明堂之禮的朝議。因此，
蕭衍本人對南齊五禮的修纂情況當也有相當的瞭解。而據《南齊書‧禮志》
及前引《南齊書‧樂志》的記載，伏曼容的上表同時要求制禮和作樂，則這兩
項工作在齊代應該是相互聯繫的政治舉動。梁代之初的禮樂建設承襲南齊，
制禮作樂兩項工作當也是密切相關的。

此外，據《梁書‧儒林傳》，蕭衍因為深愍齊代「三德六藝，其廢久矣」
的情況，在建梁後進行了「詔求碩學，治五禮，定六律，改斗歷，正權衡」
等一系列舉動，其中「定六律」正是制定朝廷音樂禮制的工作。由此可見其
與治五禮、改斗歷、正權衡等其他一系列舉措共同構成了蕭衍對新王朝制
度的建設。而下詔求古樂作為音樂禮制建設的一部分，其中體現出的提倡
雅樂，注重音樂政教功用的思想亦應當屬於政治傳統的範疇，不應對其有
過分的誇大。

三

雖然蕭衍在朝廷音樂禮制建設中表現出了提倡雅樂，注重音樂政教功用
的儒家精神，但如果考察梁代朝廷音樂禮制的狀況，就可以發現，其中存在
著不少與此相悖之處。

首先，《隋書‧音樂志》詳細記載了梁代的三朝之樂：

> 舊三朝設樂有登歌，以其頌祖宗之功烈，非君臣之所獻也，於
> 是去之。三朝，第一，奏《相和五引》；第二，眾官入，奏《俊雅》；
> 第三，皇帝入閣，奏《皇雅》；第四，皇太子發西中華門，奏《胤雅》；
> 第五，皇帝進，王公發足；第六，王公降殿，同奏《寅雅》；第七，
> 皇帝入儲變服；第八，皇帝變服出儲，同奏《皇雅》；第九，公卿上

壽酒，奏《介雅》；第十，太子入預會，奏《胤雅》；十一，皇帝食
舉，奏《需雅》；十二，撤食，奏《雍雅》；十三，設《大壯》武舞；
十四，設《大觀》文舞；十五，設《雅歌》五曲，十六，設俳伎；
十七，設《鞶舞》；十八，設《鐸舞》；十九，設《拂舞》；二十，設
《巾舞》並《白紵》；二十一，設舞盤伎；二十二，設舞輪伎；二十
三，設刺長追花幢伎；二十四，設受猾伎；二十五，設車輪折臚伎；
二十六，設長蹻伎；二十七，設須彌山、黃山、三峽等伎；二十八，
設跳鈴伎；二十九，設跳劍伎；三十，設擲倒伎；三十一，設擲倒
案伎；三十二，設青絲幢伎；三十三，設一傘花幢伎；三十四，設
雷幢伎；三十五，設金輪幢伎；三十六，設白獸幢伎；三十七，設
擲蹻伎；三十八，設獼猴幢伎；三十九，設啄木幢伎；四十，設五
案幢咒願伎；四十一，設辟邪伎；四十二，設青紫鹿伎；四十三，
設白武伎，作詫，將白鹿來迎下；四十四，設寺子導安息孔雀、鳳
凰、文鹿胡舞登連《上雲樂》歌舞伎；四十五，設緣高絙伎；四十
六，設變黃龍弄龜伎；四十七，皇太子起，奏《胤雅》；四十八，眾
官出，奏《俊雅》；四十九，皇帝興，奏《皇雅》。

三朝禮是指正月一日天子朝會群臣的大禮，始於漢高祖的朝會之禮，歷代都
極為重視。日本學者渡邊信一郎指出，這一禮制的意義在於在新年伊始之際
確認、更新君臣關係，尤其是大臣對君主的臣服關係，以樹立朝政中皇帝的
極端重要性，象徵著皇帝統治的整個宇宙的更新。他同時還援引了大量史料
說明三朝禮在政治生活中的重要地位。〔註41〕如此典重儀式的用樂自然當為
雅樂。《續漢書·禮儀志》載東漢三朝禮：

> 每歲首正月，為大朝受賀。其儀：……司空奉羹，大司農奉飯，
> 奏食舉之樂。百官受賜宴饗，大作樂。

《宋書·樂志》記載漢代有太樂食舉十三曲。據《漢書·百官公卿表》，太樂
屬掌宗廟禮儀的奉常，掌雅樂。可見其所用為雅樂。《宋書·樂志》載魏代三
朝禮曰：「魏雅樂四曲……正旦大會，太尉奉璧，群后行禮，東廂雅樂郎作者
是也。今謂之行禮曲，姑洗廂所奏。」可見曹魏時的雅樂四曲正是三朝禮儀
時所奏。又晉代傅玄、荀勗、張華「各造正旦行禮及王公上壽酒食舉樂哥詩。」

〔註41〕溝口雄三、小島毅主編，孫歌等譯《中國的思維世界》，江蘇人民出版社，2006
年，370～371頁、379頁。

這些歌詩被《樂府詩集》收入《燕射歌辭》，亦屬雅樂。又《宋書·禮志》引《咸寧儀注》：

> 《咸寧注》，先正月一日，守宮宿設王公卿校便坐於端門外，太樂、鼓吹又宿設四廂樂及牛馬帷閣於殿前。……太樂令跪請奏雅樂，以次作樂。……太樂令跪奏：「食，舉樂。」太官行百官飯案遍，食畢，太樂令跪奏：「請進儺。」儺以次作。

據《晉書·職官志》，太樂、鼓吹屬太常，掌雅樂。另有黃門、清商屬光祿勳，掌俗樂。《咸寧注》中三朝禮中主樂的官員只有太樂和鼓吹，又有「跪請奏雅樂」等語，可見自漢魏以來，三朝禮上所奏之樂均為雅樂。

然而，梁代三朝樂中的《拂舞》、《鞞舞》等雜舞在漢代屬黃門鼓吹，[註42]並非雅樂系統。《隋書·音樂志》曰：「漢明帝時，樂有四品：一曰《大予樂》，郊廟上陵之所用焉。……二曰雅頌樂，辟雍饗射之所用焉。……三曰黃門鼓吹樂，天子宴群臣之所用焉。……其四曰短簫鐃歌樂，軍中之所用焉。」可見黃門鼓吹樂主要是天子宴群臣時為了娛樂嘉賓而奏。據《宋書·樂志》，王僧虔批評當時「以《鞞》、《拂》雜舞合之鍾石，施於殿庭」的情況時說：「大明中，即以宮縣合和《鞞》、《拂》，節數雖會，慮乖雅體。將來知音，或譏聖世。若謂鍾舞已諧，不欲廢罷，別立哥鍾，以調羽佾，止於別宴，不關朝享，四縣所奏，謹依雅則，斯則舊樂前典，不墜於地。」可知演奏黃門鼓吹樂的宴會屬別宴而非朝享。又《樂府詩集·燕射歌辭》題解曰：「凡正饗，食則在廟，燕則在寢，所以仁賓客也。」又《通志·樂略》曰：「享，大禮也。燕，私禮也。」可見饗、燕有別。三朝禮是隆重的朝享，混入本應施於別宴的各種雜舞，顯然有違古禮。

梁三朝樂中的《相和五引》原本亦是娛樂性音樂，並不用在隆重的典禮上。《樂府詩集》卷26《相和六引》注引《古今樂錄》：

> 張永《技錄》相和有四引，一曰笙篌，二曰商引，三曰徵引，四曰羽引。笙篌引歌瑟調，東阿王辭。《門有車馬客行》、《置酒篇》並晉、宋、齊奏之。古有六引，其宮引、角引二曲闕，宋為笙篌引有辭，三引有歌聲，而辭不傳。梁具五引，有歌有辭。凡相和，其器有笙、笛、節歌、琴、瑟、琵琶、箏七種。

〔註42〕見王運熙《說黃門鼓吹樂》，收入《樂府詩述論》，228頁。

從這段材料中我們可以知道，相和原有六引，《箜篌引》正是其中之一。《樂府詩集·箜篌引》題注：

> 一日《公無渡河》。崔豹《古今注》曰：「《箜篌引》者，朝鮮津卒霍裏子高妻麗玉所作也。子高晨起刺船，有一白首狂夫，被髮提壺，亂流而渡，其妻隨而止之，不及，遂墜河而死。於是援箜篌而歌曰：『公無渡河，公竟渡河，墜河而死，將奈公何。』聲甚悽愴，曲終亦投河而死。子高還，以語麗玉。麗玉傷之，乃引箜篌而寫其聲，聞者莫不墜淚飲泣。麗玉以其曲傳鄰女麗容，名曰《箜篌引》。

由此可知《箜篌引》本起於民間，為個人化的抒情之作，與政治禮制無關。又相和引屬於相和歌。相和歌主要是漢代俗樂，與雜舞曲同屬黃門鼓吹，[註43]是一般宴會上的娛樂性音樂。相和引的性質亦是如此。如前面提到，晉、宋、齊時《箜篌引》歌瑟調曹植《門有車馬客行》、《置酒篇》。曹植《置酒篇》所寫正是宴會之上的歡樂之景。可見此時《箜篌引》正是用於宴會之上。又謝靈運《會吟行》有「六引緩清唱，三調佇繁音。列筵皆靜寂，咸共聆會吟」之語，亦可見《相和六引》主要用於宴會上的演奏。蕭衍將《相和引》引入典重的三朝禮，同樣不符合雅正的要求。

此外，三朝樂中《青紫鹿》、《緣高絙》等雜伎的設置亦不符合雅正的要求。《文獻通考》卷147：

> 散樂非部伍之正聲，其來尚矣。其雜戲蓋起於秦漢，有《魚龍》、《蔓延》、《高絙》、《鳳凰》、……《怪獸》、《舍利》之戲，若此之類，不為不多矣。然其詭怪百出，驚俗駭觀，非所以善民心、化民俗，適以滔堙心耳，歸於淫蕩而已。

可見這些伎樂的設置並不符合儒家禮樂教化的精神。《禮記·樂記》：

> 今夫新樂，進俯退俯，姦聲以濫，溺而不止，及優、侏儒，獶雜子女，不知父子。

孔穎達釋「及優、侏儒」曰：「言作樂之時，及有俳優雜戲侏儒短小之人。」可見在儒家論樂的經典中，這類雜戲就是被抨擊的對象。因此，《宋書·樂志》記載道：

> 晉成帝咸康七年，散騎侍郎顧臻表曰：「臣聞聖王制樂，讚揚治道，養以仁義，防其邪淫，上享宗廟，下訓黎民，體五行之正音，

協八風以陶氣。以宮聲正方而好義，角聲堅齊而率禮，弦哥鐘鼓金石之作備矣。故通神至化，有率舞之感；移風改俗，致和樂之極。末世之伎，設禮外之觀，逆行連倒，頭足入筥之屬，皮膚外剝，肝心內摧。敦彼行葦，猶謂勿踐，矧伊生民，而不惻愴。加以四海朝觀，言觀帝庭，耳聆《雅》、《頌》之聲，目睹威儀之序，足以蹋天，頭以履地，反兩儀之順，傷彝倫之大。……宜下太常，纂備雅樂，《簫韶》九成，惟新於盛運；功德頌聲，永著於來葉。此乃《詩》所以『燕及皇天，克昌厥後』者也。雜伎而傷人者，皆宜除之。流簡儉之德，邁康哉之詠，清風既行，民應如草，此之謂也。愚管之誠，唯垂採察。」於是除《高絙》、《紫鹿》、《跂行》、《鱉食》及《齊王卷衣》、《笮兒》等樂，又減其稟。其後復《高絙》、《紫鹿》焉。

又《通典》卷146：

> 梁又設《跳鈴劍》、《擲倒》、《獼猴幢》、《青紫鹿》、《緣高絙》、《變黃龍弄龜》等伎，陳氏因之。

顧臻認為這類伎樂不符合聖王制樂的目的與精神，在莊重的場合與雅樂放在一起有失體統，而且易傷人，又不合簡儉之德，因此是「末世之伎，禮外之觀。」並請求晉成帝罷除。而蕭衍卻在梁代又新造了諸多雜伎，並在制定三朝之樂時仍然將這些雜伎加入，絲毫不提其有失雅正之處。這同樣不符合蕭衍在下詔求古樂時所表現出的崇古樂，重教化的傾向。

無論是《拂舞》、《鼙舞》等雜舞還是《青紫鹿》、《緣高絙》等雜伎都是出自民間，且有著強烈娛樂性的音樂。蕭衍將之納入莊重嚴肅的雅樂系統，在制定朝廷音樂禮制時亦不排斥，可見蕭衍對娛樂性強的民間俗樂的偏愛。

其次，除了對三朝樂的制定外，蕭衍在雅樂歌辭的創作上亦有違於典正的要求。

據《宋書‧樂志》，至曹魏時期仍有用《詩經》中的篇章作為雅樂歌辭的。這些歌辭以四言為主，整齊莊重，成為了歷代雅樂歌辭的主流。但從劉宋時起，雅樂歌辭中出現了完整的五言和七言詩。梁代承之而不改，有《介雅》、《需雅》、《相和五引》等五七言歌辭。《文心雕龍‧明詩》曰：「若夫四言正體，則雅潤為本；五言流調，則清麗居宗。」可見當時四言詩仍然被視為典雅的正體，最適合典重的雅樂歌辭。五言詩雖然流行，但卻以清麗為特點，不適合創作雅樂歌辭。七言詩的地位在當時更低，長於七言的曹丕、鮑照等都

得到過「鄙直」「險俗」之類的評價。因此，蕭衍讓沈約等人以五、七言創作雅樂歌辭也並不符合崇古樂、尚典正的音樂觀。

再次，梁初雅樂歌辭在內容上也多有不合典正要求之處。《梁書·蕭子雲傳》：

> （蕭衍）敕曰：「郊廟歌辭，應須典誥大語，不得雜用子史文章淺言；而沈約所撰，亦多舛謬。」子雲答敕曰：「……約之所撰，彌復淺雜。……臣夙本庸滯，昭然忽朗，謹依成旨，悉改約制。惟用《五經》為本，其次《爾雅》、《周易》、《尚書》、《大戴禮》，即是經誥之流，愚意亦取兼用。臣又尋唐、虞諸書，殷《頌》周《雅》，稱美是一，而復各述時事。大梁革服，偃武修文，制禮作樂，義高三正；而約撰歌辭，惟浸稱聖德之美，了不序皇朝制作事。《雅》、《頌》前例，於體為違。伏以聖旨所定樂論鍾律緯緒，……謹一二採綴，各隨事顯義，以明制作之美。……」敕並施用。

可見梁初沈約所撰的各種雅樂歌辭中多用「子史文章淺言」，不合典誥大體而「彌復淺雜」，又不合《雅》、《頌》前例。這種情況直到普通年間方由蕭子雲上書改正。天監初年沈約撰寫雅樂歌辭並應用於各種典禮之中顯然是得到了蕭衍的許可的。蕭衍一面下詔訪古樂以求音樂禮制之典正，一面又允許沈約這種不典正的雅樂歌辭施用於各種儀式之中，亦體現出了他在建設音樂禮制方面的言行不一。

總之，蕭衍雖然在建設朝廷音樂禮制時發出提倡雅樂，注重音樂政教功用的宣言，但在其實際行動中卻多有違背之處。這進一步說明了僅據蕭衍下詔訪集古樂之事斷定其有喜好古樂，注重音樂政教功用的保守一面並不妥當。

四

蕭衍在制定朝廷音樂禮制時不典正的舉動與其喜愛新聲俗樂的表現是一致的。據逯欽立《先秦漢魏晉南北朝詩》，蕭衍共創作當時流行的清商曲辭二十二題（《子夜四時歌》算一題）四十一首，占其總詩歌數的百分之四十三，無論是涉及的曲題數還是寫作的詩歌數都是南朝文人中最多的。在這些曲辭中，既有對舊題的模擬，又有對原有曲題的改制，還有自己新創的曲題。

關於蕭衍創作清商音樂的情況，史料中有不少記載。如《隋書·音樂志》：

初武帝之在雍鎮，有童謠云：「襄陽白銅蹄，反縛揚州兒。」識者言，白銅蹄謂馬也；白，金色也。及義師之興，實以鐵騎，揚州之士，皆面縛，果如謠言。故即位之後，更造新聲，帝自為之詞三曲，又令沈約為三曲，以被絃管。

由此可見蕭衍所製的《襄陽蹋銅蹄歌》實源自襄陽童謠。此詩大概作於蕭衍即位之初〔註44〕，約與其下詔求古樂的時間相差不遠。可見蕭衍在一面宣稱提倡雅樂，注重音樂政教功用的同時，自己卻在創作通俗的西曲。他不僅「更造新聲」、「自為之詞三曲」，還令沈約也作三首相和並將其被之管絃，據《樂府詩集》的記載看還配有舞蹈，可見蕭衍對這一曲題的創作是非常喜愛的。

又據《樂府詩集・三洲歌》題注引《古今樂錄》：

天監十一年，武帝於樂壽殿道義竟留十大德法師設樂，敕人人有問，引經奉答。次問法云：「聞法師善解音律，此歌（三洲歌）何如？」法雲奉答：「天樂絕妙，非膚淺所聞。愚謂古辭過質，未審可以改不？」敕云：「如法師語音。」法雲曰：「應歡會而有別離，啼將別可改為歡將樂」，故歌。

《三洲歌》屬西曲，是「商客數遊巴陵三江口往還」（《樂府詩集》引《古今樂錄》語）所作之歌。法雲嫌古辭過於質樸而提出了修改意見。他的意見被蕭衍採納。從中可以看出兩點：一、蕭衍對西曲歌有著很大的興趣；二、蕭衍並不喜歡過於質樸的文字。

又據《樂府詩集・江南弄》題注引《古今樂錄》：

梁天監十一年冬，武帝改西曲，制《江南》、《上雲樂》十四曲。

《江南弄》七曲……又沈約作四曲……亦謂之《江南弄》云。

又《樂府詩集・上雲樂》題注引《古今樂錄》：

《上雲樂》七曲，梁武帝制，以代西曲。

蕭衍創制《江南弄》與《上雲樂》是對清商曲辭的重大變革。王運熙先生認為，《江南弄》與《上雲樂》的創制參考了西曲《三洲曲》的和聲、雜舞曲辭《拂舞歌》、《淮南王曲》、《杯盤舞歌》以及印度、西域音樂的影響，具有吳聲、西曲、雜舞曲及外國音樂的優點，造成聲調曲折，句法參差的新聲。〔註45〕可見

〔註44〕《樂府詩集》在此詩題注中曰：「天監初，舞十六人，後八人。」可見當作於即位之初。

〔註45〕見王運熙《清樂考略》，收入《樂府詩述論》，217頁。

蕭衍創制《江南弄》與《上雲樂》時參考了當時流行的各種俗樂。而正是這一
吸取了各種俗樂的《上雲樂》卻被蕭衍用作三朝之禮上演奏的雅樂，可見蕭衍
對這類清商樂府的喜愛。

　　蕭衍創作、改制的清商樂府一方面用於朝廷典禮，另一方面主要用於宮
廷娛樂。梁代宮廷之中也有不少擅長吳聲、西曲一類流行新樂者。《南史·徐
勉傳》曰：「普通末，武帝自算擇後宮吳聲、西曲女妓各一部，並華少，賚勉。」
可見蕭衍後宮之中必有不少演奏吳聲、西曲的女妓。又據《通典》卷 145，梁
武帝「內人王金珠善吳歌四曲（當為西曲），又製《江南歌》，當時妙絕。」《樂
府詩集》收錄了其吳歌 14 首。又《樂府詩集·吳聲歌曲》題注曰：「上聲以
下七曲，內人包明月製舞《前溪》一曲，餘並王金珠所製也。」可見蕭衍宮中
除王金珠外，包明月亦長於創制吳歌。此外，《通典》卷 145 又載：「梁有吳
安泰善歌，後為樂令，精解聲律。初改四曲（當為西曲）別《江南》、《上雲
樂》。……今斯宣達選樂府少年好手進內習學，吳弟安泰之子又善歌，次有韓
法秀又能妙歌吳聲、讀曲等，古今獨絕。」蕭衍以善歌而精聲律的吳安泰為
樂令，並似乎讓其參與了改制西曲作《江南弄》、《上雲樂》的工作，又「選樂
府少年好手進內習學」，這些都充分體現了蕭衍對新聲俗樂的濃厚興趣。

　　此外，《通典》卷 146 還記載了梁代舞樂的情況：

　　　　當江南之時，《巾舞》、《白紵》、《巴渝》等衣服各異，梁以前舞
　　　　人並十二人。梁武省之，減用八人而已。今二人平巾幘緋褶舞，四
　　　　人碧輕紗，衣裙襦，大袖畫雲鳳之狀，漆鬟髻，飾以金銅雜花，狀
　　　　如雀釵錦履。舞容閑婉，曲有姿態。沈約《宋書》惡江左諸曲哇淫。
　　　　至今其聲調猶然。

巾舞、白紵、巴渝諸舞曲被沈約視為淫哇，自非典正的音樂。蕭衍雖然將其
舞人數量減少，但未將其廢除，還將巾舞、白紵置於典重的三朝雅樂之中。
蕭衍自己還創作有《白紵辭》二首，又與沈約合作有《四時白紵歌》。三朝典
禮中所用之《白紵》就很可能是蕭衍與沈約之作。根據《通典》這段記載，這
些舞蹈在梁代衣飾華麗，舞姿曼妙，有很好的娛人耳目的作用。這也可以充
分體現出蕭衍對娛樂性音樂的喜愛。

　　總而言之，雖然蕭衍在下詔求古樂一事中體現出了一定提倡雅樂，注重
音樂政教功用的保守傾向，但這僅僅限於朝廷音樂禮制的建設方面，並不能
代表整體的音樂觀，況且他在具體的音樂禮制建設中還常常出現言行不符的

情況。而他在音樂禮制建設之外的各個方面都表現出了對新聲俗樂的濃厚興趣。因此，蕭衍的音樂觀並非保守復古的，而是充分體現出了對娛樂性較強的通俗音樂的熱愛。

第三節　蕭衍對清商樂府的接受與改造

　　蕭衍的音樂觀並非保守復古，而是充滿著對娛樂性較強的通俗音樂的熱愛。他大量創作清商曲辭並將之引入宮廷，親自編定、創制了許多清商樂表演節目都是這種音樂觀的具體表現。目前學界對蕭衍清商曲辭的研究主要還是將之作為詩歌文本分析其內容、風格，〔註46〕較少結合其音樂表演形式進行全面的探討。因此本節主要綜合曲辭創作與音樂表演形式兩方面探討蕭衍對清商樂府的接受與改造及其影響，以求較為全面地把握蕭衍在齊梁清商樂府發展中的地位與作用。

一

　　首先來看蕭衍對之前吳聲歌曲的接受與改造。蕭衍選擇晉宋以來民間流行的一些吳聲歌曲納入宮廷娛樂音樂體系中來，將之編制為一套精緻複雜的大型演出節目。

　　《樂府詩集》「吳聲歌曲」題解引《古今樂錄》曰：

　　　　其曲有命嘯、吳聲、遊曲、半折、六變、八解。命嘯十解，存者有《烏噪林》、《浮雲驅》、《雁歸湖》、《馬讓》，餘皆不傳。吳聲十曲：一曰《子夜》，二曰《上柱》，三曰《鳳將雛》，四曰《上聲》，五曰《歡聞》，六曰《歡聞變》，七曰《前溪》，八曰《阿子》，九曰《丁督護》，十曰《團扇郎》，並梁所用曲。《鳳將雛》以上三曲，古有歌，自漢至梁不改，今不傳。上聲以下七曲，內人包明月製舞《前溪》一曲，餘並王金珠所製也。遊曲六曲：《子夜四時歌》、《警歌》、《變歌》，並十曲中間遊曲也。半折、六變、八解，漢世已來有之。

〔註46〕如專門討論蕭衍樂府詩的楊德才《論蕭衍的樂府詩》主要探討的是蕭衍的經歷與其樂府詩創作之關係、樂府詩創作的內容特點，樂府詩創作對梁代文學產生的影響等問題，並未涉及具體的音樂表演情況。而在對蕭衍的綜合研究如錢汝平《蕭衍研究》、林大志《四蕭文學研究》中，蕭衍的清商曲辭都被看作是蕭衍詩歌創作的一部分。

　　　　八解者，古彈、上柱古彈、鄭干、新蔡、大治、小治、當男、盛當，
　　　　梁太清中猶有得者，今不傳。又有《七日夜》、《女歌》、《長史變》、
　　　　《黃鵠》、《碧玉》、《桃葉》、《長樂佳》、《歡好》、《懊惱》、《讀曲》，
　　　　亦皆吳聲歌曲也。

根據這段材料我們可以知道，吳聲歌曲在表演時存在組曲和單曲兩種形式。
各種類型的組曲形成的時間不同，半折、六變、八解三種「漢世已來有之」，
命嘯的情況不是很清楚，但觀其十解僅存四解，恐怕形成的時間也比較早。
吳聲十曲和遊曲作為組曲編制在一起表演則應該形成於梁代。《古今樂錄》
說吳聲十曲「並梁所用曲」，可見這是梁代宮廷中表演的曲目。《古今樂錄》
還指出「上聲以下七曲，內人包明月製舞《前溪》一曲，餘並王金珠所製
也。」包明月和王金珠都是梁武帝宮中樂人，可見吳聲十曲是在蕭衍的指示
下，由包明月和王金珠等宮廷樂人配合編制的。遊曲是「十曲中間遊曲也」，
可見遊曲是與吳聲十曲配合在一起演奏的。王運熙先生推測遊曲猶如現在
的插曲，認為「吳聲十曲很長，連續唱時，中間需要休息；在這空際的交替
階段，由樂人演唱一些歌詞較短，內容較為不同的《遊曲》，也是很自然的
事情吧。」〔註47〕

　　　　吳聲十曲和遊曲中的各個曲目產生時間各不相同，大多都是晉宋時期產
生、流行的歌曲。如《樂府詩集》「子夜歌」題解引《舊唐書·樂志》曰：「《子
夜歌》者，晉曲也。晉有女子名子夜，造此聲，聲過哀苦。」又引《樂府解
題》曰：「後人更為四時行樂之詞，謂之《子夜四時歌》。又有《大子夜歌》、《子
夜警歌》、《子夜變歌》，皆曲之變也。」可見《子夜歌》產生於晉代，而遊曲六
曲《子夜四時歌》、《子夜警歌》、《子夜變歌》均由《子夜歌》演變而來。

　　　　「歡聞歌」題解引《古今樂錄》曰：「《歡聞歌》者，晉穆帝升平初歌，
畢輒呼『歡聞不』？以為送聲，後因此為曲名。今世用莎持乙子代之，語稍
訛異也。」

　　　　「歡聞變歌」題解引《古今樂錄》曰：「《歡聞變歌》」者，晉穆帝升平中，
童子輩忽歌於道，曰『阿子聞』，曲終輒云：『阿子汝聞不？』無幾而穆帝崩。
褚太后哭『阿子汝聞不？』聲既淒苦，因以名之。」

　　　　「阿子歌」題解引《宋書·樂志》曰：「《阿子歌》者，亦因升平初歌云
『阿子汝聞？』後人演其聲為《阿子》、《歡聞》二曲。」

〔註47〕王運熙《樂府詩述論》，69頁。

「前溪歌」題解引《宋書‧樂志》曰:「《前溪歌》者,晉車騎將軍沈充所製。」

「丁督護歌」題解引《宋書‧樂志》曰:「《督護歌》者,彭城內史徐逵之為魯軌所殺,宋高祖使府內直督護丁旿收斂殯埋之。逵之妻,高祖長女也。呼旿至閣下,自問殮送之事。每問輒歡息曰:『丁督護。』其聲哀切,後人因其聲廣其曲焉。」

「團扇郎」題解引《古今樂錄》曰:「《團扇郎歌》者,晉中書令王珉,捉白團扇與嫂婢謝芳姿有愛,情好甚篤。嫂捶撻婢過苦,王東亭聞而止之。芳姿素善歌,嫂令歌一曲當赦之。應聲歌曰:『白團扇,辛苦五流連。是郎眼所見。』珉聞,更問之:『汝歌何遺?』芳姿即改云:『白團扇,憔悴非昔容,羞與郎相見。』後人因而歌之。」

由此可見,吳聲十曲和遊曲是梁武帝蕭衍及王金珠、包明月等後宮樂人從當時流行的吳聲歌曲中精心選擇、編制而成的在宮廷中表演一套大型演出節目。

這一套表演曲目在整體音樂風格上呈現出哀怨淒苦的特點。

從前引各曲題解中我們可以看到,《子夜歌》「聲過哀苦」,而遊曲六曲都是《子夜歌》的變曲,其音樂風格應該也不會有太大的差異。《歡聞歌》、《歡聞變歌》、《阿子歌》三曲同出一源,〔註48〕而《歡聞變歌》「聲既淒苦」。《丁督護歌》「其聲哀切」。《團扇郎》的音樂風格雖然沒有明確的說明,但其是謝芳姿在被捶撻過苦的情況下所唱,歌詞中又有「辛苦五流連」、「憔悴非昔容」之語,恐怕其音樂風格也是以淒苦為主。此外,「上聲歌」題解引《古今樂錄》曰:「《上聲歌》者,此因上聲促柱得名。或用一調,或用無調名,如古歌辭所言,謂哀思之音,不及中和。」可見風格亦以哀怨為主。除了《上柱》、《鳳將雛》和《前溪歌》的情況不是很清楚以外,其餘十三曲都是以淒苦之聲為主。由這些單曲所組成的組曲自然也在整體上呈現出哀怨淒苦的風格特點。

蕭衍選擇這些哀怨淒苦的歌曲編製成宮廷中表演的大型節目,這一方面與蕭衍自身的喜好有關,同時也與吳聲歌曲伴奏樂器的聲音特點有關。《樂府詩集》「吳聲歌曲」題解引《古今樂錄》曰:「吳聲歌舊器有箎、箜篌、琵琶,今有笙、箏。」此外據王運熙先生考證還有琴和笛。〔註49〕《宋書‧樂志》論八音樂器時曰:「八音五曰絲。絲,琴、瑟也,築也,箏也,琵琶、空侯也。」

〔註48〕王運熙《樂府詩述論》,103 頁。
〔註49〕王運熙《樂府詩述論》,38～39 頁。

又曰：「八音八曰竹。竹，律也，呂也，簫也，管也，篪也，龠也，笛也。」可見吳聲歌曲的伴奏樂器都屬於絲類和竹類。〔註50〕這一類的樂器在發聲上具有哀怨的特點，〔註51〕特別適合於配合風格淒苦的歌曲。這種哀怨淒苦的音樂風格還與吳聲十曲和遊曲六曲的施用場合有關。蕭衍在一些比較莊重的典禮上並不排斥清商樂府的出現。如據《隋書·音樂志》，在典重的三朝禮的用樂中就有改制西曲而成的《上雲樂》。但現存資料中並沒有與吳聲十曲和遊曲六曲施用於正式場合的記載，這些歌曲哀怨淒苦的音樂風格不適合比較莊重正式的場合應該是重要的原因。這也體現出蕭衍編制吳聲十曲和遊曲六曲這一演出節目基本是為了純粹的休閒娛樂，主要施用於一些非正式的場合。

　　儘管吳聲十曲和遊曲六曲並不施用於比較莊重正式的場合，但它們在編制過程中仍然體現出了富有文人化色彩的精緻高雅的特點。這一傾向在梁代新製的《上聲歌》歌詞中有著很好的體現：「花色過桃杏，名稱重金瓊。名歌非《下里》，含笑作《上聲》。」〔註52〕這首歌詞描寫的是歌女演唱《上聲歌》的情景。演唱者不僅容貌美麗而且名聲顯赫，所唱的《上聲歌》是高雅的「名歌」而非一般俚俗的《下里巴人》。這裡將《上聲歌》與俚俗的《下里巴人》區分開來以突出其雅致的一面，貴族化的審美趣味非常明顯。按《樂府詩集》「上聲歌」題解引《古今樂錄》：「《上聲歌》者，此因上聲促柱得名。或用一調，或用無調名，如古歌辭所言，謂哀思之音，不及中和。梁武因之改辭，無復雅句。」而《通典》卷145一段類似的記載作「梁武因之改辭，無邪句。」這兩段記載的差異實際上代表著對蕭衍如何改造《上聲歌》的不同理解：《古今樂錄》認為《上聲歌》的音樂是「哀思之音，不及中和」，也就是音樂風格不夠雅正，而原本的歌詞則比較雅致，蕭衍根據音樂風格改制歌詞，使之「無復雅句」以配合音樂風格。《通典》則認為《上聲歌》歌詞的風格不雅正，蕭衍因此改制，使新詞「無邪句」。兩者分歧的焦點就在於蕭衍改制後《上聲歌》的風格究竟如何。就前引梁代新製《上聲歌》歌詞的風格來看，顯然是更偏

〔註50〕笙在《宋書·樂志》中被歸入八音中的匏，但《禮記·樂記》中將其歸為竹類，並指出其聲音特點與簫、管等相類。

〔註51〕《禮記·樂記》：「絲聲哀，哀以立廉，廉以立志。君子聽琴瑟之聲，則思志義之臣。竹聲濫，濫以立會，會以聚眾。君子聽竽、笙、簫、管之聲，則思蓄聚之臣。」《吳越春秋·王僚使公子光傳》：「金石之清音，絲竹之淒屬，以之為美。」可見絲竹以哀怨淒苦之音為主。

〔註52〕《樂府詩集》卷四十五。

於雅致。因此這裡《通典》的記載恐怕要更加可信一些。

　　吳聲十曲和遊曲六曲的精緻高雅並不僅僅體現在《上聲歌》的改制上，吳聲十曲中許多新製的歌詞都有著這樣的特點。如《歡聞歌》〔註53〕：

　　　　遙遙天無柱，流漂萍無根。單身如螢火，持底報郎恩。（無名氏）

　　　　豔豔金樓女，心如玉池蓮。持底報郎恩，俱期遊梵天。（王金珠）

　　〔註54〕

這兩首歌辭在內容和手法上都頗有相似之處，如兩者都以疊詞開頭，甚至有完全一樣的詩句，但兩者的不同之處也很明顯。無名氏辭首二句是單純的起興，為的是說明女主人公的單身無依，這是典型的民歌的手法。王金珠辭首二句則是對女主人公形象的描寫，而注重描寫刻畫正是文人詩的特點。又如《阿子歌》〔註55〕：

　　　　野田草欲盡，東流水又暴。念我雙飛鳧，饑渴常不飽。（無名氏）

　　　　可憐雙飛鳧，飛集野田頭。饑食野田草，渴飲清河流。（王金珠）

這兩首歌辭在內容上也很相似，但王金珠辭後兩句化用了陸機《苦寒行》中「渴飲堅冰漿，饑待零露餐」及《猛虎行》中「饑食猛虎窟，寒棲野雀林」之語，為歌詞增添了文人化的內涵。

　　《團扇郎》也是一個很好的例子〔註56〕：

　　　　七寶畫團扇，燦爛明月光。餉郎卻暄暑，相憶莫相忘。（無名氏）

　　　　手中白團扇，淨如秋團月。清風任動生，嬌聲任意發。（蕭衍）

無名氏歌詞是以第一人稱的視角展開，以女子的口吻訴說自己將團扇贈與情郎時的期望與寄語。而蕭衍之作則是將團扇作為媒介，側面描寫一位女子動人的情態，兩者之間的差異非常明顯。而這種差異也正是雅化的文人歌辭與比較俚俗的民間歌辭特點的差異。

　　此外還有一個值得一提的問題。《古今樂錄》說「上聲以下七曲，內人包明月製舞《前溪》一曲，餘並王金珠所製也。」但這些曲目在梁代之前都已經產生，《樂府詩集》也都具體說明了它們產生的時代、背景。如果指的是王金珠、包明月新製了這些曲目的歌詞的話，那麼第一，這七曲中不少梁

〔註53〕《樂府詩集》卷四十五。
〔註54〕《玉臺新詠》卷十作蕭衍。
〔註55〕《樂府詩集》卷四十五。
〔註56〕《樂府詩集》卷四十五。

代新詞在《玉臺新詠》中被歸在蕭衍名下，〔註57〕尤其是《上聲歌》題解有「梁武因之改辭」之語，可見《上聲歌》歌詞為蕭衍所作，且現存梁代《團扇郎》的歌詞，《樂府詩集》署名為蕭衍。第二，這段文字之前有「《鳳將雛》以上三曲，古有歌，自漢至梁不改，今不傳」之語。《上柱》和《鳳將雛》的確不傳，但《子夜歌》卻是明明白白的流傳下來了，而且數量不少，這裡的「今不傳」不可能指的是歌詞。因此這裡王金珠、包明月製曲應該也不是指新製歌詞。

筆者認為這裡的製曲指的是新製歌曲的唱腔、唱法。楊明先生在《樂府詩集「相和歌辭」題解釋讀》一文中指出：

> 單有器樂譜和歌辭，還不能就進行歌唱，還必須有知音者將歌辭配入樂譜才行。將歌辭配入樂譜，當包括剪裁拼湊歌辭，把歌辭分成若干「解」，將辭句與樂句相配合，有時還配上和聲和襯字等等。這一工作，也就是製作「歌聲」的過程。所謂「歌聲」，其實就是歌者實際演唱時的唱腔、唱法，它與器樂譜必定是十分和諧的，但未必完全一致。同一器樂譜，唱不同的歌辭時，唱腔、唱法並不完全一致。〔註58〕

這一說法雖然是針對相和歌，但吳聲歌曲的演唱當也是同樣的道理。《上聲》等七曲在晉宋時代產生當指的是器樂譜的產生，而梁代為這些樂曲新製了歌詞，需要將這些歌詞配入樂譜，王金珠和包明月主要做的應該就是這種工作。《鳳將雛》等三曲「今不傳」應該也指的是唱腔、唱法。至於《樂府詩集》與《玉臺新詠》署名的矛盾，逯欽立先生有著很好地解釋：「王金珠吳聲歌詞，有自作者，有改用梁武帝乃至宋孝武帝所作者。《玉臺》取原作，故仍題梁武帝。樂府本之歌錄，故云王金珠。」〔註59〕《玉臺新詠》是純粹的詩歌選本，入選的詩歌雖有入樂之作，但重視的是歌詞文本而非其音樂成分，署名也應該是根據歌詞文本的作者。而在實際演唱的過程中，有時會對原本的歌詞作出改動，《樂府詩集》往往根據實際演唱的曲辭收錄，由此造成了與《玉臺新詠》署名的矛盾。

〔註57〕《子夜四時歌》中也存在不少《樂府詩集》署名王金珠，《玉臺新詠》署名蕭衍的情況。
〔註58〕楊明《漢唐文學辨思錄》，上海古籍出版社，2005年，90～91頁。
〔註59〕逯欽立《先秦漢魏晉南北朝詩》，中華書局，1983年，2128頁。

二

　　接下來看蕭衍對西曲歌的接受與改造。《樂府詩集》「西曲歌」題解引《古今樂錄》曰：「按西曲歌出於荊、郢、樊、鄧之間，而其聲節送和與吳歌亦異。」可知西曲歌的演奏方式和音樂風格與吳聲歌曲不同。蕭衍對西曲歌的接受情況也與吳聲歌曲不同。對於吳聲歌曲，蕭衍主要是選取現有的曲目，新製歌詞和唱腔，並編製成為大型的娛樂性演出節目。而對於西曲歌，蕭衍則有更多的創新。蕭衍依循西曲原有曲調創作新詞的只有《楊叛兒》一首。蕭衍《楊叛兒》的創作時間和背景並不清楚。無名氏《楊叛兒》中有「楊叛西隨曲」之語，可見《楊叛兒》當產生或盛行於西隨一帶。據《南齊書・州郡志下》，西隨屬東隨安左郡，隸屬於司州，蕭衍於建武二年至三年間，曾任司州刺史。蕭衍的《楊叛兒》或許創作於這一時期。

　　除了《楊叛兒》之外，蕭衍還新製了西曲曲題《襄陽蹋銅蹄歌》，改造了《三洲歌》的和聲，並改制西曲創作了《江南弄》和《上雲樂》。與被蕭衍當作純粹娛樂性樂歌的吳聲歌曲不同，這些曲目都有著一定的實用目的。

　　如《隋書・音樂志》曰：「初武帝之在雍鎮，有童謠云：襄陽白銅蹄，反縛揚州兒。識者言，白銅蹄謂馬也；白，金色也。及義師之興，實以鐵騎，揚州之士，皆面縛，果如謠言。故即位之後，更造新聲，帝自為之詞三曲，又令沈約為三曲，以被絃管。」又《古今樂錄》曰：「襄陽蹋銅蹄者，梁武西下所製也。沈約又作，其和云：『襄陽白銅蹄，聖德應乾來』。」可見此曲是蕭衍即位之初為歌頌其覆齊建梁的功業而創作的。

　　《三洲歌》和聲的改造則與新製《江南弄》、《上雲樂》有著密切關係。《樂府詩集》「三洲歌」題解引《古今樂錄》：

> 梁天監十一年，武帝於樂壽殿道義竟留十大德法師設樂，敕人人有問，引經奉答。次問法云：「聞法師善解音律，此歌何如？」法雲奉答：「天樂絕妙，非膚淺所聞。愚謂古辭過質，未審可以改不？」敕云：「如法師語音。」法雲曰：「應歡會而有別離，唬將別可改為歡將樂」，故歌。歌和云：「三洲斷江口，水從窈窕河傍流。歡將樂，共來長相思。」

改造《三洲歌》和聲與新製《江南弄》、《上雲樂》同在天監十一年，且《江南弄》和《上雲樂》都吸取了《三洲歌》改造後的和聲。如《古今樂錄》曰：

「《江南弄》三洲韻。」又曰：「《方諸曲》，三洲韻。」〔註 60〕而《江南弄》和《上雲樂》則是為了慶賀蕭衍五十歲壽辰而作。〔註 61〕《隋書・音樂志》載梁三朝樂中有「寺子導安息孔雀、鳳凰、文鹿，胡舞登連《上雲樂》歌舞伎」，可見《上雲樂》還被用作三朝樂中的節目。

　　蕭衍常常賦予西曲或改制西曲而成的樂曲實用意義，這大約也與西曲的音樂風格有關。吳聲歌曲以絲竹為主要伴奏樂器，適合表現風格淒苦的歌曲。而西曲則多有熱烈歡快之作。這首先表現在伴奏樂器的不同。西曲中有倚歌和舞曲。《古今樂錄》曰：「凡倚歌悉用鈴鼓，無弦有吹。」《禮記・樂記》曰：「鼓鼙之聲歡，歡以立動，動以進眾。」可見鼓的音樂風格以熱烈歡快為主。鼓常常和八音中的「金」類樂器相配合，施用於一些熱烈歡快的場合。如《詩經・關雎》中就有「窈窕淑女，鐘鼓樂之」的描寫。鈴與鍾同屬「金」類，〔註 62〕發聲特點上有相通之處，不過鐘的聲音較為鏗鏘莊重，鈴的聲音較為輕快活潑。鈴和鼓配合在一起亦適合於營造輕快熱烈的音樂氛圍。其次西曲中有不少描寫熱烈歡快場面的歌曲，如《石城樂》：「陽春百花生，摘插環髻前。捥指躑忘愁，相與及盛年」、《江陵樂》：「不復蹀躞人，蹀地地欲穿。盆隘歡繩斷，蹀壞絳羅裙」、《翳樂》：「人言揚州樂，揚州信自樂。總角諸少年，歌舞自相逐」等描寫的都是人們歌舞歡樂的熱鬧場面。《共戲樂》：「齊世方昌書軌同，萬宇獻樂列國風」、「時泰民康人物盛，腰鼓鈴柈各相競」、「觀風采樂德化昌，聖皇萬壽樂未央」〔註 63〕等則是對盛世繁榮及帝王功德的讚頌。西曲的這種特點正適合用於頌德、祝壽等情況。

　　蕭衍對西曲的接受與改制同樣充滿了文人化的審美趣味。這可以從《三洲歌》和聲的改造中體現出來。由上引《樂府詩集》「三洲歌」題解可知，法雲認為《三洲歌》古辭過於質樸而提出了修改意見，他的意見被蕭衍採納並製成了《三洲歌》的新和聲。從中我們可以看出蕭衍對質樸歌辭的不滿。而利用《三洲歌》新和聲製成的《上雲樂》和《江南弄》更是在曲辭與音樂結構上都體現出了精緻高雅的特點。

〔註 60〕參見王運熙《論六朝清商曲中之和送聲》，收入《樂府詩述論》，115～116 頁。

〔註 61〕見許雲和《梁武帝「江南弄」七曲研究》，武漢大學學報（人文社科版），2010年 7 月。

〔註 62〕《宋書・樂志》：「八音一曰金。金，鐘也，鎛也，錞也，鐲也，鐃也，鐸也。……鐃，如鈴而無舌，有柄，執而鳴之。……鐸，大鈴也。」

〔註 63〕以上見《樂府詩集》卷四十七、四十九。

三

　　《上雲樂》和《江南弄》是蕭衍改制西曲所創造的新的音樂形式，它們在保留西曲一些特點的同時，也體現出了許多新的特徵，比較充分地表現出了蕭衍對清商樂府的接受與改造情況。

　　《上雲樂》七曲歌詠的是道教神仙之事，曲辭中運用了大量的道教典故。如《鳳臺曲》表現的是蕭史、弄玉成仙之事，《桐柏曲》演繹的是桐柏真人王子喬之事，《玉龜曲》詠西王母，《金陵曲》詠茅君。曲辭中還有大量諸如「八玉」、「三雲」、「金書」、「碧簡」、「方諸」、「九真」這樣的道教術語。此外這七曲的曲辭三言、五言、四言交錯使用，極力營造出一種恍惚變幻的氛圍，與曲辭內容相得益彰。這些都體現出了與對待吳聲、西曲一致的雅致的文人化氣息。

　　《上雲樂》七曲不僅曲辭雅致，更重要的是它與其他多種表演形式一起，共同構成了梁三朝樂中的一個節目。蕭衍並不滿足於單支樂歌的演奏，而是追求多種樂曲的相互勾連配合。吳聲十曲和遊曲六曲就是選擇多首流行吳歌組合編制而成的表演節目。而在梁三朝樂中《上雲樂》的表演裏，蕭衍更是將源自西曲的《上雲樂》、俳伎、來自西方的胡舞這三種不同的音樂形式通過周捨《老胡文康辭》所演繹的故事巧妙地結合在一起，共同構成了一齣結構精巧的演出項目。關於《上雲樂》在梁三朝樂中的表演情況，宋代陳暘的《樂書》卷183有所論述：

> 梁三朝樂設寺子遵（當為「導」，筆者按）安息孔雀、鳳凰、文鹿，胡舞登連《上雲樂》歌舞伎。先作文康辭，而後為胡舞。舞曲有六：第一《蹋節》，第二《胡望》，第三《散花》，第四《單交路》，第五《復交路》，第六《腳擲》。及次作《上雲樂》、《鳳臺》、《桐柏》諸曲。

根據這段記載，梁代《上雲樂》的表演分三個部分。首先是「作《文康辭》」。《樂書》卷187曰：「梁三朝樂有俳伎小兒讀俳，寺子子遵安息孔雀、鳳凰、文鹿，胡舞登連《上雲樂》歌舞伎。」可見《文康辭》就是由俳伎小兒誦讀的俳歌辭。現存《文康辭》即是周捨的《上雲樂》。《樂府詩集》「上雲樂」題解曰：「按《上雲樂》又有老胡文康辭，周捨作，或云范雲。」歌詞講述的是一位名為文康的神異老胡帶領門徒隨從遊於大梁，朝見皇帝之事。演出時由一

111

名俳伎扮演老胡文康誦《文康辭》，根據歌詞的內容先介紹自己的來歷和相貌，同時當還伴有一些肢體動作的表演，隨著歌詞內容的進展，其餘俳伎扮作獅子、孔雀、鳳凰、文鹿等動物，由獅子引導登場。〔註64〕在這些表演結束後，扮演老胡的俳伎繼續根據歌辭的內容介紹其隨從善於胡舞並聲稱有「奇樂章」獻給皇帝，為接下來的演出做好了鋪墊。

　　《文康辭》及俳伎表演結束後是胡舞的演出。據《文康辭》中「舉技無不佳，胡舞最所長」之語，可知胡舞的表演者乃是老胡文康的「從者小子」。關於這些胡舞的具體內容現在已不得而知，但很可能與神仙之事有關。《文康辭》中描繪的老胡是一位「遨遊六合，傲誕三皇。西觀濛汜，東戲扶桑。南泛大蒙之海，北至無通之鄉。昔與若士為友，共弄彭祖扶床。往年暫到崑崙，復值瑤池舉觴。周帝迎以上席，王母贈以玉漿」〔註65〕的神仙人物，所蓄養的鳳凰、獅子、文鹿、孔雀等也都不是一般的動物，他的隨從所獻的胡舞當也不是一般的舞蹈，很可能表現的是神仙故事。如《樂書》所言的第三曲《散花》，就很可能表現的是《維摩詰經》中天女散花的故事，李白《上雲樂》「散花指天舉素手」當就是對此舞情形的描寫〔註66〕。《隋書·音樂志》記載文康樂在隋代的表演情況時提到了其伴奏樂器有笛、笙、簫、篪、鈴槃、鞞、腰鼓等七種，梁代的情況亦當與此相同。

　　六曲胡舞表演完之後緊接著的就是蕭衍改制西曲而成的《上雲樂》七曲，也就是老胡文康要獻給皇帝的「奇樂章」。《隋書·音樂志》有「上雲樂歌舞伎」之語，可見蕭衍的《上雲樂》是舞曲。梁代西曲舞曲的規模一般為八人。《樂書》卷182曰：「西曲自《石城樂》、《烏夜啼》、《莫愁樂》、《估客樂》、《襄陽樂》、《三洲》、《襄陽蹋銅蹄》、《採桑度》、《江陸樂》、《青驄》、《白馬》、《共戲樂》、《安東》、《平雅》、《阿難》、《孟珠》、《翳樂》、《青陽樂》、《楊叛兒》、《夜烏飛》皆有舞者十六員，梁悉減為八員，此皆因歌而有舞，音節制度

〔註64〕《隋書·音樂志》「寺子導安息孔雀、鳳凰、文鹿，胡舞登連《上雲樂》歌舞伎」中的「寺子」指的當就是獅子，見遲乃鵬《「寺子導安息孔雀、鳳凰、文鹿，胡舞登連上雲樂歌舞伎」臆解》，《音樂探索》，1998年第1期；劉航《文康樂與漢魏六朝戲劇藝術的發展》，《文藝研究》，2011年第2期。

〔註65〕《樂府詩集》卷五十一作《上雲樂》。

〔註66〕《上雲樂》直到中唐時期仍有演出，李賀《上雲樂》「八月一日君前舞」即是一例。李白《上雲樂》的結構、內容與周捨之作基本一致，當是他觀看《上雲樂》演出後所作。

大致同矣。」西曲的「音節制度」大致相同，因此舞蹈情況也基本一致。蕭衍《上雲樂》是改造西曲而成，其中《方諸曲》採用的是《三洲歌》新製的和聲，其音樂形式與西曲關係之密切可見一斑，舞蹈形式當也與西曲類似。

綜上可見，梁三朝樂中《上雲樂》的表演綜合了俳伎、來自西方的胡舞、流行的清商音樂等多種表演形式，在舞蹈內容上又包含佛教和道教的故事。這些內容通過周捨的《文康辭》串聯起來並融合在神異老胡來梁朝朝見皇帝的故事裏：俳伎的演出表現了故事的主體，胡舞是由老胡的隨從所表演，《上雲樂》七曲是老胡所獻的「奇樂章」，都是故事的組成部分。源自西曲的《上雲樂》在蕭衍的巧妙安排下與俳伎、胡舞等其他音樂表演形式很好的結合在一起，共同構成了三朝樂中的一個表演項目。

《江南弄》與《上雲樂》一樣也是改制西曲而成的曲目，但兩者所施用的場合有所不同。《上雲樂》與俳伎、胡舞共同組成了三朝樂上的表演項目，而《江南弄》卻並無施用於正式典禮儀式上的記載。《江南弄》所用器樂以絲竹為主，與一般西曲不同。這首先可以從曲題的名稱中看出。《通志》卷 49 曰：「主於絲竹之音者則有引有操有吟有弄，各有調以主之，攝其音謂之調，總其調亦謂之曲。」《江南弄》既以「弄」為名，則音樂上當主於絲竹之音。這同時還體現在《江南弄》的內容上。《江南弄》名下有《龍笛曲》、《鳳笙曲》、《趙瑟曲》、《秦箏曲》等曲目，據前所述，笛、笙、瑟、箏均屬於絲竹類。這些曲目的曲辭描寫了這些器樂的演奏情況。如《鳳笙曲》「綠耀克碧彫琯笙，朱唇玉指學鳳鳴，流速參差飛且停」、《趙瑟曲》「邯鄲奇弄出文梓，繁弦急調切流徵」、《秦箏曲》「羅袖飄纚拂雕桐，促柱高張散輕宮」〔註67〕等都是對相應器樂演奏情況的描寫。《龍笛曲》雖然不是對演奏情況的描寫，但其曲名當是根據伴奏的笛聲而來。《樂府詩集》題注引《古今樂錄》曰：「馬融《長笛賦》曰：『近世雙笛從羌起，羌人伐竹未及已。龍鳴水中不見已，截竹吹之聲相似。』然則《龍笛曲》蓋因聲如龍鳴而名曲。」《龍笛曲》之名是由於「聲如龍鳴」，而這裡的「聲」顯然指的是笛聲。

《江南弄》是舞曲，這在曲辭中多有體現，如《江南弄》「連手蹙蹀舞春心」、《採蓮曲》和聲「採蓮渚，窈窕舞佳人」、《秦箏曲》「迎歌度舞遏歸風」〔註68〕等。《江南弄》曲辭的內容當就是對《江南弄》歌舞表演情況的描寫，

〔註67〕《樂府詩集》卷五十。
〔註68〕《樂府詩集》卷五十。

從中我們可以看出《江南弄》的表演情況。以《鳳笙曲》為例：「綠耀克碧彫琯笙，朱脣玉指學鳳鳴。流速參差飛且停。飛且停，在鳳樓，弄嬌響，間清謳。」其和聲云：「弦吹席，長袖善留客。」此曲以「鳳笙」為名，所用器樂當為笙，其曲辭也主要描寫的是女子吹笙時的情態動作。而曲辭末句「間清謳」之語則表明在女子吹笙之時還有歌聲傳來。又據和聲「長袖善留客」之語可知此曲在吹笙、作歌之餘還有舞蹈。如此，《鳳笙曲》的表演當是有樂工吹笙伴奏，同時舞女獻舞，歌者歌《鳳笙曲》曲辭以表現這一場景，歌者之歌聲就是曲辭中的「清謳」。其餘各曲的表演情況亦當與此一致。

　　值得一提的是，《江南弄》並非每曲都全面描述了歌、舞、樂的表演情況，而是重在描摹刻畫宮中歌姬舞女歌舞演奏時不同的情態體貌，不同的曲目各有側重。如《江南弄》專寫舞姿，《龍笛曲》專寫歌女，歌、舞、樂都涉及的《鳳笙曲》亦是以對吹笙女子的描寫為主。這些描寫精緻細膩，風格綺靡纖麗，從上引的《鳳笙曲》中就可見一斑。此外《江南弄》的體式結構也頗為精緻獨特，其句法為七、七、七、三、三、三、三言的固定格式，且其中第三句末三字與第四句全同，遞結復疊以為轉折，通過聲音上的復疊迴環，將之前較為急促的七言句的音節拖長，轉入較為舒緩的三言句的音節。這轉折同時也是內容的轉折，如《江南弄》前三句描繪了一群女子在繁華美麗的上林苑中攜手遊春的景象，後四句則刻畫了一個在這歡快熱鬧的情景中獨自憂傷的女子形象，使詩意完成了一個轉折。〔註69〕

　　《江南弄》的和聲也很有特點。王運熙先生指出：「和聲的作用在使一人唱，多人和，增加音調上的強度。」又指出：「它們（和送聲）的特質，有最顯著的二點：第一，其句法比較參差多變化，能增加歌詞句調上的繁複性；第二，因為由許多人和歌，能增加歌詞音調上的強烈性。由於這兩大優點，和送聲在曲調中就顯得非常突出，也可以說，它們構成了曲子的主要聲調。因此，像《宋書》所著錄的《阿子歌》、《黃曇子曲》，也僅是它們的和送之聲，而從民謠演成的樂曲，主要也就是根據、利用其和送之聲而言，至於它們原來的歌詞倒是不重要。」〔註70〕由此可見，和聲的功用主要體現在聲音曲調上，與歌詞的內容關係不大。因此吳聲、西曲通常都是一個曲題、曲調用一個和聲，並不因歌詞內容的變化而變化。如《西烏夜飛》的和聲是「白日落西

〔註69〕這裡的遊春等活動當是《江南弄》舞蹈所表現的內容，並非真實的景象。
〔註70〕王運熙《樂府詩述論》，107頁，113頁。

山，還去來」，《三洲歌》的舊和聲是「啼將別共來」，《烏夜啼》的和聲是「夜夜望郎來，籠窗窗不開」，即使是蕭衍即位後新製的西曲曲題《襄陽蹋銅蹄歌》也都是用沈約所製的和聲「襄陽白銅蹄，聖德應乾來」。而在《江南弄》中，和聲與曲辭的關係變得更加密切。和聲在起到其原有的聲音曲調上的作用外，還成為了一首曲辭內容的總括。如《江南弄》和聲為「陽春路，娉婷出綺羅」，其曲辭描寫的正是一群女子在繁華美麗的上林苑中攜手遊春的景象；《龍笛曲》的和聲為「江南音，一唱值千金」，其曲辭正是對一位歌女體態歌聲的描寫；《採蓮曲》的和聲為「採蓮渚，窈窕舞佳人」，其曲辭內容也正是歌姬舞女們表演關於採蓮的歌舞。此外，《江南弄》中同一曲題的不同曲辭採用了不同的和聲。如蕭綱《江南曲》的和聲是「陽春路，時使佳人度」；《龍笛曲》的和聲是「江南弄，真能下翔鳳」；《採蓮曲》的和聲是「採蓮歸，淥水好沾衣」〔註71〕，均與蕭衍同題之作的和聲不同。可見在這裡，和聲已不僅僅起到加強音調的作用，而是與曲辭內容緊密聯繫在一起，甚至可以說成為了曲辭的一部分，兼具了聲音和意義上的雙重作用。

四

　　蕭衍對清商樂府的接受與改造進一步提高了上層文士對清商樂府的接受程度，並推動了清商樂府的雅化。

　　如前所述，儘管以吳聲、西曲為代表的清商樂府從劉宋時期開始就受到了社會各階層的喜愛並得到了朝廷的正式認可而被列入樂官，但在顏延之、王僧虔、王儉、沈約這樣的上層文士心目中並未完全取得正統地位。而且從現存的材料來看，在梁代以前，吳聲、西曲中的無名氏曲辭佔據了絕對的主導地位，即使有少量文人之作，也以模仿民歌的風味為主。但自梁代起，無名氏曲辭幾乎絕跡。這一時期的清商曲辭不僅幾乎全是文人署名的創作，而且風格雅致近乎於文人詩。王運熙先生在《清樂考略》一文中說到：

　　　　《樂府詩集》稱無名氏的《子夜歌》、《子夜四時歌》為「晉宋齊辭」，《玉臺新詠》、《樂府詩集》著錄的梁武帝的《子夜四時歌》等作品，文詞都比較「雅」，缺少民歌的活潑天真的味道，這使我們有理由相信現存吳聲、西曲歌詞，絕大部分是晉、宋、齊三代被採

〔註71〕以上《江南弄》和聲見《樂府詩集》卷五十。

入樂的民歌以及上層階級摹仿民歌的作品。〔註72〕

這種情況可以說明兩個問題：首先，自梁代起上層文士對清商曲辭的接受程度有所提高，他們開始主動創作清商曲辭並有意識地留下自己的印記。其次，梁代的上層文士並不滿意民歌俚俗的風格，因此他們並未採錄梁代的民歌，而是根據自己文人化的口味創作曲辭。

梁代上層文士開始主動創作清商曲辭，蕭衍的推動作用不可低估。如沈約曾在《宋書・樂志》中批評《襄陽樂》、《壽陽樂》、《西烏夜飛曲》等「哥詞多淫哇不典正」，但他在入梁之後，自己也留下了《襄陽蹋銅蹄歌》和《江南弄》等七首清商曲辭。而這七首曲辭正是在蕭衍的直接指示下所作。

梁代文人的清商曲辭創作體現出了與蕭衍一致的精緻高雅的審美趣味，很多作品已經與當時的文人詩沒有太大的差別。如蕭綱《採蓮曲》其一：

> 晚日照空磯，採蓮承晚暉。風起湖難度，蓮多摘未稀。棹動芙
> 蓉落，船移白鷺飛。荷絲傍繞腕，菱角遠牽衣。〔註73〕

全詩通篇都是描寫，所繪之景由遠及近，由大到小，猶如鏡頭逐漸拉近：首聯寫夕陽餘輝遍照之景，同時點出採蓮之事，次聯寫湖面風起，蓮葉茂密之狀。前兩聯描寫的是遠景，後兩聯則轉入近景，筆觸也更加細緻。第三聯將鏡頭轉向湖面上的小船，著重捕捉了小船劃動帶落芙蓉，驚起白鷺的瞬間，描寫的細節化特徵非常明顯。最後一聯終於聚焦於船上採蓮的女子，但在前面的層層鋪墊後卻並未從正面描寫這位女子的體態容貌或是動作神態，只是描繪了荷絲繞腕、菱角牽衣兩個細節，給人無限的想像空間。此詩無論構思之精巧還是描寫之細緻都是此前曲辭中難以見到的。

這種風格精巧細緻的曲辭在梁代詩人的創作中是十分普遍的。就以《採蓮曲》這一曲題為例，蕭繹「蓮花亂臉色，荷葉雜衣香」寫人面荷花交相輝映，花香體香合而為一，描寫景物與刻畫人物結合在一起，人物景物相互映襯，雙方都增色不少。沈君攸「衣香隨岸遠，荷影向流斜」以香氣漸遠，荷影向流描寫採蓮女泛舟遠去之狀。吳均「荷香帶風遠，蓮影向根生。葉卷珠難溜，花舒紅易傾」〔註74〕，前一聯顛倒語序以突出荷香、蓮影，後一聯聚焦於水珠、花心這樣的細微之景，描寫非常細膩。可見梁代曲辭的雅化程度相

〔註72〕《樂府詩述論》，216 頁。
〔註73〕《樂府詩集》卷五十。
〔註74〕均見《樂府詩集》卷五十。

當高，已經基本上達到了當時文人詩的水準。

梁代清商曲辭的文人化還表現在以「賦題法」創作曲辭。錢志熙先生《齊梁擬樂府詩賦題法初探——兼論樂府詩寫作方法之流變》一文中指出沈約等永明詩人在寫作漢魏樂府舊題時「採用專就古題曲題的題面之意來賦寫的做法，拋棄了舊篇章及舊的題材和主題」〔註75〕，如《芳樹》就是描寫芳樹的詠物之作；《臨高臺》就寫登臨高臺的所見所感；《有所思》就寫相思之情等等。他們在以這種寫法創作樂府詩時「運用齊代詩壇流行的體裁和風格」，使之與漢魏舊題原本古質的風貌大相徑庭，實際上就是將傳統的樂府詩變成了文人詩。與之相近的是，梁代詩壇流行一種賦得體，多選取現成的詩句為題，要求緊扣題面之意構思成篇。如蕭繹有《賦得涉江採芙蓉詩》和《賦得蘭澤多芳草詩》，就是選取《古詩十九首》中的兩句，描寫刻畫這兩句表現的情景，同樣體現著文人化的精巧細緻。在梁代清商曲辭的創作中也出現了類似的傾向。如蕭綱《烏夜啼》中有「不疑三足含朝影，直言九子夜相呼。羞言獨眠枕下淚，託道單棲城上烏」之語，其中就包含著對曲題「烏夜啼」這一意象的刻畫，同時這種意象還成了作者比興的對象。此外如劉孝綽《烏夜啼》「別有啼烏曲，東西向背飛」，庾信《烏夜啼》「到頭啼烏恒夜啼」，蕭綱《烏棲曲》「倡家高樹烏欲棲」〔註76〕等都是將曲題作為一種意象來描寫刻畫，將之與《樂府詩集》中保存的《烏夜啼》古辭相比較，其「賦題法」的特徵十分明顯。這其中蘊含的正是文人化的審美趣味。

梁代上層文士對清商樂府接受程度的提高還體現在他們創作文人詩時對清商曲辭的吸取。

首先，長期流行的吳聲、西曲曲題開始大量進入梁代文人的詩歌創作，成為梁代文人詩的重要表現內容。西曲曲題《烏夜啼》就反覆多次出現在梁代文人詩中，如蕭綱《晚景出行》「飛鳧初罷曲，啼烏忽度行」、《詠舞》「上客何須起，啼烏曲未終」〔註77〕；庾肩吾《詠舞詩》「飛鳧袖始拂，啼烏曲未終」、《送別於建興苑相逢》「去馬船難住，啼烏曲未終」〔註78〕等。此外還有如常

〔註75〕《齊梁擬樂府賦題法初探——兼論樂府詩寫作方法之流變》，北京大學學報（哲學社會科學版），1995年第4期。

〔註76〕均見《樂府詩集》卷四十七。

〔註77〕《先秦漢魏晉南北朝詩·梁詩》卷二十一、二十二。

〔註78〕《先秦漢魏晉南北朝詩·梁詩》卷二十三。

與《烏夜啼》同時出現的吳聲歌曲《阿子歌》〔註79〕；庾肩吾《詠舞曲應令》「石城定若遠，前溪應幾深」〔註80〕中提及的西曲歌《石城樂》與吳聲歌曲《前溪歌》；蕭統《詠彈箏人詩》「還作《三洲曲》，誰念九重泉」〔註81〕中的西曲歌《三洲歌》等。可見清商樂府在梁代上層社會中頻繁演出，已成為梁代貴族文人精神文化生活的重要組成部分。

　　清商樂府除了因受到梁代上層社會的普遍喜愛而頻繁演出，進而成為梁代文人詩歌創作的重要表現內容外，更是進一步成為了梁代文人沉浸其中的共同的文化背景。他們對於清商樂府普遍熟悉，往往將之前流行的清商曲辭作為典故化入自己的詩句中，從而拓展詩歌的表現內容，強化抒情效果。如前引蕭統《詠彈箏人詩》中有「還作《三洲曲》，誰念九重泉」句。蕭統在詩中引入《三洲歌》曲題，其用意正在於借《三洲歌》的創作背景與情感內容〔註82〕來強化詩中「彈箏人」離別後的孤寂與思念之情。蕭繹對此心領神會，和之以「悔道啼將別，教成今日悲」〔註83〕（《和彈箏人詩》其一），直接以《三洲歌》的舊辭入詩，與蕭統之作有異曲同工之妙。又如蕭綱《擬沈隱侯夜夜曲》：

　　　　靄靄夜中霜。何關向曉光。枕啼常帶粉。身眠不著床。蘭膏盡
　　更益。薰爐滅復香。但問愁多少。便知夜短長。〔註84〕

此詩描寫的是一位女子在深夜思念、等待情人的情景。其中第二聯描寫女子在哭泣中睡去，睡夢中依然淚流不止，淚水不僅與臉上的香粉混在一起，甚至使自己的身體都浮起來以至於「不著床」。這不僅是一種誇張的手法，同時還蘊含了吳聲歌曲《華山畿》的典故。《華山畿》第七首曰：「啼著曙，淚落枕將浮，身沈被流去。」〔註85〕蕭綱在這裡正是用此詩意。據《樂府詩集》引《古今樂錄》，《華山畿》的本事是說一位士子因思念心上人而亡，那位女子也為之殉情。蕭綱用此典故實際上暗指詩中女子的思念之深比之《華山畿》的主人公亦不遜色，從而強化了其抒情效果。

〔註79〕《阿子歌》中因有「念我雙飛鳧」句，往往以「飛鳧」意象而非曲題本身進入梁代文人詩，如上引蕭綱《晚景出行》和庾肩吾《詠舞詩》。

〔註80〕《先秦漢魏晉南北朝詩·梁詩》卷二十三。

〔註81〕《先秦漢魏晉南北朝詩·梁詩》卷十四。

〔註82〕《樂府詩集》卷48引《古今樂錄》：「《三洲歌》者，商客數遊巴陵三江口往還，因共作此歌。其舊辭云：『啼將共別來。』」

〔註83〕《先秦漢魏晉南北朝詩·梁詩》卷二十五。

〔註84〕《先秦漢魏晉南北朝詩·梁詩》卷二十。

〔註85〕《樂府詩集》卷四十六。

　　從劉宋時起，文人詩中就開始逐漸吸取以雙關和反覆為代表的清商曲辭的一些常用的表現手法，這種情況到梁代更加普遍。前者如王僧孺《春閨有怨詩》「悲看蛺蝶粉，泣望蜘蛛絲」〔註86〕、蕭綱《和蕭侍中子顯春別詩》其二「蜘蛛作絲滿帳中，芳草結葉當行路」〔註87〕以「絲」雙關「思念」之「思」；王筠《詠燈檠》「自銷良不悔，明白願君知」〔註88〕以燈之「自銷」、「明白」雙關人之「自銷」、心意之「明白」；劉令嫻《摘同心梔子贈謝娘因附此詩》「同心何處恨，梔子最關人」〔註89〕以梔子之「同心」雙關人之「同心」，以「梔子」諧音雙關「之子」。後者典型的如蕭繹《春日詩》與《折楊柳》〔註90〕：

　　　　春還春節美，春日春風過。春心日月異，春情處處多。處處春芳動，日日春禽變。春意春已繁，春人春不見。不見懷春人，徒望春光新。春愁春自結，春結詎能申。欲道春園趣，復憶春時人。春人竟何在，空爽上春期。獨念春花落，還以惜春時。（《春日詩》）

　　　　巫山巫峽長，垂柳復垂楊。同心且同折，故人懷故鄉。山似蓮花艷，流如明月光。寒夜猿聲徹，遊子淚沾裳。（《折楊柳》）

前者運用了多種反覆的手法，既有以「春」字貫穿全詩，在每一句中反覆出現，也有一句之中的重複出現，還有在兩句的同一位置使用反覆以及頂真這種特殊的反覆手法。後者主要在前四句運用了反覆的手法，是在每一句中分別重複一個字，且除了第一句外都是第一字與第四字重複。兩首詩均在文人詩之精巧繁富中融入了民歌風味。

　　梁代文士在創作文人詩時對清商曲辭的吸取與他們主動以文人化的寫法創作清商曲辭都意味著清商樂府已經徹底融入了他們的文化生活，因此文人詩與清商曲辭逐漸合而為一，不分彼此，這正是清商樂府雅化的具體表現。到了陳、隋兩代，清商樂都是宮廷音樂非常重要的組成部分。陳後主在清商樂中新製了《春江花月夜》、《玉樹後庭花》、《堂堂》等曲目，歌詞綺靡豔麗，音樂哀怨動人。在隋代，清商樂為官方設置的九部樂之一，更是被視為「華夏正聲」，徹底取得了正統地位。隋煬帝楊廣不僅作有兩首《春江花月夜》，還製有新的清商曲題《泛龍舟》。而他制定的九部樂也是一套多支樂曲、多種

〔註86〕《先秦漢魏晉南北朝詩‧梁詩》卷十二。
〔註87〕《先秦漢魏晉南北朝詩‧梁詩》卷二十二。
〔註88〕《先秦漢魏晉南北朝詩‧梁詩》卷二十四。
〔註89〕《先秦漢魏晉南北朝詩‧梁詩》卷二十八。
〔註90〕《先秦漢魏晉南北朝詩‧梁詩》卷二十五。

音樂表演形式相互配合的大型演出節目〔註91〕。在這一清商樂府由民間樂歌向宮廷貴族音樂轉變的過程中，蕭衍無疑起到了十分關鍵的作用。

　　總而言之，蕭衍對清商樂府的接受和改造在整體上體現出精緻高雅的文人化審美趣味。這在曲辭創作上主要表現為以精緻細膩的描寫刻畫為主，風格與文人詩趨近；在音樂表演形式上主要表現為追求多支樂曲、多種音樂表演形式的勾連配合，將以往民間樂歌簡單、隨意的單曲演唱，編製成為精緻複雜的大型宮廷演出節目，選取多首流行曲題填以新詞編製而成的吳聲十曲和遊曲六曲以及將清商樂、俳伎、胡舞熔為一爐的《上雲樂》都是其代表。而蕭衍新製的《上雲樂》更是被用作三朝之禮上演奏的雅樂。蕭衍對清商樂府的接受和改造進一步提高了上層文士對清商樂府的接受程度，使之徹底融入了他們的文化生活，對清商樂府雅化起到了十分重要的作用。

〔註91〕《隋書‧音樂志》論及隋九部樂的《禮畢》時提到：「每奏九部樂終則陳之，故以禮畢為名。」可見隋九部樂是作為一個整體連續演奏的。

第四章　蕭衍與齊梁公文的演變

　　蕭衍對齊梁文學的影響並不僅僅侷限於詩歌和樂府。由於他崇高的政治地位，齊梁文章尤其是公文的發展也深受其影響：裴子野復古一派的形成和宮體文的曲折發展都與其實用文章觀密切相關。本章主要從蕭衍的實用文章觀入手，探討蕭衍在齊梁公文發展過程中所起的作用。

第一節　文筆之辨與以文為筆

　　與前兩章一樣，在探討蕭衍與齊梁公文的發展之前，首先有必要考察一下齊梁公文發展的背景。在南朝文學的發展中，有這樣一個有趣的現象：一方面，人們對於文筆的辨析日益精細，「文學」的特質逐漸得到了比較清晰的認識。另一方面，人們在實際創作中又往往混淆非實用性的「文」與實用性的「筆」之間的界限，尤其是在「筆」的創作中引入「文」的辭采，從而呈現出以文為筆的面貌。齊梁公文的發展正是在這種文筆之辨與以文為筆的矛盾中展開。

一

　　南朝較早涉及文筆之辨的是范曄。他在《獄中與諸甥侄書》中提到：

> 手筆差易，文不拘韻故也。吾思乃無定方，特能濟難適輕重，所稟之分，猶當未盡。但多公家之言，少於事外遠致，以此為恨，亦由無意於文名故也。〔註1〕

〔註1〕《宋書》卷六十九《范曄傳》。

這裡不僅明確指出了「手筆」不必拘泥於聲韻的特徵，同時將「公家之言」與「事外遠致」對舉，無形中也體現了「文」、「筆」在內容功用上的區別。「公家之言」自然指的是章表書檄一類的政府公文，而「事外遠致」則指的是超脫實際庶務的高遠情致。范曄說自己寫作的多為實用性的政府公文，而少有抒發個人高遠情致的非實用性文字，其中原因之一是「無意於文名故也」。也就是說在當時致力於寫作抒發個人高遠情致的非實用性文字方能獲取「文」名。可見這裡的「公家之言」即屬於「筆」，「事外遠致」則屬於「文」，「筆」以公家實用性文字為主，「文」是抒發個人高遠情致的非實用性文字，同時可見此時已有重文輕筆的傾向。

　　稍晚於范曄的顏延之明確將「文」、「筆」對舉。《宋書·顏竣傳》：「太祖問延之：『卿諸子誰有卿風？』對曰：『竣得臣筆，測得臣文，㷭得臣義，躍得臣酒。』」又《宋書·顏延之傳》：「先是，子竣為世祖南中郎諮議參軍。及義師入討，竣參定密謀，兼造書檄。劭召延之，示以檄文，問曰：『此筆誰所造？』延之曰：『竣之筆也。』又問：『何以知之？』延之曰：『竣筆體，臣不容不識。』」這裡的三個「筆」顯然指的都是檄文，也就是范曄所謂的「公家之言」。顏延之對「筆」的特點還有進一步的論述。《文心雕龍·總術》：

　　　　今之常言，有文有筆，以為無韻者筆也，有韻者文也。夫文以

　　足言，理兼《詩》、《書》，別目兩名，自近代耳。顏延年以筆之為體，

　　言之文也；經典則言而非筆，傳記則筆而非言。

對此，范文瀾先生解釋道：「此言字與筆字對舉，意謂直言事理，不加彩飾者為言，如《禮經》、《尚書》之類是；言之有文飾者為筆，如《左傳》、《禮記》之類是。」〔註2〕顏延之眼中的「筆」是「言之有文飾者」，則首先應該具有「言」的基本特徵，也就是「言事理」；其次不能是簡單的「直言事理」，而應該有一定的文采。此外「無韻者筆也，有韻者文也」既然是「今之常言」，劉勰也沒有提到顏延之對此有何異議，則顏延之眼中的「筆」還應該有「無韻」的特點。顏延之沒有具體談到什麼是「文」，范文瀾先生根據他「言」、「筆」的定義推測「文」是「其有文飾而又有韻者為文」。〔註3〕逯欽立進一步推測顏延之「言外有『文者筆之文也』的意界」，言、筆、文形成了依次遞進的三個等級。〔註4〕

〔註2〕范文瀾《文心雕龍注》，人民文學出版社，1958年，658頁。
〔註3〕范文瀾《文心雕龍注》，658頁。
〔註4〕逯欽立《說文筆》，《漢魏六朝文學論集》，陝西人民出版社，1984年，357頁。

如此看來，「文」較之於「筆」不僅在於「有韻」，而且文采上也要更進一步。

文筆對舉在劉勰的《文心雕龍》中屢有出現，並且影響著《文心雕龍》整體篇章結構的安排。如《文心雕龍·序志》：

> 若乃論文敘筆，則囿別區分，原始以表末，釋名以章義，選文以定篇，敷理以舉統，上篇以上，綱領明矣。

范文瀾先生注曰：「『論文敘筆』，謂自《明詩》至《哀弔》皆論有韻之文，《雜文》、《諧隱》二篇，或韻或不韻，故置於中，《史傳》以下，則無韻之筆。」〔註5〕可見《文心雕龍》上篇論文體部分的結構安排就是分文、筆兩大類來論述各體文章的。此外如《才略篇》：「孔融氣盛於為筆，禰衡思銳於為文，有偏美焉」，顯然是將文、筆視為兩種不同的文體，孔融、禰衡各有所長，因此是「偏美」。又《章句篇》：「是以搜句忌於顛倒，裁章貴於順序，斯固情趣之指歸，文筆之同致也」，這是指出文、筆兩種不同的文體中存在著一些共同的寫作要求。又《奏啟篇》：「夫奏之為筆，固以明允篤誠為本，辨析疏通為首。」這裡雖然不是文筆對舉，但將奏作為筆之一種，顯然也是把筆作為與文相對的一種文體。可見當時將各種文體分為文、筆兩大類的觀念已經得到了普遍的接受。

根據前引《文心雕龍·總術》之語，當時人主要是以有韻無韻來區分文筆，而有韻無韻的背後實際包含的是文章性質功用的不同。無韻之筆往往指的是政府公文一類的實用性文章。如《南齊書·孔稚珪傳》：「太祖為驃騎，以稚珪有文翰，取為記室參軍，與江淹對掌辭筆」，記室參軍「掌表啟書疏，宣行教命」〔註6〕，這裡的「辭筆」指的顯然就是表啟書疏一類的公文。又《梁書·任昉傳》：「昉雅善屬文，尤長載筆，才思無窮，當世王公表奏，莫不請焉。……梁臺建，禪讓文誥，多昉所具」，則表奏及禪讓文誥一類的公文自然屬於筆體。又《梁書·任孝恭傳》：「自是專掌公家筆翰。」《陳書·徐陵傳》：「國家有大手筆，皆陵草之。」公家筆翰和國家大手筆當然也是實用性的政府公文。而有韻之文則以詩歌為最主要的代表，因此史籍中往往以詩筆對舉。如《南史·沈約傳》：「謝玄暉善為詩，任彥升工於筆，約兼而有之，然不能過也。」《梁書·劉潛傳》：「劉潛，字孝儀，秘書監孝綽弟也。幼孤，與兄弟相勵勤學，並工屬文。孝綽常曰『三筆六詩』，三即孝儀，六孝威也。」又蕭綱《與湘東王書》中有「詩既若此，筆又如之」的感歎，又說道：「至如近世謝

〔註5〕范文瀾《文心雕龍注》，人民文學出版社，1958年，743頁。

〔註6〕《通典》卷三十一《職官》。

朓、沈約之詩，任昉、陸倕之筆，斯實文章之冠冕，述作之楷模。」詩歌通常被認為是用來抒發個人情志的非實用性文體，將以詩歌為代表的非實用性的「文」與政府公文一類的實用性的「筆」區分開來，實際意味著一種區分「文」與「非文」的努力，反映了南朝文人對於文學自身特質認識的逐漸清晰。

這種區分在蕭繹的文筆觀中有著最為清晰的體現。蕭繹《金樓子·立言》：

> 然而古人之學者有二，今人之學者有四。夫子門徒，轉相師受，通聖人之經者謂之儒，屈原、宋玉、枚乘、長卿之徒，止於辭賦則謂之文。今之儒博窮子史，但能識其事，不能通其理者，謂之學。至如不便為詩如閻纂，善為章奏如柏松，若此之流，泛謂之筆，吟詠風謠，流連哀思者，謂之文。而學者率多不便屬辭，守其章句，遲於通變，質於心用。學者不能定禮樂之是非，辯經教之宗旨，徒能揚榷前言，抵掌多識。然而挹源知流，亦足可貴。筆退則非謂成篇，進則不云取義，神其巧惠，筆端而已。至如文者，惟須綺縠紛披，宮徵靡曼，唇吻遒會，情靈搖盪，而古之文筆，今之文筆，其源又異。

蕭繹將古之學者分為儒和文兩類，就已經體現出了將文學與學術區別開來的傾向，又將今之學者中的文細分為「文」和「筆」，體現出更為細緻地區分文與非文的努力。正如逯欽立、羅宗強等諸位先生所言，〔註7〕蕭繹區分文筆並非簡單地依據文體或有韻無韻等表面形式，而是看其是否具有「文」的特質。「文」應該「吟詠風謠，流連哀思」，也就是以抒發個人情感為主，而非追求實用功效。具體而言，蕭繹又從三個方面論述了「文」的特質：首先是「綺縠紛披」，也就是辭采的美麗；其次是「宮徵靡曼，唇吻遒會」，也就是聲韻上要抑揚頓挫，朗朗上口；最後是「情靈搖盪」，也就是要有能夠打動人心的強大感染力。滿足辭采、聲韻和抒情三方面要求的就是「文」，否則就只能是「筆」。蕭繹以「不便為詩如閻纂，善為章奏如柏松」來描述「筆」，正體現著他區分文筆的標準。章奏是實用性的政府公文，並非用於抒發個人的情志，因此即使「善為章奏」亦只能是筆。詩歌就文體而言本應屬於「文」，但若是「不善為詩」，也就是在辭采、聲韻、抒情方面有所欠缺的話，那麼也不能算「文」，只能算「筆」。《文鏡秘府論》南卷「論文意」引蕭繹《詩評》：「作詩不對，本

〔註7〕相關論述見逯欽立《說文筆》及羅宗強《魏晉南北朝文學思想史》，中華書局，1996 年，372～374 頁。

是吼文，不名為詩。」「作詩不對」可以說是蕭繹眼中「不善為詩」的具體表現之一，這樣的詩既然不能算詩，那麼閣纂的詩自然也會被排除在「文」的範圍之外。可見蕭繹的文筆之辨實質上是在區分文與非文。

這段材料還體現了蕭繹重文輕筆的傾向。所謂「筆退則非謂成篇，進則不云取義，神其巧惠，筆端而已」，這裡「成篇」的「篇」當即是「篇什之美」的「篇」，指具有辭采、聲韻、抒情特質的「文」。〔註8〕這句話是說筆退一步來說沒有篇什之美，進一步來說又不能闡發義理，不過是一點小巧的心思。因此蕭繹「性不耐奏對」，又在《金樓子》中說到：「劉備叛走，曹操使阮瑀為書與備，馬上立成。有以此為能者，吾以為兒戲耳。」〔註9〕他在《金樓子·立言》中引用王充《論衡》的一段文字也體現出了他的態度：「夫說一經者為儒生，博古今者為通人，上書奏事者為文人，能精思著文連篇章為鴻儒，若劉向揚雄之列是也。蓋儒生轉通人，通人為文人，文人轉鴻儒也。」「上書奏事」自然是「筆」，而「精思著文連篇章」則近似於「文」。在這樣的等級序列中，「文」顯然要高於「筆」。

二

重文輕筆並不是蕭繹一個人的觀點，而是當時人的普遍看法。范曄就提出了「手筆差易」之說，認為筆的寫作難度要低於文，又認為要獲取文名就要多致力於「事外遠致」，體現出時人普遍重文之風。顏延之提出言、筆、文三個依次遞進的等級，重文輕筆的意思也很明確。《南史·任昉傳》：「（任昉）既以文才見知，時人云『任筆沈詩』。昉聞甚以為病。晚節轉好著詩，欲以傾沈，用事過多，屬辭不得流便，自爾都下士子慕之，轉為穿鑿，於是有才盡之談矣。」任昉不滿於時人「任筆沈詩」的評價，而一心想要在詩歌上超過沈約，結果招致才盡之談，也充分體現了詩歌在時人心目中的分量要遠遠超過筆。又《太平御覽》卷五八七引《三國典略》：「齊魏收以溫子升、邢邵不作賦，乃云：『會須作賦，始成大才。唯以章表自許，此同兒戲。』」魏收以寫作章表一類的「筆」為兒戲，體現出了與蕭繹一致的態度。可見這種重文輕筆的觀念不僅盛行於南朝，在北方同樣如此。

〔註8〕羅宗強《魏晉南北朝文學思想史》，373頁。
〔註9〕《太平御覽》卷六百。

在這種重文輕筆觀念的影響下，人們在寫作筆體時往往會吸取文之特質，從而突破傳統的文筆界限，形成以文為筆的破體。當時人詳於序文的寫法正是這種以文為筆情況的體現。

如沈約的《齊故安陸昭王碑序》〔註10〕就寫得鋪張華美，多有賦筆的鋪陳排比。如其以「公含辰象之秀德，體河嶽之上靈，氣蘊風雲，身負日月，立行可模，置言成範，英華外發，清明內昭。天經地義之德，因心必盡；簡久遠大之方，率由斯至」描寫安陸昭王的德行包涵星辰河嶽、日月風雲，可以與天地相比，接著以「挹其源者，游泳而莫測；懷其道者，日用而不知」描寫其深不可測、用之不竭，之後又以「昭昭若三辰之麗於天，滔滔猶四瀆之紀於地」加以補充，表現其明亮浩蕩，最後以「萬物仰之而彌高，千里不言而斯應」作結，描寫極度誇張而鋪展。又如其歌頌蕭緬在姑蘇的政績，在以「姑蘇奧壤，任切關河，都會殷負。提封百萬」描寫姑蘇之繁華後，又加之以「全趙之袨服叢臺，方此為劣；臨淄之揮汗成雨，曾何足稱」；在以「乃鴻騫舊吳，作守東楚。弘義讓以勖君子，振平惠以字小人，撫同上德，綏用中典，疑獄得情而弗喜，宿訟兩讓而同歸」敘述蕭緬治理姑蘇的政績後，又加之以「雖春申之大啟封疆，鄧攸之緝熙萌庶，不能尚也」；這樣的鋪陳將客觀冷靜的敘述變為了熱情洋溢的讚美，在辭采華美的同時增強了文章的抒情性。沈約此文在聲律上也頗為講究。南朝詩文避忌聲病主要依據的是四聲八病，其中筆之聲病以上尾和隔句上尾的避忌最為重要。筆者選該文收錄於《文選》（奎章閣本）中的版本，統計其聲病情況，發現上尾比例只有 2.0%，隔句上尾比例為 7.6%，不合律的散句比例 1.5%，總和 11.1%，可見沈約在寫作此文時有意識地避忌聲病以求聲韻的和諧。由此可見，蕭繹提出的辭采、聲韻、抒情三大文之特質在沈約的這篇碑序中都有不同程度的體現。

又如南朝另一篇著名的碑文王巾《頭陀寺碑文》序文亦遠長於正文。其序文中有一段描寫頭陀寺的地勢：

> 南則大川浩汗，雲霞之所沃蕩。北則層峰削成，日月之所回薄。西眺城邑，百雉紆餘。東望平皋，千里超忽。信楚都之勝地也。〔註11〕

這種按照方位順序四面鋪排的結構以及誇張的描寫顯然受到了京殿遊覽一類

〔註10〕《文選》卷五十九。
〔註11〕《文選》卷五十九。

賦作的影響。如向來被視為大賦典範的班固《兩都賦》:「左據函谷二崤之阻,表以太華終南之山。右界褒斜隴首之險,帶以洪河涇渭之川。……若乃觀其四郊,浮遊近縣,則南望杜霸,北眺五陵。名都對郭,邑居相承。……其陽則崇山隱天,幽林穹谷。……其陰則冠以九嵕,陪以甘泉。……東郊則有通溝大漕,潰渭洞河。……西郊則有上囿禁苑,林麓藪澤……。」〔註12〕正是按照這種前後左右,東南西北的方位層層鋪排開來。而鮑照《蕪城賦》開頭一段對揚州地勢的描寫更是與此頗為相似:「灜池平原,南馳蒼梧漲海,北走紫塞雁門。柂以漕渠,軸以昆崗。重江複關之隩,四會五達之莊。」〔註13〕《文心雕龍·誄碑》:「夫屬碑之體,資乎史才,其序則傳,其文則銘。」可見碑序的寫法本應近於史傳,講究客觀冷靜地敘述。而沈約、王巾等在碑序之中大量引入賦筆之鋪排,正是以文為筆的具體表現。

除了碑序之外,頌序之鋪排辭采的特徵體現得更為明顯。詳於頌序的寫法由來已久,可以追溯到漢代。《文心雕龍·頌讚》:

> 至於班、傅之《北征》、《西征》,變為序引,豈不褒過而謬體哉!馬融之《廣成》、《上林》,雅而似賦,何弄文而失質乎?又崔瑗《文學》,蔡邕《樊渠》,並致美於序,而簡約乎篇。摯虞品藻,頗為精覈;至云雜以風雅,而不變旨趣,徒張虛論,有似黃白之偽說矣。及魏晉雜頌,鮮有出轍。陳思所綴,以《皇子》為標;陸機積篇,惟《功臣》最顯。其褒貶雜居,固末代之訛體也。

劉勰反對這種詳於頌序的寫法,但到了齊梁之時,頌序之鋪展華美又遠勝前人,其中又可以蕭綱為其典型代表。現存蕭綱作品中有《南郊頌序》、《玄圃園講頌序》、《菩提樹頌序》、《大法頌序》、《馬寶頌序》等多篇頌序,大都鋪排辭藻,文采華美。如《南郊頌序》〔註14〕中以「玉桃卷葉,銀樹抽芳」描寫南郊花草樹木細微的變化,筆觸極為細膩。又有「朝葉與密露共鮮,晚花與薰風俱落」通過對仗將一早一晚兩幅景象置於同一視野中,並頗有想像力地描寫了朝葉與密露、晚花與薰風之間的關係。而在描寫圓丘紫壇等建築時,又以「八階弘麗,四維博敞,宛若千仞,狀懸流之仙館,煥如五彩,同瑤山之帝壇」描寫其高大壯麗,尤其以懸流之仙館作比,形象生動地凸顯了其險峻

〔註12〕《文選》卷一。
〔註13〕此處參考程章燦《論「碑文似賦」》,《東方叢刊》2008 年第 1 期。
〔註14〕《全梁文》卷十二。

高聳之狀。又如鋪寫帝王祭祀之排場，先以「天子御玉輅，動金根，八驪揚衡，雙龍翼蓋，雲罕徐回，鳴鐃韻響」描寫帝王車駕緩緩而行，從容不迫之狀，接著以「風承豹尾，日映鶡冠」引出對隨行軍隊的描寫，並以「萬騎天行，千乘雷動，石鎧犀衣之士，連七萃而雲屯，珠旗羽之兵，互五營而星列，鬱鬱阡阡，震震填填，充溢乎國都，彌漫於鄽邑者也」極力鋪寫其浩大的聲勢，體現出祭祀排場的莊嚴與盛大。再如描寫祭祀之景時，以「翠煙升綠，同河濱之瑞雲，丹燎燭天，若帝鄉之美氣」將焚柴升起的黑煙描寫得色彩鮮麗。又如《菩提樹頌序》〔註15〕中以「雕金縷碧，綴鏡懸珠，制似雪山，形同飛蓋」描寫菩提樹整體外觀形制；再以「並豔千光之樹，連英五色之華」描寫其色澤光亮；接著以「璧日垂彩，玉蒂生煙」描寫其在陽光照射下煙霧升騰，光彩照人之狀；之後以「微風徐動，寶枝成樂」描寫微風拂過，樹枝搖擺而發出聲響，如同音樂。菩提寶樹的形象得以在讀者眼中栩栩如生地展現出來。蕭綱的頌序同樣頗為講究聲律的協調。他的《大法頌序》上尾比例0.9％，隔句上尾比例6.6％，不統計的散句比例為2.8％，其聲病避忌之嚴還在沈約之上。

序文屬於無韻之筆，主要是用來介紹文章的寫作緣起、動機、目的等背景內容，本應寫得簡明扼要。南朝文人寫作序文時卻大量使用賦筆，肆意鋪排辭采，又多有細緻生動的描寫，甚至引入整齊的聲律，使序文更多體現出文的特質，從而成為了以文為筆的一個典型範例。

三

南朝文章創作中的以文為筆並不僅僅體現在序文的寫作中，更表現在賦對其他各類筆體的滲透、影響上。賦一直是「文」中最重要的文體之一，南朝文人以文為筆，往往吸取賦體的結構手法。這裡略舉數例，以見當時各類筆體在賦的影響下所呈現出的賦化特徵。

首先來看鮑照《登大雷岸與妹書》。這是鮑照於元嘉十六年秋前往江州赴任臨川國侍郎途中寫給妹妹鮑令暉的家書。這類家書本應寫得明白簡易，如《文心雕龍·書記》所言：「故書者，舒也，舒布其言，陳之簡牘，取象於《夬》，貴在明決而已。」不過鮑照此文卻大量吸取了賦體的表現手法，鋪文摛采，描寫深密，展現了極強的文學性。如：

〔註15〕《全梁文》卷十三。

南則積山萬狀，負氣爭高，含霞飲景，參差代雄，凌跨長隴，前後相屬，帶天有匝，橫地無窮，東則砥原遠隰，亡端靡際，寒蓬夕卷，古樹雲平。旋風四起，思鳥群歸。靜聽無聞，極視不見。北則陂池潛演，湖脈通連，芋菮攸積，菰蘆所繁。棲波之鳥，水化之蟲，智吞愚，強捕小，號噪驚聒，紛乎其中。西則迴江永指，長波天合。滔滔何窮，漫漫安竭！創古迄今，舳艫相接，思盡波濤，悲滿潭壑，煙歸八表，終為野塵，而是注集，長寫不測。修靈浩蕩，知其何故哉！

西南望廬山，又特驚異。基壓江潮，峰與辰漢相接。上常積雲霞，雕錦縟。若華夕曜，岩澤氣通，傳明散彩，赫似絳天。左右青靄，表裏紫霄。從嶺而上，氣盡金光，半山以下，純為黛色。

……其中騰波觸天，高浪灌日，吞吐百川，寫泄萬壑。輕煙不流，華鼎振湝。弱草朱靡，洪漣隴蹙。散渙長驚，電透箭疾。穹溘崩聚，坻飛嶺覆。回沫冠山，奔濤空谷。礧石為之摧碎，碕岸為之齏落。仰視大火，俯聽波聲，愁魄脅息，心驚慄矣。至於繁化殊育，詭質怪章，則有江鵝、海鴨、魚鮫、水虎之類，豚首、象鼻、芒須、針尾之族，石蟹、土蚌、燕箕、雀蛤之儔，折甲、曲牙、逆鱗、返舌之屬。掩沙漲，被草渚，浴雨排風，吹澇弄翮。夕景欲沈，曉霧將合，孤鶴寒嘯，遊鴻遠吟，樵蘇一歎，舟子再泣。誠足悲憂，不可說也。〔註16〕

文中按照「南則」、「東則」、「北則」、「西則」的方位鋪排羅列，如前所述，正是典型的賦體結構。而其鋪排之縱橫馳騁不僅極富氣勢，且能淋漓盡致地描繪景物的各種情態。如「騰波觸天」以下連續鋪排十四個整齊的四字句，每一句都描繪出江水奔湧過程中的不同情態，又在層層推進的語勢中，將其洶湧澎湃的氣勢推上了頂峰。因此許槤贊之曰：「句句錘鍊無渣滓，真是精絕。」〔註17〕大量的鋪陳排比中亦不乏細緻生動的景物描寫，如「負氣爭高」以擬人化的筆觸生動地描繪出山峰之間各仗高峻，相互爭雄的氣勢；「含霞飲景」又以誇張的手法表現出諸峰上接雲霞，超然於眾景之上的高聳之狀，巍峨的高山因而有了飛動的氣勢。前四句寫諸峰之高聳，五六句則重在表現諸峰連

〔註16〕錢仲聯《鮑參軍集注》卷二。
〔註17〕《六朝文絜箋注》，許槤評選，黎經誥箋注，上海古籍出版社，1982年，102頁。

綿之廣，最後兩句則綜合縱橫兩個方面加以總括，又從不同的角度完成了對「積山萬狀」的鋪寫。許槤評曰：「歷言形勝之奇，運意深婉，鑄詞精縟。」〔註18〕又如第二段描寫晚霞映照下的廬山，不同方位下赫、絳、青、紫、金、黛的不同色澤相互映襯，生動地描繪出廬山在雲霞明滅之中絢麗多彩的姿態。在對景物的客觀描寫之中，又往往能融入作者的主觀情感。如「西則迴江永指」以下在鋪寫江水之蒼茫浩蕩的同時，悲涼之感油然而生。許槤曰：「沉鬱語，非身歷其境者不知。」〔註19〕由此看來，《登大雷岸與妹書》雖然是一封家書，但卻通篇賦筆，辭采華美，刻畫精工，體現了當時書信這一文體在賦體影響下所呈現出的賦化特徵。

其次來看劉孝標的《廣絕交論》。《文心雕龍‧論說》：「述經敘理曰論。」又：「是以論如析薪，貴能破理。」論本應為說理性的議論文字，劉孝標此文展現出的卻更多的是賦體特徵。

《廣絕交論》的賦體特徵首先表現在綱目張舉，分類鋪敘的賦式結構。全文總體而言可以分為三個部分：開頭假託主客問答引出主題，並總述當時「素交盡，利交興」的情形。第二部分將「利交」細分為勢交、賄交、談交、窮交、量交五類，分別加以鋪敘並在最後予以總結。最後聯繫實際抨擊昔日受到任昉恩惠的友人在任昉故去後不照顧其生活艱難的遺孤。如果去掉最後對現實的抨擊的話，這樣的結構與江淹的《別賦》、《恨賦》〔註20〕十分相似。如《別賦》以「黯然銷魂者，唯別而已矣」領起全篇並總述離別之愁，這正類似於《廣絕交論》第一部分總述「素交盡，利交興」。《別賦》第二部分以「故別雖一緒，事乃萬族」領起，分別就貴人、俠客、從軍者、遊宦者、夫婦、修道者、戀人七種不同類型之離別加以鋪敘，正類似於《廣絕交論》第二部分對五種不同類別之「利交」的描寫。《別賦》第三部分以「是以別方不定，別理千名。有別必怨，有怨必盈」總結各種離別之苦，情況亦類似於《廣絕交論》「凡斯五交，義同賈鬻」的總結。《恨賦》開篇以「試望平原，蔓草縈骨，拱木斂魂。人生到此，天道寧論！於是僕本恨人，心驚不已。直念古者，伏恨而死」概括全篇；之後分別鋪寫秦始皇、趙王遷、李陵、王昭君、馮衍和嵇康等人各種不同之恨；最後以「自古皆有死，莫不飲恨而吞聲」總結收束。同樣

〔註18〕《六朝文絜箋注》，許槤評選，黎經誥箋注，100頁。
〔註19〕《六朝文絜箋注》，許槤評選，黎經誥箋注，101頁。
〔註20〕《文選》卷十六。

體現出了與《廣絕交論》類似的結構。通過《廣絕交論》與《別賦》、《恨賦》的對比，我們可以看到其結構上受賦體影響的情況。

《廣絕交論》的賦體特徵還表現在辭采的鋪陳排比上。如其論「勢交」：

> 若其寵鈞董石，權壓梁竇，雕刻百工，鑪捶萬物。吐漱與雲雨，呼吸下霜露。九域聳其風塵，四海疊其煇灼。靡不望影星奔，藉響川鶩，雞人始唱，鶴蓋成陰，高門旦開，流水接軫。皆願摩頂至踵，鑱膽抽腸，約同要離焚妻子，誓殉荊卿湛七族。〔註21〕

「論」體本應以冷靜的分析說理為主，而這裡卻全為熱烈而誇張的鋪排描寫：前半段極力渲染掌權者權勢之滔天，後半段則從各個角度鋪寫眾多趨炎附勢者極力依附、阿諛之狀。在這種誇張的鋪排描寫中，趨炎附勢者的交遊心理得到了生動形象的刻畫。孫月峰評曰：「議論縱橫，不及《辨命》，而工細過之。撰語絕工妙，不慌不忙，逐節描寫，皆得其神，蓋議論中之賦。」〔註22〕這一評價指出了《廣絕交論》在「論」之分析說理上有所不足，卻在「賦」之鋪陳描寫上頗具特色，因而被稱為「議論中之賦」，這也正體現了《廣絕交論》受賦體影響之深。

最後來看吳均的《餅說》。據《文心雕龍‧論說》，「說」之文體出於戰國辯士之游說上書，與「論」類似而同為說理性文字。吳均此文卻通篇鋪陳誇飾，全為賦體：

> 宋公至長安，得姚泓時故太官丞程季者，了了人也。公曰：「今日之食，何者最先。」季曰：「仲秋御景，離蟬欲靜，變變曉風，淒淒夜冷，臣當此景，唯能說餅。」公曰：「善。」季乃稱曰：「安定噎鳩之麥，洛陽董德之磨，河東長若之蔥，隴西舐背之犢，抱罕赤髓之羊，張掖北門之鼓。然以銀屑，煎以金銚，洞庭負霜之橘，仇池連蒂之椒，調以濟北之鹽，銼以新豐之雞，細如華山之玉屑，白如梁甫之銀泥，既聞香而口悶，亦見色而心迷。」公曰：「善。」〔註23〕

全文借劉裕與程季的對話說餅，其核心內容就在於中間程季的一段鋪排。他從原料、工序等各方面鋪敘餅之製作過程及餅之色、香、口感，頗得體物之妙。不過這種寫法純為賦筆，與說理議論已經沒有太大關係了。

〔註21〕《文選》卷五十五。
〔註22〕《重訂文選集評》卷十三。
〔註23〕《藝文類聚》卷七十二。

總而言之，隨著文學的發展，南朝文人對「文學」的特質逐漸得到了比較清晰的認識，產生了區分文學與非文學的意識，文筆之辨正是這種情況的反映。而在時人重文輕筆觀念的影響下，人們在寫作筆體時往往會吸取文之特質，從而突破傳統的文筆界限，形成以文為筆的破體，這尤其表現在賦對於其他文體的滲透、影響上。這種情況實質上是時代文學愈發興盛的表現，為梁陳之際宮體文的興起奠定了基礎。

第二節　蕭衍的實用文章觀與梁代公文的演變

在這樣的背景下，蕭衍在公文寫作方面卻嚴格恪守著傳統的文體規範，這與以裴子野為代表的復古派多有相通之處，而復古派在梁代前期的興起也正與蕭衍的支持密不可分。蕭衍的這種實用文章觀在辭采和聲律兩個方面深刻影響著梁代前期公文的發展，使之呈現出保守、復古的面貌。然而隨著蕭衍年事漸高，影響力逐漸下降，「宮體文」這種新變的政府公文文體開始興起。雖然蕭衍為扭轉這種文風作出了不少努力，但最終也難以阻擋其在梁代後期直到陳代的公文創作領域中佔據了主流地位。

一

首先來看蕭衍與復古派之間的關係。復古派代表人物裴子野的文學觀主要體現在其所作《雕蟲論》中：

> 古者四始六藝，總而為詩，既形四方之氣，且彰君子之志，勸美懲惡，王化本焉。後之作者，思存枝葉，繁華蘊藻，用以自通。若悱惻芳芬，楚騷為之祖，靡漫容與，相如和其音。由是隨聲逐影之儔，棄指歸而無執，賦詩歌頌，百帙五車，蔡邕等之俳優，楊雄悔為童子，聖人不作，雅鄭誰分。其五言為詩家，則蘇李自出，曹劉偉其風力，潘陸固其枝柯。爰及江左，稱彼顏謝，箴繡鞶帨，無取廟堂。宋初迄於元嘉，多為經史。大明之代，實好斯文，高才逸韻，頗謝前哲，波流相尚，滋有篤焉。自是閭閻年少，貴遊總角，罔不擯落六藝，吟詠情性，學者以博依為急務，謂章句為專魯，淫文破典，斐爾為曹。無被於管絃，非止乎禮義，深心主卉木，遠致極風雲，其興浮，其志弱，巧而不要，隱而不深，討其宗途，亦有

宋之遺風也。若季子聆音，則非興國，鯉也趨室，必有不敦。荀卿
有言，亂代之征，文章匿而采，斯豈近之乎。〔註24〕

這篇文章最早見於《通典》卷十六「選舉典」的「雜議論」篇中。據日本林田
慎之助先生的考證，該篇屬於裴子野《宋略》中的一部分。文章前有杜佑的
小序，大意是宋明帝喜好文章，常命群臣宴集賦詩，導致「天下向風，人自藻
飾。」此文正是對此發表的議論。〔註25〕裴子野站在傳統儒家的立場上，認
為自楚辭以降，追求文采的「後之作者」因其作品「無取廟堂」而只是舍本逐
末，得其枝葉，並嚴厲批評了當時貴族「擯落六藝，吟詠情性」的行為。從中
我們可以看出裴子野這樣的文學觀：文學只應起到諸如「勸美懲惡」之類有
關政治教化的實際功用，沒有必要也不應該追求辭藻華美等細枝末節。同時
文學也不應該成為作者的自我表現，不應過度凸顯作者的私人情感和個性特
徵。這樣的文學觀體現在他的創作上，就是以質樸古雅，簡潔明瞭的文風充
分發揮文章的實用功效而不顧及辭采的華美。故蕭綱評價其曰：「裴氏乃是良
史之才，了無篇什之美。」

　　蕭衍的實用文章觀與以裴子野為代表的復古派有相通之處，這首先表現
在政府公文類文章寫作上對復古派的倚重。《梁書‧裴子野傳》：

　　普通七年，王師北伐，敕子野為喻魏文，受詔立成，高祖以其
事體大，召尚書僕射徐勉、太子詹事周捨、鴻臚卿劉之遴、中書侍
郎朱异，集壽光殿以觀之，時並歎服。高祖目子野而言曰：「其形雖
弱，其文甚壯。」俄又敕為書喻魏相元义，其夜受旨，子野謂可待
旦方奏，未之為也。及五鼓，敕催令開齋速上，子野徐起操筆，昧
爽便就。既奏，高祖深嘉焉。自是凡諸符檄，皆令草創。子野為文
典而速，不尚麗靡之詞。其製作多法古，與今文體異，當時或有詆
訶者，及其末皆翕然重之。或問其為文速者，子野答云：「人皆成於
手，我獨成於心，雖有見否之異，其於刊改一也。」

檄文有著重要的政治意義，是影響戰爭勝負的一個因素。蕭衍將這一重任交給
裴子野，已可見出對裴子野的器重。裴子野也不負所託，既快又好地完成了檄
文的寫作，不僅使「高祖深嘉焉」，還從此承擔了符檄等各類政府文件的起草工

〔註24〕《文苑英華》卷七百四十二。
〔註25〕林田慎之助著，陳曦鍾譯，周一良校《裴子野雕蟲論考證——關於雕蟲論的
　　　　寫作年代及其復古文學論》，《古代文學理論研究》叢刊第六輯。

作。這更加充分地說明了蕭衍在實用性文章寫作方面對裴子野的高度認可。

除了裴子野之外，蕭衍對復古派的其他成員也非常器重。據《梁書‧裴子野傳》「子野與沛國劉顯、南陽劉之遴、陳郡殷芸、陳留阮孝緒、吳郡顧協、京兆韋棱，皆博極群書，深相賞好，顯尤推重之。時吳平侯蕭勱、范陽張纘，每討論墳籍，咸折衷於子野焉」之語，可以瞭解復古派組成成員的大概情況。他們大多曾任中書舍人之職。如劉顯曾「兼中書通事舍人」，又「累遷步兵校尉、中書侍郎，舍人如故」〔註26〕；劉之遴「還除通直散騎侍郎，兼中書通事舍人」，又「累遷中書侍郎，鴻臚卿，復兼中書舍人」〔註27〕；殷芸「遷通直散騎侍郎，兼中書通事舍人」〔註28〕；顧協「拜通直散騎侍郎，兼中書通事舍人。」〔註29〕又「與河東裴子野、沛國劉顯同官友善」的謝徵亦曾任中書舍人。〔註30〕據《通典》卷二十一「職官第三」「中書舍人」條，魏晉以來，詔誥便由中書令和侍郎掌管，至劉宋時，這部分權力逐漸歸於新設的中書通事舍人。到了梁代，「用人殊重，簡以才能，不限資地，多以他官兼領。後除『通事』字，直曰『中書舍人』，專掌詔誥，兼呈奏之事。」蕭衍任命大量復古派成員為掌管詔誥的中書舍人，正可以說明在起草政府文件等實用文章方面蕭衍對復古派文風的肯定。

《梁書‧劉顯傳》：「顯與河東裴子野、南陽劉之遴、吳郡顧協，連職禁中，遞相師友，時人莫不慕之。」可見由於蕭衍的賞識和推重，復古派成員長期位於權力中樞，承擔著掌管詔誥、起草政府文件的重任，從而在當時產生了相當的影響。前引《梁書‧裴子野傳》曰裴子野之文「當時或有詆訶者，及其末皆翕然重之」，正可看出時人對復古派文風觀感的變化。而《梁書‧庾肩吾傳》中載蕭綱《與湘東王書》曰：「又時有效謝康樂、裴鴻臚文者，亦頗有惑焉。何者？謝客吐言天拔，出於自然，時有不拘，是其糟粕；裴氏乃是良史之才，了無篇什之美。」亦可看到當時已經有不少人在學習、模仿裴子野的文風。

其次，除了復古派成員之外，蕭衍在選擇其他政府公文起草者時也比較注重其儒學修養。為蕭衍掌書記、管詔誥者大多長於經史。如《梁書‧周捨

〔註26〕《梁書》卷四十《劉顯傳》。
〔註27〕《梁書》卷四十《劉之遴傳》。
〔註28〕《梁書》卷四十一《殷芸傳》。
〔註29〕《梁書》卷三十《顧協傳》。
〔註30〕《梁書》卷五十《謝徵傳》。

傳》：「時天下草創，禮儀損益，多自捨出。尋為後軍記室參軍、秣陵令。入為中書通事舍人，累遷太子洗馬，散騎常侍，中書侍郎，鴻臚卿。……國史詔誥，儀體法律，軍旅謀謨，皆兼掌之。」周捨現存有《改奏三夏議》、《元會受玉議》、《金絡議》、《衰服議》等議禮之文。

又《徐勉傳》：「及義兵至京邑，勉於新林謁見，高祖甚加恩禮，使管書記。……時王師北伐，候驛填委。勉參掌軍書，劬勞夙夜，動經數旬，乃一還宅。」本傳又言其「博通經史，多識前載。朝儀國典，婚冠吉凶，勉皆預圖議。」他曾因「時人間喪事，多不遵禮，朝終夕殯，相尚以速」而上疏請禁速斂以符合禮制，還曾主持五禮的修纂工作，並有《上修五禮表》。

又《孔休源傳》：「就吳興沈驎士受經，略通大義。……除中書舍人，司徒臨川王府記室參軍，遷尚書左丞，彈肅禮闈，雅允朝望。時太子詹事周捨撰《禮疑義》，自漢魏至於齊梁，並皆搜採，休源所有奏議，咸預編錄。」

又《朱异傳》：「既長，乃折節從師，遍治《五經》，尤明《禮》、《易》，涉獵文史，兼通雜藝，博弈書算，皆其所長。……高祖召見，使說《孝經》、《周易》義，甚悅之，謂左右曰：『朱异實异。』……入兼中書通事舍人，……朝儀國典，詔誥敕書，並兼掌之。」朱异有《祀明堂議》、《請改郊祀儀注》、《封陽侯不應殤服議》等文，又有《周易集注》一百卷。

又《賀琛傳》：「伯父瑒，步兵校尉，為世碩儒。琛幼，瑒授其經業，一聞便通義理。瑒异之，常曰：『此兒當以明經致貴。』瑒卒後，琛家貧，常往還諸暨，販粟以自給。閒則習業，尤精《三禮》。」並曾駁斥皇太子大功之末可以冠子嫁女之論。《儒林傳》中有「時中書舍人賀琛奉敕撰《梁官》」之語。可見其亦曾任掌管詔誥的中書舍人。

又《司馬褧傳》：「父變，善《三禮》，仕齊官至國子博士。褧少傳家業，強力專精，手不釋卷，其禮文所涉書，略皆遍睹。沛國劉瓛為儒者宗，嘉其學，深相賞好。……天監初，詔通儒治五禮，有司舉褧治嘉禮，除尚書祠部郎中。是時創定禮樂，褧所議多見施行。除步兵校尉，兼中書通事舍人。褧學尤精於事數，國家吉凶禮，當世名儒明山賓、賀瑒等疑不能斷，皆取決焉。」

又《儒林傳》中「明《三禮》」的賀季、「博通《五經》，尤長《三禮》」的沈峻、「通經術，尤明《古文尚書》」的孔子袪三人亦皆曾任中書舍人之職。

再次，蕭衍在實用性文章方面表現出對典雅文風的欣賞。如《梁書・陸倕傳》：「是時禮樂制度，多所創革，高祖雅愛倕才，乃敕撰《新漏刻銘》，其

文甚美。……又詔為《石闕銘記》。奏之。敕曰:『太子中舍人陸倕所製《石闕銘》,辭義典雅,足為佳作……』」又《梁書·江革傳》:「中興元年,高祖入石頭,時吳興太守袁昂據郡距義師,乃使革制書與昂,於坐立成,辭義典雅,高祖深賞歎之,因令與徐勉同掌書記。」

　　蕭衍對典雅文風的欣賞與其對政府公文起草者儒學修養的要求是密切相關的。《文心雕龍·體性篇》曰:「典雅者,熔式經誥,方軌儒門者也。」可見典雅文風的形成需要作者自如地將儒家經典中語言、典故融入自己的文章之中。因此作者自身的儒學修養正是決定其文風是否典雅的重要因素。前面已經提到,復古派站在儒家立場上反對雕飾文采,崇尚古質雅正的文風。同時復古派成員本身也大都長於經史。由此也體現出蕭衍在實用文章觀上與復古派的相通之處。

二

　　蕭衍在實用文章觀上與復古派多有相通之處,崇尚古質雅正的文風,這對梁代前期公文的發展產生了極大的影響。

　　前文曾經提到,南朝文人重文輕筆,在實際創作中往往以文為筆,使實用性的筆體越來越多的具有文之特質。公文作為筆中最為嚴肅功利的文體,雖然受到的影響相對較小,但也不乏有精心撰構文采者,這其中當以江淹、謝朓為代表,現引其較具文采的公文片段如下:

> 　　今便肅順天誥,恭聞睿典。審躬酌私,必跋危撓。將恐岷俗由此方擾,軌訓以之交蕪。臣豈不勉智罄忠,未知所以報奉淵聖,輸感宵極,取諸微躬,長為慚荷。(江淹《為蕭拜太尉揚州牧表》)

> 　　不悟滄溟未運,波臣自蕩;渤澥方春,旅翮先謝。清切藩房,寂寥舊華。輕舟反溯,弔影獨留。白雲在天,龍門不見。去德滋永,思德滋深。唯待青江可望,候歸艎於春渚;朱邸方開,效蓬心於秋實。如其簪履或存,衽席無改,雖復身填溝壑,猶望妻子知歸。(謝朓《拜中軍記室辭隨王箋》)

清許槤評上引江淹文:「琢采秀削,別開奧窔,昔人譏其句句生澀。余謂醴陵佳處,即在生澀上。」又稱讚引文末句「造句精絕」。江淹之生澀主要體現在遣詞造句之務求生新,以至幾乎每句都包含生澀詞彙,如「必跋危撓」、「輸感宵極」等,這正是劉宋「辭必窮力而追新」的文學觀念在公文文體中的反映,

與其時詩歌語言之深密曲折同出一轍。而謝朓之文借景抒情，融情於景，體現出其一貫的清麗風格，亦是永明詩歌情景交融手法在公文中的體現。〔註31〕

而在梁代的公文創作中，由於蕭衍的支持，裴子野等人「不尚麗靡之辭」的典正文風佔據了主流，公文中精心撰構文采的情況愈發稀少，取而代之的是冷靜、客觀的陳述、分析，以充分發揮公文的實用功效。如裴子野深得蕭衍讚賞的《喻虜檄文》：

> 天生蒸民，樹之以君，所以對越三才，司牧黔首，蹋其苛慝，除其患難。肇自遂古，以迄皇王，經世字民，咸由此作。朕撥亂反正，君臨億兆，休牛放馬，載戢干戈，思與一世之民，躋之仁壽之域。昔者晉失其序，天篤降喪，而四夷交侵，小雅盡缺。宋之初載，實有武功，秦晉之墟，頻梟僭偽，末葉陵遲，遂亡淮濟，曠日長久，莫能克復。朕爰初創業，思閒寧靜，保大定功，未遑遠略，而狂虜遊魂，不式王命，朕謂其君是惡，其民何罪，矜此塗炭，用寢兵革。今戎醜數亡，自相吞噬，重以亢旱彌年，穀價騰踊，丁壯死於軍旅，婦女疲於轉輸，虐政慘刑，曾無懲改，四方同集，九服齊契，譬猶翻東海以注螢瀋，倒崑崙以壓螻蟻，其身糜爛，豈假多力？爾二周故老，六輔大姓，蒙恥俯首，有自來矣，濯身明目，今也其時。昔由余入秦，禮以卿佐，日磾降漢，華貂七葉，苟有其才，豈無大位？〔註32〕

開篇以連續的四言句總結歷代賢君之德，接著又敘述蕭衍即位後的德政，再推溯南北對峙形成之歷史及即位之初未興兵北伐的緣由，有條不紊地闡明了己方北伐在道義上的優勢。之後分析雙方力量上的對比，指出己方有「翻東海以注螢瀋，倒崑崙以壓螻蟻」般的壓倒性優勢。最後誘之以利，對主動來投者許以大位。全文以簡潔明瞭的敘述為主，並無任何辭采的鋪張或是主觀的抒情，而是以冷靜、客觀的分析將雙方的力量對比和種種利害關係呈現在讀者面前，在清晰的層次和嚴密的邏輯中展現出了理性的力量。《文心雕龍·檄移》：「凡檄之大體，或述此休明，或敘彼苛虐，指天時，審人事，算強弱，角權勢，標蓍龜於前驗，懸鞶鑒於已然。……故其植義揚辭，務在剛健，插羽以示迅，不可使辭緩，露板以宣眾，不可使義隱，必事昭而理辨，氣盛而辭斷，此其要也。若曲趣密巧，無所取才矣。」裴子野正是通過對這種傳統文體

〔註31〕參見徐豔、朱佑倫《梁陳宮體文研究》。
〔註32〕《藝文類聚》卷五十八。

要求的恪守而形成了典正的文風，並充分發揮了檄文的實用功效，從而贏得了蕭衍的讚賞。

梁代前期公文的典正文風還可以任昉的《冊梁公九錫文》為例，尤其是在與其後徐陵《冊陳公九錫文》的對比中體現得更為清晰：

> 漢南廻弱，咫尺勃寇，兵糧蓋闕，器甲靡遺；公作藩爰始，因資靡托，整兵訓卒，蒐狩有序，俾我危城，翻為強鎮，此又公之功也。（任昉《冊梁公九錫文》）〔註33〕

> 王師討虜，次屆淪波，兵乏兼儲，士有饑色，公回麾蠡澤，積穀巴丘，億庾之詠斯豐，壺漿之迎是眾，軍民轉漕，曾無砥柱之難，舳艫相望，如運敖倉之府，犀渠貝胄，顧蔑雷霆，高檻層樓，仰捫霄漢，故使三軍勇銳，百戰無前，承此兵糧，遂殄凶逆，此又公之功也。（徐陵《冊陳公九錫文》）〔註34〕

這兩段分別寫蕭衍與陳霸先鎮守一方時積蓄糧草，整兵備戰的情況。徐陵多有細緻鋪展的描寫，形象生動而富有感染力。如其表現兵糧物資的匱乏時，通過對士兵面有饑色這一細節的描寫側面體現，引發了人們的同情。又如描寫陳霸先積糧練兵的過程時，「億庾之詠斯豐，壺漿之迎是眾」通過用典體現了百姓對糧草豐足的喜悅和對陳霸先的擁戴之情。「軍民轉漕，曾無砥柱之難，舳艫相望，如運敖倉之府」選取軍民齊心協力，運糧船隻連綿不絕這一畫面，對此給予了更加形象的體現。這些與之前「士有饑色」所形成的對比又增添了對讀者的感染力。最後「犀渠貝胄，顧蔑雷霆，高檻層樓，仰捫霄漢」通過對鎧甲、攻城器械的誇張描寫，直觀地體現了陳霸先治理下的武器之精良，也進一步提升了陳霸先在讀者心目中的形象。而任昉則更多的以平實的敘述簡潔明瞭地交代事件的經過。如其與徐陵一樣寫兵糧物資之匱乏，僅以「兵糧蓋闕」簡單的概括。又在寫蕭衍積糧練兵時，也沒有對具體過程的直接描寫而是高度概括性的敘述。在這樣的對比中，任昉公文簡潔、客觀的特點表現得十分明顯。又如：

> 群豎猖狂，志在借一，豕突淮涘，武騎如雲；公爰命英勇，因機騁銳，氣冠版泉，勢逾洹水，追奔逐北，奄有通津，熊耳比峻，

〔註33〕《梁書》卷一《武帝紀上》。
〔註34〕《陳書》卷一《高祖紀上》。

未足雲擬，睢水不流，曷其能及，此又公之功也。（任昉《冊梁公九
錫文》）

任約叛換，梟聲不悛，戎羯貪婪，狼心無改，穹廬氈幕，抵北
闕而為營，烏孫天馬，指東都而成陣，公左甄右落，箕張翼舒，掃
是欃槍，驅其獫狁，長狄之種，埋於國門，椎髻之酋，烹於軍市，
投秦坑而盡沸，喧滍水而不流，此又公之功也。（徐陵《冊陳公九錫
文》）

這兩段內容均可分為三個部分：首先寫敵方狀況，其次寫雙方交鋒的過程，最
後寫我方勝利的戰果。徐陵三個部分的描寫都遠比任昉細緻生動。任昉對敵方
狀況的描寫是比較簡略的「武騎如雲」，而徐陵則極力鋪寫敵方聲勢之浩大：營
帳連綿不絕直抵北闕，來自烏孫的寶馬排列成陣直指東都。這樣的鋪寫營造出
了一種大敵當前的緊張氛圍。任昉對雙方交戰的描寫側重表現己方勢如破竹的
威勢，沒有對戰爭場面的直接描寫。徐陵則描寫了陳霸先從容不迫的排兵佈陣，
在之前緊張氛圍的襯托下更顯出其鎮定自若的氣度。任昉對我方勝利戰果的描
寫主要通過用典表現敵方屍首堆積如山，江水不流之狀，但沒有進行具體的描
寫。而徐陵的描寫分為兩層：前兩句就擒殺敵方首領而言，描寫埋葬、烹殺被
俘敵酋的情形，同時分別用《左傳》、《漢書》之典；後兩句就殲滅敵方士兵而
言，描寫坑殺降卒時嘈雜喧鬧，屍橫遍野至江水不流之狀，同時又用了《史記》
中白起長平之戰和項羽彭城之戰的典故。描寫與用典巧妙地結合在一起，顯得
更加豐富生動。兩者比較而言，任昉相對比較平實地記錄了蕭衍率軍擊敗敵軍
的功績，徐陵則更多的通過對細節形象生動的描寫來感染讀者。

任昉和裴子野都是為蕭衍主管公文寫作的重要人物。《南史·任昉傳》：
「梁武帝克建鄴，霸府初開，以（任昉）為驃騎記室參軍，專主文翰。……梁
臺建，禪讓文誥，多昉所具。」而裴子野既「敕掌中書詔誥」，又在為蕭衍寫
作《喻虜檄文》後「自是凡諸符檄，皆令草創」。他們的公文寫作在當時都有
很大的影響。蕭綱在《與湘東王書中》有「近世謝朓、沈約之詩，任昉、陸倕
之筆，斯實文章之冠冕，述作之楷模」之語。《梁書·任昉傳》更是稱其「尤
長載筆，才思無窮，當世王公表奏，莫不請焉。」裴子野之文雖然「當時或有
詆訶者」，但「及其末皆翕然重之」。可見他們這種理性、客觀的典正文風正
代表著梁代前期公文寫作的主流。

三

蕭衍還影響著梁代公文聲律的發展。

南朝聲病理論創始於沈約，他除了在《宋書‧謝靈運傳論》中提出了聲律理論的總體原則之外，還探討了聲律理論在實際創作中的具體運用，也就是所謂的「八病」。沈約對「八病」的探討主要保存在《文鏡秘府論》中。就現存資料看，沈約論及了八病之平頭、上尾、蜂腰、鶴膝、小紐、大紐，也很有可能說到大韻、小韻。〔註35〕不過沈約的聲病說只論及詩賦等有韻之文，並未涉及實用性的文章。

將聲病說從有韻之文擴展到無韻之筆的關鍵人物是劉滔。他將「八病」中的上尾擴展到實用性的筆體之中，並首次提出了專門適用於筆的隔句上尾。《文鏡秘府論》西卷《文二十八種病》「第二上尾」引《四聲指歸》：「劉滔云：『下句之末，文章之韻，手筆之樞要。在文不可奪韻，在筆不可奪聲，且筆之兩句，比文之一句，文事三句之內，筆事六句之中，第二、第四、第六，此六句之末，不宜相犯。』」這是說一聯下句的末字是有韻之文的韻腳，也是無韻之筆聲調上的關鍵。由於筆常常是隔句對，所以「筆之兩句，比文之一句」。因此這一病在文為第一句末與第二句末不得同聲之上尾，在筆則為第二句與第四句末不得同聲之隔句上尾。劉滔在這裡不僅將有韻之文的聲病規則擴展到了筆，還根據筆的特點作了相應的調整。

隋劉善經《四聲指歸》在劉滔的基礎上將鶴膝也擴展到筆，並提出了踏發聲這一新的筆之聲病。「第四鶴膝」引《四聲指歸》：「其諸手筆，第一句末不得犯第三句末，其第三句末復不得犯第五句末，皆須鱗次避之。溫、邢、魏諸公，及江東才子，每作手筆，多不避此聲。」又說：「其詩賦銘誄，言有定數，韻無盈縮，必不得犯，且五言之作，最為機妙，既恒充口實，病累尤彰，故不可不事也。自餘手筆，或賒或促，任意縱容，不避此聲，未為心腹之病。」這是論筆之鶴膝及其與文之鶴膝的區別。又說：「又今世筆體，第四句末不得與第八句末同聲，俗呼為踏發聲。譬如機關，踏尾而頭髮，以其軒輊不平故也。若不犯此病，謂之鹿盧聲，即是不朽之成式耳。」這是總結當時筆體創作實踐的聲律要求而提出的新病犯。出自初唐《文筆式》的《文筆十病得失》中的八病體系則較之劉善經《四聲指歸》更加完備。他不僅對每一種病犯都有

〔註35〕盧盛江《文鏡秘府論研究》，人民文學出版社，2013年，420頁。

明確的定義，並且分詩得者、詩失者、筆得者、筆失者四類結合創作實例進行說明。這說明此時八病已經全面擴展到了筆。

筆之病犯在劉宋以來的公文創作實踐中也有所體現，本文選取劉宋以來到梁代前期公文代表作家之代表作品，統計其上尾、隔句上尾的犯病率，以考察這一時期公文聲律的發展狀況以及蕭衍在其中所起的作用。之所以統計上尾與隔句上尾的犯病率是因為這兩種病犯是時人眼中最為嚴重的病犯。《文二十八種病》論上尾：「其手筆，第一句末犯第二句末，最須避之。」又：「凡詩賦之體，悉以第二句末與第四句末以為韻端。若諸雜筆不束以韻者，其第二句末即不得與第四句同聲，俗呼為隔句上尾，必不得犯之。」其餘病犯的要求則相對比較寬鬆。如後四病有「但須知之，不須避之」的說法，而前四病中「平頭」：「五言頗為不便，文筆未足為尤。但是疥癬微疾，非是巨害」；「蜂腰」：「此病輕於上尾、鶴膝，均於平頭」；「鶴膝」：「溫、邢、魏諸公，及江東才子，每作手筆，多不避此聲」、「自餘手筆，或賒或促，任意縱容，不避此聲，未為心腹之病」等。統計結果見下表：

	文獻出處	全文句數	不統計的散句及比例	上尾及比例	隔句上尾及比例	聲病比例之和	散句比例+聲病比例	詩歌作品的上尾比例（據盧書）
謝莊《上搜才表》	《宋書·謝莊傳》	111	5 4.5%	10 9.0%	7 12.6%	21.6%	26.1%	
江淹《蕭太尉上便宜表》	《江文通集》	138	4 2.9%	16 11.6%	10 14.5%	26.1%	29.0%	
周顒《言滂民於聞喜公子良》	《南齊書·周顒傳》	38	0	2 5.3%	0	5.3%	5.3%	
王融《上疏請給虜書》	《南齊書·王融傳》	156	2 1.3%	4 2.6%	4 5.1%	7.7%	9%	2.1%
謝朓《拜中軍記室辭隨王箋》	《南齊書·謝朓傳》	60	6 10%	0	0	0	10%	1.6%
蕭衍《移檄京邑》	《梁書·武帝紀》	281	27 9.6%	6 2.1%	12 8.5%	10.6%	20.2%	12.3%
沈約《上〈宋書〉表》	《宋書·自序》	117	17 14.5%	6 5.1%	4 6.8%	11.9%	26.4%	0.9%
任昉《策梁公九錫文》	《梁書·武帝紀》	383	33 8.6%	6 1.6%	4 2.1%	3.7%	12.3%	
徐勉《上修五禮表》	《梁書·徐勉傳》	295	81 27.5%	12 4.1%	4 2.7%	6.8%	34.3%	
江革《為蕭僕射與袁昂書》	《梁書·袁昂傳》	80	4 5.0%	2 2.5%	0	2.5%	7.5%	

任孝恭《為何敬榮移報東魏文》	《文苑英華》	104	2 1.9%	2 1.9%	11 21.2%	23.1%	25%	
劉之遴《乞皇太子為劉顯誌銘啟》	《梁書·劉顯傳》	32	6 18.7%	2 6.2%	0	6.2%	24.9%	
蕭統《與晉安王綱令》	《梁書·到洽傳》	49	5 10.2%	2 4.1%	3 12.2%	16.3%	26.5%	
劉孝綽《謝東宮啟》	《梁書·劉孝綽傳》	80	2 2.5%	6 7.5%	2 5.0%	12.5%	15%	
王筠《習戰備教》	《文館詞林》	43	5 11.6%	0	0	0	11.6%	

　　上表所選取的作家作品大致可以分為三個時期：

　　1. 謝莊和江淹可作為劉宋時期公文創作的代表。謝莊是劉宋時期在聲律方面頗有建樹者，被王融認為頗識宮商，同時又擅長公文寫作。《南史·謝莊傳》：「明帝定亂得出，使為赦詔。莊夜出署門方坐，命酒酌之，已微醉，傳詔停待詔成，其文甚工。」江淹在宋齊之際為蕭道成等人主管公文寫作，影響頗大。《梁書·江淹傳》：「昇明初，齊帝輔政，……是時軍書表記，皆使淹具草。……建元初，又為驃騎豫章王記室，帶東武令，參掌詔冊，並典國史。尋遷中書侍郎。」

　　2. 周顒、王融、謝朓可作為齊代公文創作的代表。他們都是永明聲律說中的重要人物。周顒被認為是四聲的提出者。《文鏡秘府論》引劉善經《四聲指歸》：「宋末以來，始有四聲之目。沈氏乃著其譜、論，雲起自周顒。」謝朓、王融則是將四聲運用於文章的重要人物。《梁書·庾肩吾傳》：「齊永明中，文士王融、謝朓、沈約文章始用四聲，以為新變。」《詩品序》：「王元長創其首，謝朓、沈約揚其波。」他們三人都有公文傳世，其中謝朓還在齊明帝輔政時，「為驃騎諮議，領記室，掌霸府文筆。又掌中書詔誥」〔註36〕。

　　3. 其餘九人可以作為梁代前期公文創作的代表。其中沈約、任昉、徐勉、劉之遴、江革、任孝恭先後為蕭衍主管詔令文書。如前所述，任昉在齊梁易代之際得到蕭衍的器重，被任命為蕭衍的記室參軍並專主文翰，齊梁易代之際的禪讓文誥大多為任昉所作，對梁代的公文寫作產生了很大影響。沈約在梁初與任昉一起為蕭衍主掌詔誥，在當時文壇有著重要影響。徐勉、江革、劉之遴、任孝恭亦相繼為蕭衍主管公文。《梁書·徐勉傳》：「及義兵至京邑，

〔註36〕《南齊書》卷四十七《謝朓傳》。

勉於新林謁見，高祖甚加恩禮，使管書記。高祖踐祚，拜中書侍郎。」《梁書·江革傳》：「時吳興太守袁昂據郡距義師，乃使革制書與昂，於坐立成，辭義典雅，高祖深賞歎之，因令與徐勉同掌書記。」《梁書·劉之遴傳》：「還除通直散騎侍郎，兼中書通事舍人。……累遷中書侍郎，鴻臚卿，復兼中書舍人。」中書舍人正是主管詔誥的官職。又：「時張稷新除尚書僕射，託昉為讓表，昉令之遴代作，操筆立成。昉曰：『荊南秀氣，果有異才，後仕必當過僕。』御史中丞樂藹，即之遴舅，憲臺奏彈，皆之遴草焉。」也正體現了劉之遴在撰寫實用性公文上的才能。《梁書·任孝恭傳》：「高祖聞其有才學，召入西省撰史。初為奉朝請，進直壽光省，為司文侍郎，俄兼中書通事舍人。敕遣製《建陵寺剎下銘》，又啟撰高祖集序文，並富麗，自是專掌公家筆翰。」

　　蕭統身為太子，其公文創作自然也有很大的影響力，而劉孝綽和王筠正是深受蕭統器重，並為其主管文書者。《梁書·劉孝綽傳》：「復為太子洗馬，掌東宮管記。……遷太府卿、太子僕，復掌東宮管記。時昭明太子好士愛文，孝綽與陳郡殷芸、吳郡陸倕、琅邪王筠、彭城到洽等，同見賓禮。太子起樂賢堂，乃使畫工先圖孝綽焉。太子文章繁富，群才咸欲撰錄，太子獨使孝綽集而序之。」劉孝綽在當時文名頗盛。《梁書·劉孝綽傳》：「孝綽辭藻為後進所宗，世重其文，每作一篇，朝成暮遍，好事者咸諷誦傳寫，流聞絕域。」又：「繪，齊世掌詔誥。孝綽年未志學，繪常使代草之。」可見其對詔誥公文的寫作也很擅長。《梁書·王筠傳》：「累遷太子洗馬，中舍人，並掌東宮管記。昭明太子愛文學士，常與筠及劉孝綽、陸倕、到洽、殷芸等遊宴玄圃，太子獨執筠袖撫孝綽肩而言曰：『所謂左把浮丘袖，右拍洪崖肩。』其見重如此。……除太子家令，復掌管記。」

　　需要說明的是，對於上表中作家的代表作品，盡量選取篇幅較長，保存較完整，影響較大者。對於出自《藝文類聚》、《初學記》等類書的文章，這裡一概不選，這是因為這類類書所收的文章常常不完整，還往往帶有一定的選擇性，難以比較準確地瞭解其犯病狀況。也正因為如此，有一些比較重要的作家如「國史詔誥，儀體法律，軍旅謀謨，皆兼掌之」的周捨、「管東宮書記」，長於筆體的陸倕、復古派的代表人物裴子野等，由於缺少比較完整的公文而沒有收入表中。此外表中犯病句數指病犯所涉句數，上尾一處涉兩句，隔句上尾一處涉四句。散句指明顯不合律的句子，這些句子不統計聲病。「聲病比例之和」，為上尾與隔句上尾比例之和。「聲病比例之和」加上明顯不合律的

散句比例，可以看到其總體聲律水平。

　　通過表中數據我們可以看到，劉宋時期的犯病率明顯高於齊梁時期，可見在聲病理論尚未提出時，公文還並沒有特別注意迴避聲病。齊代三人公文的犯病率大幅下降，可見永明聲律說興起之後，永明文人在創作公文時已經有意識地注意了聲病的迴避。這一點雖然在當時的聲病理論中反映的並不明顯，但在創作實踐中卻有所體現。梁代前期公文的犯病情況較之永明又有所變化。儘管任昉、江革、王筠犯病比例較低，體現了對聲病理論的接受，但總體而言，這一時期公文的犯病率較之永明時期有了明顯的回升。蕭衍、沈約、蕭統、劉孝綽、任孝恭等聲病比例均明顯高於永明時期，徐勉、劉之遴雖然聲病比例不高，但不合律的散句很多。如果從「散句比例＋聲病比例」的角度考察他們公文整體聲律水平的話，沈約、徐勉、蕭統、任孝恭、劉之遴等人公文的聲律水平甚至與劉宋時期相當。可見永明以來公文寫作講求聲律的風氣在梁代前期受到了很大的挫折。這其中的原因自然是出於蕭衍的影響力。蕭衍不好四聲。《梁書・沈約傳》：「（沈約）又撰《四聲譜》，以為在昔詞人，累千載而不寤，而獨得胸衿，窮其妙旨，自謂入神之作，高祖雅不好焉。帝問周捨曰：『何謂四聲？』捨曰：『天子聖哲』是也，然帝竟不遵用。」盧盛江先生通過統計蕭衍詩歌的病犯情況，指出：「從入梁之前的創作來看，蕭衍曾受永明時風影響，曾經注意在一些詩中迴避聲病，……但他隨即放棄了這一態度。」〔註37〕表中犯病率較低的任昉和江革的公文都作於蕭衍登基之前，在他即位之後漫長的時間裏，任用的主要都是不重聲律者。這正體現了與此一致的態度。

四

　　在蕭衍強大的影響之下，梁代前期的公文創作中古質雅正的文風佔據了統治地位。而一種新變的政府公文文體——「宮體文」卻在這樣的背景下逐步醞釀、產生，並在中大通三年之後開始產生較大影響。

　　宮體文指的是由徐摛開創的一種具有新變特色的政府公文文體。這種文體在蕭綱入主東宮之後開始產生較大影響，引發了「春坊盡學之」和「宮體」名號的提出。〔註38〕這種文體的新變特徵主要表現為以一種綺豔巧密的文

〔註37〕盧盛江《文鏡秘府論研究》，398 頁。
〔註38〕參見徐豔《「宮體詩」的界定及其文體價值思辨——兼釋「宮體詩」與「宮體文」的關係》，《復旦學報（社會科學版）》，2009 年第 1 期。

風改變了以往公文平實典正的面貌。《北周書・庾信傳》:「時肩吾為梁太子中庶子,掌管記。東海徐摛為左衛率。摛子陵及信並為抄撰學士。父子在東宮,出入禁闥,恩禮莫與比隆。既有盛才,文並綺豔,故世號為『徐庾體』焉。」又《陳書・徐陵傳》:「自有陳創業,文檄軍書及禪授詔策,皆陵所製,而《九錫》尤美,為一代文宗……世祖、高宗之世,國家有大手筆,皆陵草之。其文頗變舊體,緝裁巧密,多有新意。」徐陵為徐摛之子,其文章「頗變舊體」、「多有新意」的特點與其父的「好為新變,不拘舊體」一脈相承。而庾肩吾父子與徐摛父子同在東宮,「文並綺豔」且並稱為「徐庾體」。可見徐庾父子四人正是宮體文的代表作家,這種綺豔巧密的文風正是宮體文的主要特徵。《梁書・庾肩吾傳》則將宮體文的特徵概括為「轉拘聲韻,彌尚麗靡,復逾於往時」,在指出宮體文文辭上麗靡的特點之外,還指出了其聲律上的講求:

> 初,太宗在藩,雅好文章士,時肩吾與東海徐摛、吳郡陸杲、
> 彭城劉遵、劉孝儀、儀弟孝威,同被賞接。及居東宮,又開文德省,
> 置學士,肩吾子信、摛子陵、吳郡張長公、北地傅弘、東海鮑至等
> 充其選。齊永明中,文士王融、謝朓、沈約文章始用四聲,以為新
> 變,至是轉拘聲韻,彌尚麗靡,復逾於往時。(《梁書・庾肩吾傳》)

這裡所謂「齊永明中,文士王融、謝朓、沈約文章始用四聲,以為新變,至是轉拘聲韻,彌尚麗靡,復逾於往時」都是詩文合論,這可以在緊隨這段記載之後的《與湘東王書》中得到印證。蕭綱的評論並不僅僅針對詩歌,他在批評京師文體時有「詩既若此,筆又如之」之語,又在論及「文章之冠冕,述作之楷模」時提到「至如近世謝朓、沈約之詩,任昉、陸倕之筆」。可見「轉拘聲韻,彌尚麗靡,復逾於往時」是宮體詩和宮體文共同的特徵。通過與前代公文的對比,宮體文這兩方面的特徵可以得到較為充分的體現。

　　首先來看聲律。前文考察了劉宋以來到宮體文興起之前公文代表作家之代表作品上尾與隔句上尾的病犯情況,這裡再補充蕭綱、蕭繹、徐陵、庾信四位宮體文代表作家的代表作品與之比較。宮體文的創始人徐摛僅存《婦見舅姑議》〔註39〕一篇,口語化的特徵比較明顯,當是對庭議的直接記錄,這裡暫不計入。宮體文另一位重要作家庾肩吾現存文章多出自《藝文類聚》等類書,根據上節提到的收錄原則,這裡亦暫不計。統計結果見下表。

〔註39〕即前引《梁書・徐摛傳》中徐摛議禮之文。

	文獻出處	全文句數	不統計的散句及比例	上尾及比例	隔句上尾及比例	聲病比例之和	散句比例+聲病比例	詩歌作品的上尾比例（據盧書）
蕭綱《與劉孝儀令悼劉遵》	《梁書·劉遵傳》	82	2 2.4%	6 7.3%	2 4.9%	12.2%	14.6%	1.4%
蕭繹《馳檄告四方》	《梁書·元帝紀》	304	6 2%	8 2.6%	2 1.3%	3.9%	5.9%	0.5%
徐陵《冊陳公九錫文》	《陳書·高祖紀》	573	37 6.5%	14 2.4%	6 2.1%	4.5%	11.0%	2.6%
庾信《賀新樂表》	《文苑英華》	95	1 1.1%	4 4.2%	0	4.2%	5.3%	0.5%

　　將此表與上表對照，我們可以看到蕭繹、徐陵、庾信公文的犯病率不僅較之梁代前期有了明顯下降，也低於永明時期的周顒和王融，僅僅高於沒有病犯的謝朓。如果再綜合散句比例，也僅有徐陵因為《九錫文》套語的緣故而顯得稍高。值得一提的是，蕭繹三人的公文篇幅都很長，遠在永明三人之上。在這樣的長文中卻有著比永明時期更高的聲律水平，正是宮體文「轉拘聲韻」而又「復逾於往時」的具體體現。這裡值得一提的是蕭綱。蕭綱對於宮體文的發展起著至關重要的作用，但從其自身的公文創作上看，宮體文的特徵並不明顯。從表中的數據來看，他的「聲病比例之和」比梁代前期的蕭衍、沈約等人還要高。這大約與蕭衍的管教有關，下文還將進一步論述。

　　其次來看辭采。宮體文辭采上的「彌尚麗靡」主要表現在以細緻而鋪展的描寫在情感上感染、打動讀者，從而給嚴謹客觀、以理服人的傳統公文注入了更多抒情化的色彩。前文比較了任昉和徐陵的《九錫文》，對於宮體文這種鋪張辭采，描寫細緻的麗靡文風有了初步的認識。這裡再選取另外兩位宮體文代表作家庾肩吾父子的作品，進一步把握宮體文「彌尚麗靡」的內容特徵。

　　庾肩吾現存的公文雖然基本都保存在《藝文類聚》、《初學記》這樣的類書中，並不完整，但從這些文字中我們還是可以清楚地看到庾肩吾公文細膩新巧的特點。如《謝東宮齎內人春衣啟》：「階邊細草，猶推緩葉之光；戶前桃樹，反訝藍花之色。遂得裾飛合燕，領斗分鸞，試顧采薪，皆成留客。」〔註40〕這裡將春衣上的草樹圖案與自然界真實的細草、桃樹放在一起，以擬人化的筆觸描寫真實的草樹對春衣圖案的推崇、驚訝，巧妙地表現出春衣上的草樹圖案的鮮活、逼真。又描寫裙裾隨風飛舞，上面繡著的兩隻燕子圖案好像真實

〔註40〕《藝文類聚》卷六十七。

的燕子一樣翻飛分合；兩隻領上繡著的鸞鳥隨著領子的相對而相對，彷彿互相爭奇鬥豔。這樣的描寫在表現燕子、鸞鳥的圖案生動、逼真之餘，更表現出了春衣的輕盈、靈動。又如《謝武陵王齎白綺綾啟》「圖雲緝鶴，鄴市稀逢，寫霧傅花，叢臺罕遇」〔註41〕寫白綺綾上鶴、花的圖案在現實中有著大量奇花異獸的「鄴市」、「叢臺」也難以見到，以突出這些圖案的珍稀寶貴，構思也很新巧。又如《謝湘東王齎米啟》「連舟入浦，似彥伯之南歸；積地為山，疑馬援之西至」〔註42〕描寫蕭繹賜米之多，用典新奇，比喻誇張。這些都充分體現了庾肩吾公文創作的特點。

庾信現存公文以表、啟為主。兩相比較，他的啟描寫細膩，構思新巧，更能體現出「綺豔」的特色。如《謝趙王賚白羅袍袴啟》「鳳不去而恒飛，花雖寒而不落」〔註43〕將羅袍上織成的花鳳圖案與真實的花鳳相比並突出其較之真實花鳳的優點，寫法新奇巧妙。又如《謝騰王賚馬啟》「柳谷未開，翻逢紫燕，陵源猶遠，忽見桃花。流電爭光，浮雲連影。」〔註44〕這裡巧妙地運用了諧音雙關：「紫燕」、「桃花」既是寶馬的名字，又指實質上的紫燕、桃花。但這裡又反向使用與紫燕、桃花相關的典故：紫燕本應在柳谷之中，桃花當開在武陵源裏。但現在「柳谷未開」、「陵源猶遠」，那麼這裡的紫燕、桃花就不是實質上的紫燕、桃花，而只能是寶馬。之後兩句極力描寫駿馬奔馳的速度，又進一步補充說明了這一點。這樣的描寫曲折精巧，充滿新意。而《謝明皇帝賜絲布等啟》〔註45〕在描寫細緻之餘，在結構上的安排也頗具匠心。此文在描寫皇帝賜絲布前先描寫了自己生活的窘迫：「白社之內，拂草看冰；靈臺之中，吹塵視甑。嫠妻狠妾，既嗟且憎；瘠子羸孫，虛恭實怨。」在這樣家徒四壁，連最親近的妻妾子孫也頗多怨言的情況下，皇帝的賞賜就成了雪中送炭：「王人忽降，大賚先臨。天帝錫年，無逾此樂；仙童贈藥，未均斯喜。張袖而舞，玄鶴欲來；舞節而歌，行雲幾斷。所謂舟楫無岸，海若為之反風；薺麥將枯，山靈為之出雨。」這裡連續用典，充分表現出作者對於這種雪中送炭發自內心的狂喜，也側面體現皇帝賞賜的恩典之重。在狂喜之後，作者開始了對皇帝所賜之物的描寫：「況復全抽素繭，雪阪疑傾，並落青鳧，銀山或

〔註41〕《藝文類聚》卷八十五。
〔註42〕《藝文類聚》卷七十二。
〔註43〕《庾子山集注》卷八。
〔註44〕《庾子山集注》卷八。
〔註45〕《庾子山集注》卷八。

動。」皇帝的賞賜不僅是雪中送炭，而且極為精美豐厚，因此更進一步地激發了作者的感激之情：「是知青牛道士，更延將盡之命；白鹿真人，能生已枯之骨。雖復拔山超海，負德未勝；垂露懸針，書恩不盡。」在這樣層層渲染、層層推進的結構安排下，充分表現了皇帝的恩典之重以及作者的感激之深。

<h1 style="text-align:center">五</h1>

宮體文講究聲律與辭采，與蕭衍的實用文章觀大異其趣。因此在其名號提出不久就遭到了蕭衍的強烈反對。《梁書·徐摛傳》：「摛文體既別，春坊盡學之。宮體之號，自斯而起。高祖聞之怒，召摛加讓。……中大通三年，遂出為新安太守。」不久之後，宮體文的另一位重要作家庾肩吾也被調離京師，進入蕭繹府中任職。徐摛和庾肩吾這兩位宮體文的重要作家被相繼外放體現了蕭衍企圖將宮體文的影響力逐出京師的努力，剛剛興起的宮體文也隨即陷入了低迷。直到大同五年以後，由於蕭衍年事漸高，已經無力掌管許多具體事務，宮體文才又重新興起並表現出超出以往的影響力。〔註46〕

蕭衍極力反對宮體文的根本原因，在於宮體文追求辭采與聲律以及由此而生的抒情性，是一種以文為筆的破體。前面曾經提到，南朝文人重文輕筆，並且在這一觀念的影響下，往往在寫作筆體時吸收文之特質，從而形成以文為筆的破體。不過在宮體文興起之前，這種破體往往發生在序、書、論一類的文體中，對於與政治權力密切相關的公文文體，影響相對較小。而宮體文的文體創新則要求在最為嚴肅功利的公文中引入文之辭采、聲律，從而大膽地突破了傳統文體規範的束縛。然而由於公文與政治權力之間的特殊關係，這種破體往往容易影響公文實用功能的發揮，從而對現實政治產生影響。

蕭繹以宮體文的筆法寫作檄文，在當時就頗有爭議。《南史·蕭賁傳》：「及亂，王為檄，賁讀至『偃師南望，無復儲胥露寒，河陽北臨，或有穹廬氈帳』，乃曰：『聖製此句，非為過似，如體目朝廷，非關序賊。』」這裡的檄文指的是蕭繹討伐侯景的《馳檄告四方》。這篇文章與徐陵的九錫文一樣鋪張辭采，具有宮體文的鮮明特點。

檄文自有其自身的文體規範，要求「植義揚辭，務在剛健，插羽以示迅，不可使辭緩，露板以宣眾，不可使義隱，必事昭而理辨，氣盛而辭斷，此其要也。若曲趣密巧，無所取才矣。」（《文心雕龍·移檄》）這是要求檄文的語言

〔註46〕關於宮體文的發展歷程，參見徐豔、朱佑倫《梁陳宮體文研究》。

應該明白準確，剛健有力而充滿氣勢，從而在戰爭中起到壯我軍威，打擊敵人士氣的作用。但蕭繹的檄文卻與傳統的檄文風格不同，更多的以富麗的文采，誇張而生動的描寫感染、打動讀者。這種寫法常常會被認為有浮誇之弊，不如傳統檄文的明白準確。如劉師培《漢魏六朝專家文研究》中談到「學文四忌」的第三條「文章最忌浮泛」時說到：「而湘東草檄，非關序賊，文多浮誇，賢者不免。」〔註47〕並引用了《南史·蕭賁傳》的那段記載，指出「此文多溢詞之證」。劉師培認為「浮泛者，文溢於意，詞不切題之謂也。自漢魏以迄晉宋，文章雖有優劣，而絕少浮誇。及齊梁競尚藻采，浮詞因以日滋，下逮李唐，益為加厲。」〔註48〕可見這裡的浮誇指的就是由文采富麗帶來的一些過多的、不必要的描寫。如《南史·蕭賁傳》裏提到的「偃師南望，無復儲胥露寒，河陽北臨，或有穹廬氈帳」是在檄文中「敘彼苛虐」的部分裏出現的。傳統檄文在這一部分通常是一條條的具體列舉敵方的罪狀以義正言辭的斥責，如蕭衍《移檄京邑》中「自大行告漸，喜容前見，梓宮在殯，覷無哀色，歡娛遊宴，有過平常，奇服異衣，更極誇麗」〔註49〕、《北伐詔》中「凶渠嗣虐，險慝彌流，殘鋤親黨，咀噬黔庶，繁役絲興，毒賦雲起」〔註50〕等。而蕭繹這裡卻是對侯景治下荒涼蕭瑟的情形的描寫，雖然文采富麗，描寫生動且頗具抒情性，但卻沒有明白交代侯景的罪狀，也缺乏直斥敵人的氣勢，這正違背了檄文「事昭而理辨，氣盛而辭斷」的要求，因此在蕭賁、劉師培的眼裏是「非關序賊」、是「多溢詞之證」。

在蕭繹其他的公文中，這樣的情況也並不少見，最為典型的當屬《耕種令》。這篇公文是用來鼓勵百姓努力耕作的，本應寫的典雅莊重，但蕭繹在其中增添了不少對景色的細膩描寫：

> 況三農務業，尚看夭桃敷水；四人有令，猶及落杏飛花。化俗移風，常在所急；勸耕且戰，彌須自許。豈直燕垂寒谷，積黍自溫，寧可墮此玄苗，坐餐紅粒，不植燕頷，空候蟬鳴。〔註51〕

因此錢鍾書在《管錐篇》中評價此文曰：

〔註47〕劉師培《中國中古文學史講義》，上海古籍出版社，2000年，127頁。
〔註48〕劉師培《中國中古文學史講義》，126～127頁。
〔註49〕《梁書》卷一《武帝紀》。
〔註50〕《全梁文》卷二。
〔註51〕《梁書》卷五《元帝紀》。

按葉適《習學紀言序目》卷三二引此數語而譏之曰：「帝之文章
所以潤色時務者如此，豈『載芟良耜』之變者耶！」帝皇勸農，本
如「布穀催農不自耕」（楊萬里《誠齋集》卷三六《初夏即事》），此
《令》直似士女相約遊春小簡，官樣文章而佻浮失體。《全三國文》
卷一八陳王植《籍田論》云：「非徒娛耳目而已」；若「看夭桃」、「及
落杏」等語，真所謂「娛耳目」也。〔註52〕

這些麗靡細緻的描寫使得文章失去了詔令文字應有的典重莊嚴，從而顯得「佻
浮失體」。這樣的文字無法承擔其應有的政治功用，只能像詩賦等文學作品一
樣起到娛人耳目的作用。這正是公文寫作的嚴重破體。

　　前文在談蕭衍文學觀之成因時曾經說到，蕭衍生活在蘭陵蕭氏向文化貴
族轉變的過渡時期，這使得他在追求文采風流的同時更加注重經世致用的實
際世務以鞏固自己得之不易的政治權力。蕭衍在公文方面復古守舊，追求古
質雅正的文風目的正在於維護公文傳統的文體規範，發揮其現實政治中的實
用功效，以保證權力的平穩運作。宮體文追求辭采、聲律以娛人耳目，卻忽
視了其本身應有的實用功效，難免在政治上產生不良影響。蕭衍出於維護政
治地位的目的，自然對其極力打壓。

　　蕭衍對宮體文的打壓還表現在他對蕭綱的管教上。作為宮體文的有力支
持者，蕭綱現存的公文不僅在聲律上不大講求，辭采上也不突出，並未體現
出明顯的宮體文特徵。不過他一些進呈蕭衍的頌序卻寫的非常華美，是典型
的宮體文寫法，這一點我們在談南朝文筆之辨與以文為筆現象的時候已有所
論及。這些頌序雖然不是正式的政府公文，但由於是為進呈皇帝而寫，所以
也帶有一定程度的公文的性質。可見蕭綱有能力也願意創作文采華美的宮體
文。然而蕭衍的態度卻給了蕭綱很大的壓力。他在成為太子之前上呈蕭衍的
《菩提樹頌序》就因為「綺語」而招致蕭衍委婉的批評。而在他初入東宮之
時，身邊的重臣徐摛又因寫作宮體文之事引來了蕭衍的怒火。尤其是當時蕭
綱的太子地位並不穩固，立蕭統之子蕭歡為太子的呼聲也頗有影響。如《南
史·梁武帝諸子傳》：「帝既廢嫡立庶，海內噂諮，故各封諸子大郡以慰其心。」
又《南史·袁昂傳》：「昭明太子薨，立晉安王綱為太子，昂獨表言宜立昭明長
息歡為皇太孫。雖不見用，擅聲朝野。」面對這樣的情況，蕭綱的內心一定十
分惶恐，因此在公文寫作方面採取較為傳統的寫法以迎合蕭衍就成了必然的

〔註52〕錢鍾書《管錐編》，三聯書店，2007 年，2171 頁。

選擇。即使到了大同年間，蕭綱的地位已經穩固，蕭衍的影響力也已經減弱，蕭綱可以支持、提倡他手下的徐摛、庾肩吾等人創作宮體文，但他自己身為太子，卻仍然不能毫無顧忌，公然違背蕭衍的意志。

　　總而言之，蕭衍在公文寫作方面重用復古派成員，並注意起草公文者的儒學修養，表現出了對古質雅正文風的喜好。在這種實用文章觀的影響下，梁代前期的公文寫作主要呈現出理性、客觀，不重辭采的典正風貌。同時由於蕭衍不好四聲的影響，永明以來公文寫作講求聲律的風氣在梁代亦受到了很大的挫折。因此梁代前期的公文在辭采與聲律兩個方面都呈現出保守、復古的面貌。與此同時，宮體文這種新變的政府公文文體也開始了默默的醞釀、積累，並在中大通三年之後開始產生較大影響。宮體文的文體創新要求在最為嚴肅功利的公文中引入文之辭采、聲律，從而大膽地突破了傳統文體規範的束縛，更多地體現出娛人耳目的效果，卻難免忽視其本應承擔的政治功用。因此蕭衍在「宮體」之號興起之初就立即予以干涉打壓。在蕭衍的干預之下，宮體文的創作一度陷入低迷。直到大同五年以後，由於蕭衍年事漸高，已經無力掌管許多具體事務，宮體文才又重新興起並表現出超出以往的影響力。即便如此，在蕭衍的影響之下，宮體文有力支持者蕭綱自身的公文寫作也一直保持著比較傳統的面貌，不敢毫無顧忌的公然違背蕭衍的意志。

結　語

　　蕭衍是南朝文學發展中的重要人物，其文學觀念頗具特色，文筆創作均頗有成就，對齊梁文學，尤其是梁代文學發展產生了重大影響。

　　正如許多學者指出的那樣，蕭衍在文學上是一個較為開放，可以兼容多種文學思想的人物，其文學觀中既有復古守舊的一面，又有認可文學的抒情娛樂功能的一面。不過蕭衍文學觀中復古守舊的一面主要體現在實用性很強的政府公文和朝廷典禮上，對於以詩賦為代表的非實用性文學作品並不強調其政教功用，而是頗為看重辭采的美麗。這與當時主流看法並無本質上的區別。因此我們不應該過高地看待蕭衍文學觀中復古守舊的一面，甚至將之視為復古派的領袖。在那些無關政教的情況下，蕭衍在兼容各種文學思想的同時更多地重視文學的遊戲性、娛樂性，將之視為一種用來呈才炫博的風雅遊戲，而尚實，不滿過於誇張不實也在蕭衍的文學觀中佔有相當重要的地位。這種文學觀念的形成與蕭衍的家世背景、生平經歷、個人思想都有著密不可分的關係。由於他生活在蘭陵蕭氏由武力強宗向文化貴族轉變的過渡時期，這使他既重視經世致用的實際事務又追求文化貴族的文采風流，這反映在他的文學觀中就是在實用性較強的政府公文和朝廷典禮上體現出的主功利、尚質樸的傾向以求在現實政治中充分發揮其實用功效，同時在無關政教的情況下將文學視為呈才炫博的風雅遊戲。蕭衍在王儉、蕭子良幕下的經歷以及長期生活在吳聲、西曲最為流行的地域則影響著他喜好遊戲性、娛樂性文學，尤重學識之富博、才思敏捷的一面。此外蕭衍在政治上主張以儒術治國，自然也會在與現實政治密切相關的政府公文和朝廷典禮上體現出尚功利、主質樸的傳統儒家文學觀。而他文學觀中尚實，不好過於誇張文風的一面則與佛教破虛求實的追求以及不妄語的戒律密切相關。

　　就蕭衍的文筆創作而言,「文」以抒情性最強的詩歌和清商樂府為代表。在詩歌思想與創作方面,蕭衍在入梁後組織了大量文學活動並體現出對文采繁富的長篇大體的喜愛和對四聲理論的排斥,在創作實踐中繼承並發展晉宋詩歌鋪排辭藻,文采繁富風格的同時又學習古詩的創作技巧以化為已用,使其詩歌在綺麗中有了自然古樸的意味。而蕭衍詩歌創作中自我形象的淡薄則體現了他不將詩歌作為抒寫性情的載體,更多重視其遊戲性、娛樂性的詩歌思想。再加上蕭衍在蕭子良幕下地位不高,也沒有積極參與蕭子良集團的文學活動,將之歸入永明體作家的行列是不妥的。蕭衍在登基之後,以帝王之尊篤好文學,積極組織、參與宴集賦詩等文學活動,招攬獎掖文才之士,他的喜好對梁代前期的詩歌批評與創作產生了相當的影響。這種影響主要體現在文采繁富,典重華美的長篇古體詩重新受到了推重,而清巧凝練的永明新體詩地位有所下降,在新體詩與古體詩的力量對比中,支持古體的力量佔據了一定的優勢。但同時蕭衍在文學上包容開放的態度也給永明新體詩留下了進一步發展的空間。梁代前期新體詩在聲律之講求和辭采之經營方面比之永明時期都有了一定的發展,這種發展為之後宮體詩的興起作出了鋪墊。而儘管在梁代後期佔據主導地位的宮體詩新變思潮與蕭衍的喜好異趣,但他極力宣揚的佛教信仰卻對蕭綱等人的詩歌創作產生了相當的影響,從而間接影響著梁代後期詩歌的發展。

　　在與音樂密切相關的清商樂府方面,蕭衍雖然在朝廷音樂禮制的建設中表現出了一定的提倡雅樂,重視音樂政教功用的傾向,但在具體實踐中常常出現言行不符的情況,並在音樂禮制建設之外的各個方面都表現出了對新聲俗樂的濃厚興趣。他大量創作清商曲辭並將之引入宮廷,親自編定、創制了許多清商樂表演節目正是這種音樂觀的具體表現。蕭衍作為一個有著良好文化素養的文人,他對清商樂府的接受和改造在整體上體現出精緻高雅的文人化審美趣味。這在曲辭創作上主要表現為以精緻細膩的描寫刻畫為主,風格與文人詩趨近;在音樂表演形式上主要表現為追求多支樂曲、多種音樂表演形式的勾連配合,將以往民間樂歌簡單、隨意的單曲演唱,編製成為精緻複雜的大型宮廷演出節目,選取多首流行曲題填以新詞編制而成的吳聲十曲和遊曲六曲以及將清商樂、俳伎、胡舞熔為一爐的《上雲樂》都是其代表。蕭衍新製的《上雲樂》更是被用作三朝之禮上演奏的雅樂。蕭衍對清商樂府的接受和改造進一步提高了上層文士對清商樂府的接受程度,使之徹底融入了他

們的文化生活，對清商樂府的雅化起到了十分重要的作用。

　　「筆」以應用性最強的政府公文為代表。在公文寫作方面，蕭衍在以文為筆盛行的背景下重用復古派成員，並注意起草公文者的儒學修養，表現出了對古質雅正文風的喜好。在這種實用文章觀的影響下，梁代前期的公文寫作主要呈現出理性、客觀，不重辭采的典正風貌。同時由於蕭衍不好四聲的影響，永明以來公文寫作講求聲律的風氣在梁代亦受到了很大的挫折。因此梁代前期的公文在辭采與聲律兩個方面都呈現出保守、復古的面貌。而在古質雅正的文風佔據梁代前期公文創作主導地位的同時，宮體文這種新變的政府公文文體也開始了默默地醞釀、積累。宮體文的文體創新要求在最為嚴肅功利的公文中引入文之辭采、聲律，從而大膽地突破了傳統文體規範的束縛，更多地體現出娛人耳目的效果，卻難免忽視其本應承擔的政治功用。因此蕭衍在「宮體」之號興起之初就立即予以干涉打壓。蕭衍以帝王之尊企圖扭轉這種破體實踐帶來的政治上的弊端，雖有一定影響，但最終也難擋時代的潮流。宮體文在經歷了長期曲折的發展後，終於在梁代後期直到陳代的公文創作領域中佔據了主流地位，其影響波及隋唐，極為深遠。

　　總體而言，蕭衍的文學思想與創作和時代文學發展的總體趨勢並不完全一致，這尤其體現在詩歌與公文方面。自永明新體詩出現以來，詩歌由古體向近體轉變的趨勢已不可逆轉，蕭衍卻依然熱衷於文采繁富的元嘉古體。出於重文輕筆觀念的影響，南朝筆體的創作越來越多地吸取文之辭采，而蕭衍依然在公文的寫作中嚴格遵守傳統的文體規範，展現出古質典正的風貌。依靠自己崇高的政治地位和良好的文學修養，蕭衍一度在梁代前期詩歌和公文的發展中延緩甚至扭轉了這種總體趨勢，體現出了個人對於時代文學發展的強大影響力。但梁代後期宮體文學的興起使得時代文學的發展重新回到了它原有的軌道上來：宮體詩在永明體的基礎上「轉拘聲韻，彌尚麗靡」，宮體文則將以文為筆的破體帶入公文的領域。蕭衍雖為帝王之尊，又勇於組織干預文學活動，但個人力量終於無法真正扭轉時代的潮流。

參考文獻

文獻典籍

1. 阮元，十三經注疏〔M〕，北京：中華書局，2009。

2. 班固，漢書〔M〕，北京：中華書局，1962。

3. 范曄，後漢書〔M〕，北京：中華書局，1965。

4. 陳壽，三國志〔M〕，北京：中華書局，1982。

5. 房玄齡等，晉書〔M〕，北京：中華書局，1974。

6. 沈約，宋書〔M〕，北京：中華書局，1974。

7. 蕭子顯，南齊書〔M〕，北京：中華書局，1974。

8. 姚思廉，梁書〔M〕，北京：中華書局，1973。

9. 姚思廉，陳書〔M〕，北京：中華書局，1972。

10. 魏收，魏書〔M〕，北京：中華書局，1974。

11. 令狐德棻，周書〔M〕，北京：中華書局，1971。

12. 李延壽，南史〔M〕，北京：中華書局，1972。

13. 李延壽，北史〔M〕，北京：中華書局，1974。

14. 魏徵等，隋書〔M〕，北京：中華書局，1973。

15. 劉昫等，舊唐書〔M〕，北京：中華書局，1975。

16. 司馬光，資治通鑒〔M〕，北京：中華書局，1956。

17. 杜佑，通典〔M〕，北京：中華書局，1988。

18. 鄭樵，通志〔M〕，北京：中華書局，1987。

19. 馬端臨，文獻通考〔M〕，北京：中華書局，2014。

20. 許嵩，建康實錄〔M〕，北京：中華書局，1986。

21. 劉知幾、浦起龍，史通通釋〔M〕，上海：上海古籍出版社，2009。

22. 蘇晉仁、蕭煉子，宋書樂志校注〔M〕，濟南：齊魯書社，1982。

23. 董斯張，吳興備志〔M〕，影印《文淵閣四庫全書》本，臺北：臺灣商務印書館，1986。

24. 劉義慶、余嘉錫，世說新語箋疏〔M〕，上海：上海古籍出版社，1999。

25. 顏之推、王利器，顏氏家訓集解〔M〕，北京：中華書局，1993。

26. 蕭繹、許逸民，金樓子校箋〔M〕，北京：中華書局，2011。

27. 徐堅等，初學記〔M〕，北京：中華書局，1980。

28. 歐陽詢等，藝文類聚〔M〕，上海：上海古籍出版社，1999。

29. 僧祐，弘明集〔M〕，四部叢刊影印明本。

30. 釋道宣，廣弘明集〔M〕，四部叢刊影印明本。

31. 釋慧皎，高僧傳〔M〕，北京：中華書局，1992。

32. 釋道宣，續高僧傳〔M〕，北京：中華書局，2014。

33. 李昉等，太平御覽〔M〕，北京：中華書局，1960。

34. 李昉等，太平廣記〔M〕，北京：中華書局，1961。

35. 陳暘，樂書〔M〕，影印《文淵閣四庫全書》本，臺北：臺灣商務印書館，1986。

36. 蕭統等，六臣注文選〔M〕，影印韓國奎章閣本。

37. 徐陵、吳兆宜《玉臺新詠箋注》〔M〕，北京：中華書局，1985。

38. 郭茂倩，樂府詩集〔M〕，北京：中華書局，1979。

39. 李昉等，文苑英華〔M〕，北京：中華書局，1966。

40. 逯欽立，先秦漢魏晉南北朝詩〔M〕，北京：中華書局，1983。

41. 嚴可均，全上古三代秦漢三國六朝文〔M〕，北京：中華書局，1958。

42. 許敬宗、羅國威，文館詞林校證〔M〕，北京：中華書局，2001。

43. 曹植、趙幼文，曹植集校注〔M〕，北京：人民文學出版社，1984。

44. 俞紹初，建安七子集〔M〕，北京：中華書局，2005。

45. 陸機、劉運好，陸士衡文集校注〔M〕，南京：鳳凰出版社，2007。

46. 謝靈運、黃節，謝康樂詩注〔M〕，北京：人民文學出版社，1958。

47. 謝靈運、顧紹柏，謝靈運集校注〔M〕，臺北：臺灣里仁書局，2004。

48. 鮑照、錢仲聯，鮑參軍集注〔M〕，上海：上海古籍出版社，2005。

49. 江淹、胡之驥，江文通集匯注〔M〕，北京：中華書局，2006。

50. 謝朓、曹融南，謝宣城集校注〔M〕，上海：上海古籍出版社，1991。

51. 何遜、李伯齊，何遜集校注〔M〕，北京：中華書局，2010。

52. 蕭統、俞紹初，昭明太子集校注〔M〕，鄭州：中州古籍出版社，2001。

53. 徐陵、許逸民，徐陵集校箋〔M〕，北京：中華書局，2008。

54. 庾信、倪璠，庾子山集注〔M〕，北京：中華書局，1980。

55. 劉勰、范文瀾，文心雕龍注〔M〕，北京：人民文學出版社，1958。

56. 鍾嶸、曹旭，詩品箋注〔M〕，北京：人民文學出版社，2009。

57. 遍照金剛、盧盛江，文鏡秘府論匯校匯考〔M〕，北京：中華書局，2006。

58. 胡應麟，詩藪〔M〕，上海：上海古籍出版社，1979。

59. 許學夷，詩源辨體〔M〕，北京：人民文學出版社，1987。

60. 張溥、殷孟倫，漢魏六朝百三家集題辭注〔M〕，北京：中華書局，2007。

61. 方東樹，昭昧詹言〔M〕，北京：人民文學出版社，1961。

62. 王夫之，古詩評選〔M〕，上海：上海古籍出版社，2011。

63. 沈德潛，古詩源〔M〕，北京：中華書局，1963。

64. 陳祚明，采菽堂古詩選〔M〕，上海：上海古籍出版社，2009。

65. 吳淇，六朝選詩定論〔M〕，揚州：廣陵書社，2009。

66. 張玉穀，古詩賞析〔M〕，上海：上海古籍出版社，2000。

67. 許槤、黎經誥，六朝文絜箋注〔M〕，上海：上海古籍出版社，1982。

68. 何文煥，歷代詩話〔M〕，北京：中華書局，1981。

69. 丁福保，歷代詩話續編〔M〕，北京：中華書局，1983。

70. 河北師範學院中文系古典文學教研組，三曹資料彙編〔M〕，北京：中華書局，1980。

71. 鍾仕倫，南北朝詩話校釋〔M〕，北京：中華書局，2007。

72. 蕭華榮，魏晉南北朝詩話〔M〕，濟南：齊魯書社，1986。

73. 中華大藏經〔M〕，北京：中華書局，1997。

專著

1. 方立天，魏晉南北朝佛教論叢〔M〕，北京：中華書局，1982。

2. 逯欽立，漢魏六朝文學論集〔M〕，西安：陝西人民出版社，1984。

3. 曹道衡，中古文學史論文集〔M〕，北京：中華書局，1986。

4. 興膳宏，六朝文學論稿〔M〕，長沙：嶽麓書社，1986。

5. 孫昌武，佛教與中國文學〔M〕，上海：上海人民出版社，1988。

6. 王運熙、楊明，魏晉南北朝文學批評史〔M〕，上海：上海古籍出版社，1989。

7. 丘瓊蓀、隗蒂，燕樂探微〔M〕，上海：上海古籍出版社，1989。

8. 田餘慶，東晉門閥政治〔M〕，北京：北京大學出版社，1989。

9. 曹道衡、沈玉成，南北朝文學史〔M〕，北京：人民文學出版社，1991。

10. 閻采平，齊梁詩歌研究〔M〕，北京：北京大學出版社，1994。

11. 羅宗強，魏晉南北朝文學思想史〔M〕，北京：中華書局，1996。

12. 劉躍進，門閥士族與永明文學〔M〕，北京：三聯書店，1996。

13. 周祖謨，魏晉南北朝韻部之演變〔M〕，臺北：東大圖書公司，1996。

14. 劉躍進，中古文學文獻學〔M〕，南京：江蘇古籍出版社，1997。

15. 湯用彤，漢魏兩晉南北朝佛教史〔M〕，北京：北京大學出版社，1997。

16. 胡德懷，齊梁文壇與四蕭研究〔M〕，南京：南京大學出版社，1997。

17. 鍾濤，六朝駢文形式及其文化意蘊〔M〕，上海：東方出版社，1997。

18. 周一良，魏晉南北朝史論集〔M〕，北京：北京大學出版社，1997。

19. 吳小平，中古五言詩研究〔M〕，南京：江蘇古籍出版社，1998。

20. 王瑤，中古文學史論〔M〕，北京：北京大學出版社，1998。

21. 蕭滌非，漢魏六朝樂府文學史〔M〕，北京：人民文學出版社，1998。

22. 俞紹初、許逸民，中外學者文選學論集〔M〕，北京：中華書局，1998。

23. 劉躍進、范子燁，六朝作家年譜輯要〔M〕，黑龍江：黑龍江教育出版社，1999。

24. 張伯偉，鍾嶸詩品研究〔M〕，南京：南京大學出版社，1999。

25. 林家驪，沈約研究〔M〕，杭州：杭州大學出版社，1999。

26. 劉躍進，古典文學文獻學叢稿〔M〕，北京：學苑出版社，1999。

27. 劉師培，中國中古文學史講義〔M〕，上海：上海古籍出版社，2000。

28. 曹道衡、劉躍進，南北朝文學編年史〔M〕，北京：人民文學出版社，2000。

29. 周勳初，周勳初文集〔M〕，南京：江蘇古籍出版社，2000。

30. 啟功，詩文聲律論稿〔M〕，北京：中華書局，2000。

31. 傅剛、曹道衡，蕭統評傳〔M〕，南京：南京大學出版社，2001。

32. 程章燦，魏晉南北朝賦史〔M〕，南京：江蘇古籍出版社，2001。

33. 曹道衡，南朝文學與北朝文學研究〔M〕，南京：江蘇古籍出版社，2001。

34. 普慧，南朝佛教與文學〔M〕，北京：中華書局，2002。

35. 曹道衡，中古文史叢稿〔M〕，保定：河北大學出版社，2003。

36. 魏耕原，謝朓詩論〔M〕，北京：中國社會科學出版社，2004。

37. 曹道衡，蘭陵蕭氏與南朝文學〔M〕，北京：中華書局，2004。

38. 李士彪，魏晉南北朝文體學〔M〕，上海：上海古籍出版社，2004。

39. 楊明，漢唐文學辨思錄論〔M〕，上海：上海古籍出版社，2005。

40. 詹福瑞，南朝詩歌思潮〔M〕，保定：河北大學出版社，2005。

41. 傅剛，魏晉南北朝詩歌史述〔M〕，北京：北京大學出版社，2005。

42. 歸青，南朝宮體詩研究〔M〕，上海：上海古籍出版社，2006。

43. 趙以武，梁武帝及其時代〔M〕，南京：鳳凰出版社，2006。

44. 王運熙，樂府詩述論〔M〕，上海：上海古籍出版社，2006。

45. 孫康宜，抒情與描寫──六朝詩歌概論〔M〕，上海：上海三聯書店，2006。

46. 吳光興，蕭綱蕭繹年譜〔M〕，北京：社會科學文獻出版社，2006。

47. 溝口雄三、小島毅，中國的思維世界〔M〕，南京：江蘇人民出版社，2006。

48. 許雲和，漢魏六朝文學考論〔M〕，上海：上海古籍出版社，2006。

49. 葛曉音，八代詩史〔M〕，北京：中華書局，2007。

50. 錢鍾書，管錐編〔M〕，北京：三聯書店，2007。

51. 吉定，庾信研究〔M〕，上海：上海古籍出版社，2008。

52. 柏俊才，梁武帝蕭衍考略〔M〕，上海：上海古籍出版社，2008。

53. 杜志強，蘭陵蕭氏家族及其文學研究〔M〕，成都：巴蜀書社，2008。

54. 葛兆光，漢字的魔方〔M〕，上海：復旦大學出版社，2008。

55. 宮崎市定，九品官人法研究〔M〕，北京：中華書局，2008。

56. 郭紹虞，照隅室古典文學論集〔M〕，上海：上海古籍出版社，2009。

57. 杜曉勤，齊梁詩歌向盛唐詩歌的嬗變〔M〕，北京：北京大學出版社，2009。

58. 穆克宏，六朝文學論集〔M〕，北京：中華書局，2010。

59. 田曉菲，烽火與流星──蕭梁王朝的文學與文化〔M〕，北京：中華書局，2010。

60. 劉懷榮、宋亞莉，魏晉南北朝樂府制度與歌詩研究〔M〕，北京：商務印書館，2010。

61. 曹道衡，中古文學史論文集續編〔M〕，北京：中華書局，2011。

62. 章培恒、駱玉明，中國文學史新著〔M〕，上海：復旦大學出版社，2011。

63. 徐豔，中國中世文學思想史〔M〕，上海：上海古籍出版社，2012。

64. 葛曉音，先秦漢魏六朝詩歌體式研究〔M〕，北京：北京大學出版社，2012。

65. 盧盛江，文鏡秘府論研究〔M〕，北京：人民文學出版社，2013。

66. 吳冠文、陳文彬，廟堂與山林之間：謝靈運的心路歷程與詩歌創作〔M〕，上海：復旦大學出版社，2013。

論文

1. 喻意志，《樂府詩集》成書研究〔D〕，上海：上海師範大學，2002。

2. 林大志，四蕭文學研究〔D〕，保定：河北大學，2003。

3. 吳大順，魏晉南北朝音樂文化與歌辭研究〔D〕，揚州：揚州大學，2005。

4. 劉濤，南朝散文研究〔D〕，蘇州：蘇州大學，2006。

5. 曾智安，清商曲辭研究〔D〕，北京：首都師範大學，2006。

6. 楊賽，任昉研究〔D〕，上海：上海師範大學，2006。

7. 錢汝平，蕭衍研究〔D〕，成都：四川大學，2007。

8. 高雲，四蕭文藝思想研究〔D〕，遼寧：遼寧大學，2010。

9. 黃燕平，南朝公牘文研究〔D〕，杭州：浙江大學，2011。

10. 肖黎，論梁武帝〔J〕史學月刊，1983（3）。

11. 駱玉明、賀聖遂，謝靈運之評價與梁代詩風演變〔J〕復旦學報（社會科學版），1983（6）。

12. 葛曉音，論齊梁文人革新晉宋詩風的功績〔J〕北京大學學報（哲學社會科學版），1985（3）。

13. 汪春泓，論佛教與宮體詩的產生〔J〕文學評論，1991（5）。

14. 穆克宏，蕭氏父子與梁代文學〔J〕陰山學刊（哲學社科版），1992（4）。

15. 曹道衡，昭明太子和梁武帝的建儲問題〔J〕鄭州大學學報（哲學社會科學版），1994（1）。

16. 曹道衡，論任昉在文學史上的地位〔J〕齊魯學刊，1994（4）。

17. 許輝，梁武帝統治述論〔J〕學海，1994（5）。

18. 錢志熙，齊梁擬樂府賦題法初探——兼論樂府詩寫作方法之流變〔J〕北京大學學報（哲學社會科學版），1995（4）。

19. 曹道衡，梁武帝與竟陵八友〔J〕齊魯學刊，1995（5）。

20. 許雲和，欲色異相與梁代宮體詩〔J〕文學評論，1996（5）。

21. 歐陽鎮，試論梁武帝力促佛教僧制的中國化〔J〕江西社會科學，1996（11）。

22. 傅剛，永明文學至宮體文學的嬗變與梁代前期文學狀態〔J〕社會科學戰線，1997（3）。

23. 張辰，略論四蕭的文學觀〔J〕內蒙古大學學報，1998（2）。

24. 遲乃鵬，「寺子導安息孔雀、鳳凰、文鹿，胡舞登連上雲樂歌舞伎」臆解〔J〕音樂探索，1998（1）。

25. 普惠，齊梁三大文學集團的構成及其盟主的作用〔J〕社會科學戰線，1998（2）。

26. 傅剛，試論梁天監、普通年間文學思想與創作〔J〕文學遺產，1998（5）。

27. 熊清元，梁武帝天監三年「捨事李老道法」事證偽〔J〕黃岡師專學報，1998（5）。

28. 楊德才，蕭氏父子與梁代文學〔J〕文史哲，1998（6）。

29. 李天石，蕭衍覆齊建梁考論〔J〕江蘇社會科學，1999（2）。

30. 楊德才，論蕭衍的樂府詩〔J〕文學遺產，1999（3）。

31. 王家葵，陶弘景與梁武帝〔J〕宗教學研究，2002（1）。

32. 胡旭，重色家風與梁代的宮體詩〔J〕浙江社會科學，2003（3）。

33. 駱玉明，壅塞的清除——南朝至唐代詩歌藝術發展的一題〔J〕復旦學報（社會科學版），2003（3）。

34. 于英麗，對梁武帝幾首有爭議詩歌的斷歸〔J〕福州大學學報（哲學社會科學版），2004（2）。

35. 劉林魁，梁簡文帝蕭綱《與湘東王書》繫年考〔J〕西北大學學報（哲學社會科學版），2006（2）。

36. 汪春泓，論王儉與蕭子良集團的對峙對齊梁文學發展之影響〔J〕文學遺產，2006（3）。

37. 鄔國平，梁武帝與鍾嶸《詩品》〔J〕文藝研究，2006（10）。

38. 李曉虹，從梁武帝看素食制度的頒行〔J〕宗教學研究，2007（4）。

39. 王永平，蘭陵蕭氏「皇舅房」之興起及門風與家學述論〔J〕文史哲，2007（5）。

40. 譚潔，論梁武帝的神明觀及其佛性思想〔J〕江漢論壇，2007（5）。

41. 吳大順，梁武帝音樂文化活動與梁代宮體詩〔J〕江西師範大學學報（哲學社科版），2007（6）。

42. 林家驪、陶琳，四蕭文學群體與梁代詩風之變〔J〕浙江大學學報（人文社科版），2007（9）。

43. 李曉虹，梁武帝與素食新探〔J〕中國宗教，2007（12）。

44. 程章燦，論「碑文似賦」〔J〕東方叢刊，2008（1）。

45. 徐寶余，梁武帝「不知四聲」辨〔J〕南陽師範學院學報（社會科學版），2008（2）。

46. 徐迎花，梁武帝時期郊祀制度問題研究〔J〕北方論叢，2008（4）。

47. 徐豔，「宮體詩」的界定及其文體價值思辨──兼釋「宮體詩」與「宮體文」的關係〔J〕復旦學報（社會科學版），2009（1）。

48. 丁紅旗，梁武帝天監三年「捨道歸佛」辨〔J〕宗教學研究，2009（1）。

49. 徐豔，寓奇險於古樸的語言追求──「吳均體」內涵考辨〔J〕中國文學研究，2009（4）。

50. 譚潔，梁武帝天監三年發菩提心「捨道」真偽考辨〔J〕世界宗教研究，2010（3）。

51. 王志清，論蕭梁宮廷音樂文化建設與樂府詩發展〔J〕西南大學學報（社會科學版），2010（7）。

52. 許雲和，梁武帝「江南弄」七曲研究〔J〕武漢大學學報（哲學社科版），2010（7）。

53. 李柏，梁武帝蕭衍文學交遊考論〔J〕寧夏社會科學，2011（1）。

54. 劉航，文康樂與漢魏六朝戲劇藝術的發展〔J〕文藝研究，2011（2）。

55. 李柏，梁武帝事蹟詩文叢考〔J〕圖書館理論與實踐，2011（4）。

56. 趙厚均，序文析義及其體制、源流略論〔J〕中國文學研究，2012（1）。

57. 林田慎之助，裴子野雕蟲論考證──關於雕蟲論的寫作年代及其復古文學論〔A〕古代文學理論研究叢刊，第六輯。

58. 陳慶元，梁武帝蕭衍的文學活動及其文學觀〔A〕魏晉南北朝文學與思想學術研討會論文集，第三輯。

59. 曾智安，從「相和六引」到「相和五引」──梁代對元會儀的改革與「相和引」之變〔A〕樂府學，第六輯。

後　記

　　本書是在我博士論文的基礎上修訂完成的。博士論文的完成到現在已將近六年。在這六年間，由於工作和家庭方面瑣事繁雜，加上自己學術興趣與關注點的變化，這本博士論文早早束之高閣，罕有翻閱。趁著這次修訂出版的機會，再次翻開舊作，往日復旦求學的時光彷彿就在眼前。

　　在那段長達十一年的求學生涯中，首先要感謝的是我的導師徐豔教授。我這十一年中的大半時光都是在徐老師的教導下度過。在中文系完成四年的本科學業後，我來到古籍所跟隨徐老師讀碩士。雖然經過了四年的本科學習，但對於專門的學術研究，我仍然未窺門徑。徐老師引導我們系統閱讀了魏晉南北朝時期重要作家的別集。在每週一次的讀書會上，徐老師往往耐心傾聽我們不成熟的看法，指出優點與不足，又能在對文本細緻閱讀的基礎上通過縝密的分析得出令我們耳目一新的結論，從而不斷開拓著我們的眼界和思路。正是徐老師各方面的細緻指導和嚴格要求，將我初步引入了學術的殿堂。在兩年的碩士階段學習之後，徐老師將我推薦到章培恒先生門下讀博士，使我有了進一步深造的機會。章先生於 2011 年不幸逝世，徐老師再次承擔起指導我博士論文寫作的工作。對於我論文的寫作，她一如既往地悉心教導，或是與我合作撰文以言傳身教，或是帶我參加學術會議以拓展視野。論文寫作中遇到的種種問題，老師總能耐心的與我一起共同探討，共同解決。這篇文章從題目的選擇到結構的安排乃至具體章節的寫作，處處體現著老師的教誨。只是由於我自己的才疏學淺，文中還難免有許多不足之處。徐老師在畢業之後依然時時關心我的工作、生活，本書得以出版也有賴於老師的引薦。

　　同樣需要感謝的還有章培恒先生。章先生是享譽海內外的著名文史專家。能夠跟著先生讀書，是我莫大的榮幸。儘管先生由於身體的原因很少和我見

面，但在與先生僅有的交流中仍然可以感受到他淵博的學識和嚴謹的學風。他對基本文獻功底的重視和強調也讓我在今後的學習研究中深受其益。未能隨先生完成學業，對我來說是一個巨大的遺憾。

此外，感謝古籍所陳廣宏、鄭利華、黃仁生、談蓓芳、吳冠文等諸位老師，他們在我碩博學習階段給予了許多無私的指導和幫助，同時在開題、預答辯等環節對我的論文寫作提出了許多寶貴的意見。尤其是吳冠文老師。我們在課上課下有著許多充分而愉快的討論，吳老師的許多看法與建議讓我深受啟發。感謝曹旭、胡曉明、戴燕等先生在我論文答辯會上的批評與指點。感謝中文系楊明、駱玉明、陳引馳等諸位老師，他們在我本科學習階段向我充分展示了中國古代文學的無窮魅力，並引領我走上古代文學研究之路。感謝陪我一路走來的各位師友，尤其是我的室友陶磊和陳卓。十年來我們相互扶持，共同成長，一起走過了人生中最美好的年華。如今雖然天各一方，鮮有見面機會，但這份同窗之情總是深深銘記在心。

最後深深感謝我的家人。感謝我的父母在任何時候都站在我的身後默默支持，盡力為我掃清一切外來的干擾，使我能夠全身心的投入到學習研究工作中去。感謝妻子瑤華對我工作的支持和對我們小家庭的默默奉獻。尤其是最近一段時間為了能讓我全身心地投入本書的修訂出版工作，她幾乎獨立擔起了家中的一切事務。感謝小女雲影，雖然調皮任性又多病的你總是不那麼讓人省心，但你的成長依然帶給了我們莫大的快樂。無論如何，家人總是我身後最堅強的後盾，他們的陪伴、支持與鼓勵正是我前行的最大動力。

蕭衍是個極其複雜而重要的人物，對於南朝政治、社會、思想文化和文學等方面都有廣泛而深遠的影響。當年從論文選題到答辯階段都有師友提到這個題目的難度和複雜。近年來自己學術興趣擴展到更廣泛的歷史文化方面，也更深刻地感受到了這一點。本書主要從較單純的文學立場出發，探討蕭衍的文學思想和創作與齊梁文學演變之關係。由於蕭衍的複雜性，看似單純的文學問題背後往往有著深廣的政治、社會或思想文化背景。努力揭示這方面的問題將成為我下階段研究的主要方向。

朱佑倫

2021 年 8 月於南昌